KB268762

風雲劍俠傳

풍운 검협전

송진용 新무협 판타지 소설

FANTASTIC ORIENTAL HEROES

풍운검협전 1

송진용 新무협 판타지 소설

초판 1쇄 찍은 날 § 2008년 2월 11일
초판 1쇄 펴낸 날 § 2008년 2월 16일

지은이 § 송진용
펴낸이 § 서경석

편집장 § 문혜영
편집 § 유경화 · 심재영

펴낸곳 § 도서출판 청어람
등록번호 § 제1081-1-89호
등록일자 § 1999. 5. 31
어람번호 § 제2-1418호

주소 § 경기도 부천시 원미구 심곡1동 350-1 남성B/D 3F (우) 420-011
전화 § 032-656-4452 팩스 § 032-656-4453
http://www.chungeoram.com
E-mail § eoram99@chollian.net

ⓒ 송진용, 2008

ISBN 978-89-251-1178-0 04810
ISBN 978-89-251-1177-3 (세트)

※ 파본은 구입하신 서점에서 교환하여 드립니다.
※ 저자와 협의하여 인지를 붙이지 않습니다.
※ 이 책은 도서출판 청어람과 저작자의 계약에 의해 출판된 것이므로,
　무단 전재 및 유포 · 공유를 금합니다.

풍운검협전

風雲劍俠傳

송진용 新무협 판타지 소설

FANTASTIC ORIENTAL HEROES

1

아미산(峨眉山)의 연정(戀情)

도서출판 청어람

目次

서(序)

늙어서 메말라 한 톨의 그리움도 담을 수 없는

퍼석거리는 가슴을 갖게 되어도 당신을 처음 만났던

그때를 잊을 수는 없을 거예요.

第一章

추억

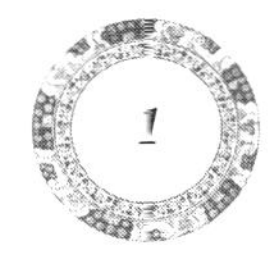

아미산(峨眉山)이 세상의 전부인 줄 알고 살아온 청년이 있었다. 아미산에서 태어났는지는 모르지만, 아미산에서 자라 아미산 밖으로는 한 걸음도 나가본 적이 없으니 그렇다.

사방 오백 리에 걸쳐 뻗어 있는 아미산은 그 봉우리만도 칠십이 봉이나 되었는데, 청년, 운몽(雲夢)은 아미산 남쪽 구름 속에 솟아 있는 학정봉(鶴情峰)에서 자랐다.

깎아지른 벼랑에 잔도(棧道)를 내고 그 중간의 우묵한 곳에 의지하여 위태롭게 세운 도관(道觀)이 곧 그의 집이자 고향이면서 수행처였던 것이다.

그는 지난 이십 년 동안 사브인 광명존자(光明尊者)와 단둘이 그곳에서 살았다.

그곳은 '반정도관(半情道觀)'이라는 알쏭달쏭한 이름의 현판을 걸고 있는 도관이었다. 운몽이 몇 번이나 사부에게 도관의 저 이상한 이름에 대하여 물었으나 사부는 오직 희미한 미소 한줄기로 대답했을 뿐이다.

사부는 바위처럼 말이 없었고, 홀로 도를 수행하는 데 매진하느라고 나이를 먹는 것도 잊은 사람이었다. 그리하여 지금은 반인반선(半人半仙)의 경지에 들었지만 운몽은 그렇지 않았다.

사부가 나이 들고 점점 신선 같아져 갈수록 그는 혈기 왕성한 젊은이로 자라고 있었던 것이다.

바람과 구름과 물을 벗하고, 꽃과 새와 나무와 바위를 말동무 삼아 살아온 지 어느덧 스무 해가 지나서 운몽은 턱 밑에 수염이 거뭇거뭇한 청년이 되었다.

그동안 사부에게서 배운 무공이 하늘을 찌를 듯하지만 스스로는 제가 배운 것들이 무슨 소용이 있는지 알지 못했다. 세상 밖으로 나가본 적이 없기 때문이다.

비교할 상대라고는 사부뿐인데, 사부는 하늘 같기만 해서 까마득히 높았고, 가르쳐 줄 때마다 늘 부족하다고 꾸짖을 뿐이니 운몽은 제 공부가 미천한 줄 알 수밖에 없었던 것이다.

그의 유일한 낙은 반정도관을 나와 적막한 산중을 배회하며 홀로 유유자적하는 것이었다.

그건 오래된 운몽만의 취향이면서 즐거움이었다. 하지만 그것이 그만의 아픔이고 그리움의 발현이라는 걸 아는 사람은 별로 없다.

사실 운몽이 도관을 나와 멀리까지 산중을 배회하는 일은 오래전부터 계속되어 온 일이었다. 남들이 알면 이상하게 생각하겠지만, 운몽에게 그것은 여섯 살 때부터 익숙해져 있는 놀이 같은 것이었다.

물론 그때 도관을 나오던 것과 지금과는 하늘과 땅만큼이나 차이가 있다.

여섯 살 때에는 순수한 마음 하나였고, 지금은 하나의 상념으로 인해 괴로움이 무엇인지 알고 있으니 그렇다.

세상을 모르고 자랐으니 세상에 가득한 온갖 괴로움을 몰랐기에 늘 평안할 수 있었지만 나이가 들자 저절로 한 가지 고통을 알게 되었으니 연정(戀情)이라는 것이었다.

그건 누가 가르쳐 주어서 알게 되는 게 아니고, 누가 가린다고 해서 모르게 되는 게 아니다. 때가 되면 꽃이 피고 열매가 익듯이 저절로 그렇게 되는 것 아니던가.

운몽은 한 여인을 못 견디게 사모하고 있었다. 그녀가 닿을 수 없는 사람이고, 이루어질 수 없는 사람이라는 걸 잘 알기에 더욱 애타고 괴롭다. 그런 날들이 무려 사 년이나 계속되고 있었다.

그녀를 알게 된 것은 훨씬 오래전의 일이나, 마음속에 연정이 싹트고, 그래서 스스로 괴로워지기 시작한 게 사 년이니 결코 짧지 않은 세월이다.

마음속에 연정이라는 것이 날아들어 와 뿌리를 내리고 자라기 시작하면서 운몽은 먹어도 먹은 것 같지 않고, 쉬어도 쉰 것 같지 않았다. 한시도 그녀를 생각하지 않은 적이 없고, 촌각이라도 그녀의 모습을 머릿속에서 지운 적이 없었다.

그래서 그는 오늘도 반정도관을 빠져나와 이처럼 숲 속을 배회하고 있는 것이다.

"휴—"

운몽의 탄식에 땅이 꺼질 것 같았다.

머리가 어질어질해지고 기운이 빠지면서 가슴이 무거운 바윗돌에 눌린 것처럼 답답해졌다. 숨 쉬기도 괴로워진다.

운몽은 멍하니 주저앉아 아득히 솟아 있는 산봉우리를 바라보았다. 저 너머에 금정이 있고, 그 아래 깊은 숲 속에 그녀가 살고 있다.

'그녀가 천 리 길에 떨어져 있는 것도 아닌데 무얼 망설인단 말이냐? 너에게는 용기가 없다. 진정 용기가 있는 사내대장부라면 사랑하는 사람이 지옥의 유황불 속에 있다고 해도 기꺼이 뛰어들어 만날 수 있어야 하지 않겠는가. 그녀를 위해서라면 내 몸을 태우는 고통을 무릅쓰고 구해내려고 해야 하지 않겠는가. 하물며 그녀는 고작 한 길의 돌담 안에 갇혀 있

을 뿐인데 이렇게 애만 태우는 건 얼마나 못난 짓이냐.'

자기 자신에 대한 질책을 늘어놓는 동안 운몽의 멍하던 눈에 이글거리는 광채가 어리기 시작했다.

"그래, 가자! 누가 나를 막을 수 있단 말이냐? 설혹 나를 막는다고 해도 누가 그녀를 향한 내 마음마저 막을 것이냐? 나를 막는 것은 결국 내 자신의 나약함일 뿐이다."

크게 용기를 낸 운몽이 자리에서 벌떡 뛰어 일어났다.

구름 속으로 우뚝 숫아 있는 높은 봉우리를 넘고 깊은 골짜기와 개울을 건너고 울창한 수림을 지나야 하지만 그런 건 이제 더 이상 문제가 되지 않았다.

한번 불타오르는 마음에 사로잡히자 운몽은 그대로 불새가 되었다. 그녀에 대한 불같은 그리움이 그를 맹렬하게 떠민다.

팟!

그의 몸이 허공을 가르고 사라졌다. 순간적인 일이라 그림자마저 남지 않았고, 그가 있던 자리에는 한줄기 돌개바람이 불어닥쳐서 풀잎들을 어지럽게 말아 올렸다.

운몽은 그대로 바람이 되었다. 울창한 숲을 가로질러 나아가는 질풍이다. 거침없다.

바위가 앞을 가로막으면 그것을 뛰어넘었고, 벼랑이 막아서면 날랜 원숭이처럼 타넘었으며, 작은 골짜기는 새처럼 훌훌 날아 건너고, 넓은 개울도 제비처럼 물을 차며 건너뛰었다.

그리하여 운대봉(雲臺峰) 높고 큰 산봉우리를 올라가는데 채 한 시진이 걸리지 않았다.

새라고 해도 그처럼 빠르지 못할 것이고, 원숭이라고 해도 그처럼 끈질기지 못할 것이다. 한 시진 가까이 가파른 산을 뛰고 날며 치달렸지만 운몽은 여전히 그 속도를 유지하고 있었던 것이다. 숨결조차 처음과 다름없이 힘차고 일정하다.

누구나 운대봉 정상에 서면 구름이 저 아래 바다처럼 펼쳐져 있고, 그 위로 우뚝우뚝 솟아 있는 크고 작은 봉우리들을 한눈에 내려다볼 수 있다.

그 많은 봉우리들 중 멀리 서쪽에 불쑥 솟아 있는 봉우리가 아미산의 제일봉인 금정(金頂)인데, 천 길의 벼랑인 촬신애(撮身崖) 아래로 내려가 스무 개의 능선을 넘고 서른 개의 사찰과 암자를 지나 호욕교(虎浴橋)를 건너면 거기 복호사(伏虎寺)가 있었다.

아미산에 흩어져 있는 여러 사찰과 암자들 중에서도 그 역사와 전통이 단연 으뜸이라 할 수 있는 곳이면서, 무림에 여승들의 문파로 잘 알려진 아미파(峨眉派)의 발원지이기도 한 곳이 복호사였다.

운대봉 정상에 뛰어오른 운몽은 그곳에서 한 사람을 보고 크게 놀라 저도 모르게 '억!' 하고 소리쳤다.

2

십사 년 전이다.

그러니 운몽이 그녀를 만난 건 아주 어렸을 때였다.

여섯 살.

나서부터 산속에서만 살았기에 어린 운몽에게 아미산은 사부 다음으로 가까운 친구이고 사부의 무릎 다음으로 행복한 장소였다.

종아리를 때리며 글을 가르치고 도학(道學)을 강론할 때의 사부는 엄하고 무서운 분이었다. 하지만 그 외의 시간에 마주하는 사부는 한없이 자상하고 따뜻한 분이었다.

물론 겉으로는 여전히 무뚝뚝하고 바위처럼 무겁기만 했다. 그러나 운몽은 사부가 잠자는 제 머리맡에 찾아와 한참 동안 들여다보고, 머리를 쓰다듬어 주며, 때로는 볼을 비비기도 한다는 걸 알고 있었다.

그럴 때면 운몽은 행여 사부가 달아날까 봐 눈을 꼭 감고 잠자는 척을 해야 했다. 그러면서 아침이 될 때까지 이렇게 제 곁에 있어주기를 바랐다.

하지만 매번 아침에 눈을 떠보면 저 혼자였다.

운몽은 한 번도 사부가 제 곁을 떠나는 걸 보지 못했다. 참고 참다가 저도 모르게 잠들어 버리곤 했기 때문이다.

그날, 운명의 그날, 사부는 오전 공부를 끝내고 길고 긴 잠에 빠져들었다.

운몽은 사부가 매일 오전 한 시진씩 운기조식을 하며 무아의 경지에 노닌다는 걸 알지 못했다. 그의 눈에는 그저, 앉아서도 잠을 자는 신통한 사부로 보일 뿐이었다.

봄날이었다.

따뜻한 봄볕 아래 반정도관의 손바닥만 한 뜰에 턱을 괴고 앉아 무료하게 하늘을 바라보던 운몽은 아름답게 지저귀는 노란 새를 보았다.

그것의 노래가 어찌나 맑고 고왔던지, 온 산에 쩡쩡 울리는 그 노래에 취해서 어린 운몽은 저도 모르게 도관을 나섰다.

산에 있는 나무와 풀과 꽃과 새와 나비…….

작고 예쁜 온갖 동물과 식물이 모두 운몽의 친구였는데, 그 새는 운몽을 낯설어했다. 부끄러워하고 두려워했다.

"새야, 이리 와. 가지 마. 나에게 노래를 들려줘. 나는 반정도관에 사는 운몽이란다. 너는 누구니? 어디에서 왔어? 제발 가지 말라니까."

어린 운몽은 새가 자꾸만 저를 피해 달아나는 게 안타까웠다.

아주 멀리 날아가 버리면 단념하련만, 노란 새는 운몽의 눈 밖으로 달아나지 않았다.

가까이 보이는 그곳에서, 마치 운몽을 요모조모 뜯어보며 신기해하는 것처럼, 그만큼의 거리만 두고 달아나서 고개를 갸웃거리며 바라보고 노래하다가 운몽이 팔을 벌리고 다가오면 다시 포로롱, 날아가는 것이다.

운몽의 어린 마음에는 조금만 다가가면 새를 만질 수 있을 것 같았다. 충분히 그럴 수 있다고 믿었다. 새가 제 마음을 알아줄 것이 분명하다고 확신했다.

그래서 자꾸만 반정도관에서 멀어지고 있다는 걸 몰랐다.

그렇게 한동안 운몽을 이리저리 끌고 다니며 애타게 하던 새는 마지막 노래를 맑고 힘차게 불러주더니 학정봉 아래로 단번에 날아가 보이지 않게 되었다.

그러나 운몽은 새를 포기할 수 없었다. 저 아래, 시커먼 숲을 지나고 골짜기를 지나면 거기 노란 새가 저를 기다리고 있으리라는 환상에 빠졌다.

왜 이제 왔느냐고, 너를 기다리는 시간이 얼마나 심심했는지, 나 혼자 얼마나 무서웠는지 아느냐고 아름다운 목소리로 투정을 부릴 것 같았다.

운몽은 그런 저만의 환상에 빠져서 제가 어느새 학정봉 아래까지 내려와 있다는 것도 몰랐다.

깊은 숲을 지나는 게 무섭지 않았고, 길도 없는 골짜기를 헤쳐 나아가는 게 힘들지도 않았다.

그리하여 이름도 알 수 없는 한 골짜기, 맑은 물이 콸콸거리며 흘러가는 개울가에 섰을 때 운몽은 비로소 제가 길을 잃었다는 걸 깨달았다.

앞에는 여울지며 급하게 흐르는 개울이다. 건널 수가 없다. 돌아가는 길은 잊었다. 아무리 두리번거려 보아도 방금 제가 어느 수풀에서 나왔던 건지 알아낼 수가 없다.

보이는 수풀이 모두 같았고, 보이는 바위와 나무들이 모두 비슷비슷해서 한 형제들인 것 같았다. 목을 길게 빼보아도 새는 보이지 않았고, 우거진 숲에 가려서 학정봉도 보이지 않았다.

노란 새의 고운 노랫소리가 들리지 않는 것처럼 사부님의 기침하는 소리도 들리지 않았다.

황량한 바람 소리와 나뭇잎 흔들리는 소리가 쏴, 쏴, 하고 들려올 뿐이다.

운몽은 갑자기 무서운 생각이 들었다. 이 천지간에 오직 저 혼자인 것 같은 막막함이 밀려든 것이다.

이제는 보이는 모든 것이 저에게 적의를 가지고 있는 것 같았다. 무서운 눈으로 노려본다. 콸콸거리는 개울물 소리마저 으르렁거리는 짐승의 사나운 소리로 들린다.

노란 새는 보이지 않고, 노랫소리도 들리지 않고, 운몽은 혼자 개울가에 서서 가지도 오지도 못하는 어린 이방인이 되었다.

내 놀이터 같기만 하던 산이, 언제나 내 호령 한마디에 굽실거리던 나무들과 바위와 풀들, 그 모든 것이 죄다 낯설고 두려워졌다.

"사부님!"

소리쳐 불러보지만 개울 건너의 까마득한 벼랑에 부딪쳤다가 되돌아오는 공허한 메아리만 있을 뿐이었다.

무서워졌다. 온몸이 덜덜 떨리고, 다리에 힘이 풀려 버릴 만큼 무서웠다.

"와앙―"

운몽은 철푸덕 주저앉아 울음을 터뜨렸다. 땀과 먼지로 꾀죄죄해진 볼을 타고 눈물이 흘러내리니 두 줄기의 자국이 볼에 새겨진다.

어린 마음에도 이제는 영영 사부님에게로 돌아갈 수 없는 건 아닐까? 하는 생각에 두려움이 더 커지기만 했다.

"와앙― 사부님―"

그래서 더 목청을 높여 울어보지만 사부님은 대답이 없고, 저를 불러냈던 노란 새도 다시 돌아오지 않았다.

얼마나 울었을까.

쾰쾰거리는 개울물 소리브다 컸던 울음소리가 점점 작아지더니 나중에는 낮은 흐느낌으로 변했다.

배가 고프고 몸이 고단한례 마음에 두려움으로 인한 상처마저 커서 지쳐 쓰러질 지경이 된 것이다.

그때 그 노란 새가 다시 지저귀었다.

"아니, 넌 누군데 이런 데에서 울고 있니?"

짜랑짜랑하고 맑은 음성이다.

운몽이 눈물로 얼룩진 얼굴을 들었다.

거기, 노란 새는 재색 옷을 입은 작은 여자아이로 변해서
서 있었다.

목에 염주를 걸었고, 머리를 박박 밀어서 물가의 호박돌처
럼 반짝이지만 운몽은 그 사람이 작은 여자라는 걸 금방 알아
보았다.

열 살쯤 되어 보이는 비구니였던 것이다.

아직 보송보송한 솜털이 햇빛에 반짝이는 작은 여자 비구
니가 이 깊은 산속을 혼자 배회하고 있다는 게 의아한 일이
다. 그러나 운몽은 비로소 누군가를 만났다는 기쁨과 반가움
으로 아무 생각도 할 수 없었다.

"길을 잃었어."

훌쩍거리며 간신히 말하자 작은 비구니가 운몽 곁에 쪼그
리고 앉았다. 얼굴을 들여다보더니 혀를 찬다.

"쯧쯧, 눈이 퉁퉁 부었잖아. 그리고 이게 뭐니? 이리 와봐."

꼬질꼬질한 볼을 꼬집고 물가로 데려가더니 씻겨주었다.

깨끗한 수건을 꺼내 잘 닦아주고 난 작은 비구니가 활짝 웃
었다.

운몽은 눈이 부셔서 차마 그녀를 마주 볼 수 없었다.

"귀여운 아이네? 그런데 어쩌다가 이런 곳에서 길을 잃었
어? 여기는 사람도 안 다니는 험한 곳인데, 산짐승이라도 만
났으면 어쩔 뻔했니?"

"노란 새를 만났어."

“노란 새?”

“응. 그 새를 따라왔는데, 나를 여기에다 내버려 두고 혼자서 날아가 버렸어.”

“풋.”

운몽의 천연덕스런 말에 작은 비구니가 손으로 입을 가리고 웃었다.

“몇 살이니? 너, 정말 귀엽게 생겼다. 아기 보살 같아.”

“여섯 살. 너는?”

“나는 열 살이야. 그러니 너라고 부르면 안 돼.”

“그럼 누나라고 할까?”

잠시 생각하던 작은 비구니가 머리를 흔들었다.

“음, 그것도 곤란하겠다.”

“왜?”

“나는 구족계를 받고 비구니가 되었으니 속세의 인연을 모두 끊은 거잖아. 그러니 동생을 두면 안 되지.”

“왜?”

“구족계를 받았다니까.”

“왜?”

“에휴.”

운몽은 정말 몰라서 자꾸 왜? 라고 하는 건데 작은 비구니에게 그런 꼬마를 이해시킬 만한 말주변이 있을 리 없었다.

“가자, 내가 데려다 줄게. 그런데 어디에 사니?”

“반정도관.”

“반정도관?”

작은 비구니가 머리를 갸웃거렸다.

“이 산에 그런 곳도 있었나? 나는 어째서 전혀 듣지 못했을까?”

중얼거리더니 깜짝 놀라서 운몽을 자세히 살펴보았다.

“도관에 살다니, 그럼 너는 꼬마 도사였니?”

“사부님이 도사인데, 나는 도사인지 아닌지 모르겠어.”

“그래?”

작은 비구니가 다시 머리를 갸웃거리고 물었다.

“그럼 그 반정도관은 어디에 있어?”

“풍소애(風召崖) 위에 있지. 그것도 몰라?”

“풍소애?”

그 또한 작은 비구니는 처음 들어보는 이름이라 어리둥절했다.

“요 꼬마 동자가 나를 놀리는구나? 어째서 한 번에 말하지 않고 자꾸 묻게 만드는 거야? 좋아, 그럼 그 풍소애는 어디에 있어?”

“학정봉 남쪽에 있지. 그런데 너는 정말 모르는구나? 왜 모를까?”

이번에는 운몽이 머리를 갸웃거린다.

그의 말을 들은 작은 비구니가 깜짝 놀랐다.

"너는 학정봉에 살고 있어? 거기에서 여기까지 온 거야? 혼
자서?"

"응."

잠시 무엇인가를 심각하게 생각하던 작은 비구니가 등을
돌리고 앉았다.

"업혀, 내가 데려다 줄게."

"헤—"

운몽은 얼른 작은 비구니의 등에 매달렸다. 그녀가 운몽을
가뿐히 업고 일어섰다.

한참을 그렇게 숲을 헤치며 나아갔는데, 운몽이 아무리 작
은 꼬마라 해도 비구니 또한 작은 소녀에 지나지 않았으니 힘
들 것이다.

"무겁지 않아? 힘들면 내가 걸어갈게."

"괜찮아. 하나도 안 무거워."

"왜?"

"또 왜 소리를 하기 시작했구나."

작은 비구니가 호호, 웃고 천천히 말했다.

"나는 사부님에게서 무공을 배웠거든. 너 같은 꼬마는 하
루 종일이라도 업고 다닐 수 있단다."

"왜?"

"무공을 배웠다고 했잖아."

"무공을 배우면 힘이 세지는 거야?"

"힘이 세지고 몸이 가벼워지니 담력도 커지지. 그래서 나
는 혼자 산속을 돌아다녀도 무섭지 않단다. 물론 너처럼 길을
잃어버리지도 않지."

"응."

저를 놀리는 말에 심드렁하게 대답하지만 운몽의 마음속
에는 저도 무공이라는 걸 배웠으면 좋겠다는 생각이 들었다.

"무공을 배우면 노란 새도 잡을 수 있을까?"

"새는 잡아서 뭐 하게?"

"예쁘거든. 아주 고운 목소리로 노래도 해."

"그런 새는 누가 저를 잡는 걸 싫어할 거야. 예쁜 건 그저
눈으로 보고, 고운 노래는 귀로 들어야 할 뿐이지. 그걸 잡으
려고 하면 새를 괴롭게 하고 너도 괴로워져."

작은 비구니의 말속에는 장차 그들의 운명을 예언하는 오
묘한 뜻이 들어 있었다. 그러나 정작 말을 한 작은 비구니는
물론 운몽도 그 의미를 까맣게 몰랐다.

"왜?"

"나중에 너도 알게 될 거야."

운몽의 '왜?' 하는 소리가 귀찮아졌는지 작은 비구니가 건
성으로 대답했다. 하지만 운몽의 궁금증은 멈추지 않는다.

"그런데 너는 왜 머리카락이 없어?"

"구족계를 받았다니까 그러네."

"왜?"

“장차 불도를 깊이 닦아서 번뇌를 벗고 해탈하려고 그러는 거지.”

“머리카락이 있으면 안 되는 거야?”

“세상 사람들이 가지고 있는 번뇌는 머리카락만큼 많단다. 그걸 다 끊어버린다는 뜻으로 속세를 등지고 머리카락을 잘라 버리는 거야. 번뇌가 없어야 해탈하게 되거든.”

“그럼 너는 작은 여자 중이구나?”

“나는 너보다 네 살이나 많은데 자꾸 너라고 할래?”

“그럼 뭐라고 불러? 누나라고 부르지도 못하게 했잖아.”

“음, 그냥 운지(雲智) 스님이라고 불러라.”

“운지? 그게 이름이야? 무슨 이름이 그래?”

“구족계를 받았으므로 법명을 갖게 된 거야. 그러는 너는 이름이 뭐니?”

“운몽.”

“운몽?”

어리둥절하던 운지가 까르트 웃었다.

“너야말로 무슨 이름이 그러니? 네 이름이 더 이상하다. 구름 속의 꿈이라니? 그럼 너는 매일 꿈만 꾸다가 말겠네? 호호 호호.”

놀림을 당하자 운몽이 몸에 잔뜩 힘을 주고 뻗대었다. 운지를 힘들게 하려는 건데 그걸 안 운지가 ‘요 녀석’ 하더니 엉덩이를 꼬집었다.

“항복, 항복.”

3

운몽은 어느새 운지의 등에서 잠이 들었다.

꿈속에서 노란 작은 새를 다시 만났고, 그 고운 노래를 실컷 듣는지 벙긋벙긋 웃는다.

노란 작은 새가 더 이상 달아나지 않고 품에 안겨 재재거리는 꿈인지도 모른다.

“얘, 얘. 이제 그만 일어나.”

운지가 흔들어 깨우는 바람에 눈을 뜬 운몽은 제가 어느덧 학정봉 아래의 오솔길에 와 있다는 걸 알았다.

“저 위가 학정봉이야. 여기서부터는 너 혼자서 찾아갈 수 있지?”

“응.”

“그럼 이제 그만 헤어지자. 나는 더 갈 수 없어.”

운지가 운몽을 내려놓았다. 서운해하는 얼굴이다.

운몽이 어리둥절해진 얼굴로 운지를 보고 오솔길을 보다가 물었다.

“왜?”

“사부님의 명이 있었거든. 누구도 학정봉에 이 이상 가까이 다가가면 안 돼.”

“왜?”

“아이, 참. 너는 그 소리밖에 모르니? 사부님의 명령이라고 했잖아.”

“알았어. 귀찮아서 그러는구나? 흥.”

운몽이 토라졌지만 운지는 한숨만 쉴 뿐 그를 달래주려 하지도 않았다.

“그럼 조심해서 올라가. 다시는 함부로 혼자서 멀리까지 나오지 말고.”

앙증맞은 손을 모아 합장해 보이고는 돌아선다. 그런 운지의 등을 물끄러미 바라보던 운몽이 소리쳐 물었다.

“작은 여자 중아! 너는 어디에 살아?”

운지가 돌아보지도 않고 손을 들어 저 멀리를 가리켰다.

“저기.”

“저기 어디?”

“복호사(伏虎寺)에 산단다. 잘 있어.”

그녀의 작은 모습이 숲에 가려져 보이지 않게 되었지만 운몽은 한참 동안이나 우두커니 서서 운지가 사라진 곳을 보고 또 보았다.

터벅터벅 도관으로 돌아온 운몽은 사부님께 꾸중 들을 것이 큰 걱정이었다. 그러나 마당을 쓸고 있던 광명존자는 ‘왔느냐?’ 그 한마디를 했을 뿐 가타부타 말이 없었다.

늘 그런 사부지만 운몽의 마음속에 그때만큼은 서운한 생각이 들었다.

사부가 물어보면 운지를 만났던 일을 재잘재잘 이야기하면서 다시 한 번 그때의 따뜻했던 감정을 떠올리고 싶었기 때문이다.

사부는 말이 없고, 쫑알거리기 좋아하던 꼬마 제자도 말이 없어졌다.

몇 날 며칠을 그렇게 보냈는데, 운몽의 가슴속에는 운지에 대한 그리움이 점점 커져만 갔다.

여섯 살 꼬마에게 그것은 모성에 대한 본능적인 그리움이었다. 운지의 등에 업혔을 때의 따뜻함과 부드러운 느낌은 처음 느껴보는 것이기에 더욱 간절해진다.

사부의 눈치를 보면서 닷새를 보낸 어느 날, 운몽이 불쑥 사부의 방문을 열고 들어갔다.

호롱불을 밝히고 책을 읽던 사부가 의아해서 돌아보았다.

"아직 자지 않았느냐?"

"사부님, 묻고 싶은 게 있어요."

"응?"

"복호사가 여기서 얼마나 먼가요?"

"왜?"

"어디로 가야 찾을 수 있지요?"

"왜?"

“아이, 참. 사부님은 맨날 왜? 그 소리밖에 몰라.”

“흘흘, 이 녀석아, 네가 묻는 뜻을 알 수 없으니 그럴 수밖에.”

“그냥 가르쳐 주시면 돼요. 어떻게 가야 하지요?”

“왜?”

“아이, 참.”

운몽이 발을 구르며 짜증을 내자 광명존자가 미소를 지었다.

“너는 복호사라는 이름을 어디에서 들었느냐?”

“여자 중한테서요.”

“여자 중?”

“나보다 쬐끔 큰 여자 중인데 복호사에 산대요.”

“어디서 들었느냐?”

“저 아래 개울가에서요.”

“거기는 왜 갔던고?”

“아이, 참. 나는 한 가지만 물었는데 사부님은 대체 몇 가지나 물으시는 거예요?”

“복호사는 여기서 멀다. 그런데 왜? 찾아가려고?”

“예.”

“흘흘—”

당돌한 운몽의 대답에 광명존자가 다시 웃었다.

“이 녀석아, 두 개의 높은 산봉우리를 넘고 세 개의 골짜기와 다섯 개의 크고 작은 개울을 건너야 하는데 네까짓 꼬마 녀석이 어떻게 가?”

“그렇게나 멀어요?”

운몽이 눈을 휘둥그레 떴다. 멀 것이라고 짐작은 했지만 사부의 말을 듣고 나니 엄두가 나지 않는다.

“그런데 거기는 왜 가려고? 그 작은 여자 중을 만나려고 그러느냐?”

“몰라요!”

사부의 웃음과 눈길에 부끄러워진 운몽이 발끈 화를 내고는 우당탕거리며 나갔다.

그가 사라지자 광명존자의 얼굴에서 서서히 웃음이 사라졌다. 회한의 그늘이 드리워진다.

멍하니 등잔 심지를 바라보던 존자가 길게 탄식하고 책을 덮었다.

다음날 아침을 먹자마자 운몽은 타박타박 도관을 나섰다.

“어디를 가는 게냐?”

난간에 기대서 발아래 운무 자욱한 골짜기를 내려다보던 광명존자가 묻자 운몽이 손을 들어 북쪽을 가리켰다.

“금방 다녀올게요.”

“흘흘, 금방이란 말이지?”

운몽은 씩씩하게 도관을 떠났고, 광명존자는 말리지도, 격

려해 주지도 않은 채 무심하게 바라보기만 했다.

이제는 저를 부르는 노란 새도 없으련만, 운몽은 자박자박 산길을 걸어 끊임없이 나아갔다. 우거진 수풀을 지나는 일도 겁내지 않았고, 깊고 음침한 골짜기를 건너는 일에도 주저함이 없다.

자박자박—

작은 아이의 더 작은 발이 작은 소리를 내고 있는 산중에는 깊은 적막이 충만했다.

아미산에는 예로부터 호랑이가 많이 살기로 이름 높았다. 늑대도 있고 곰도 있다. 그러나 운몽은 그 어떤 것도 두렵지 않았다.

작은 여자 중, 운지를 찾아간다는 것만 머릿속에 가득하고, 빨리 흘러가는 시간에 대한 초조함만 가슴속에 가득할 뿐이다.

부스럭.

음산하고 비린 바람이 불어가더니 숲이 우는소리를 냈다.

불쑥, 커다란 호랑이 한 마리가 머리를 내밀고 자박거리며 다가오는 운몽을 바라본다. 쉬운 대로 한 끼 저녁거리가 될 거라고 여기리라.

놈이 잔뜩 몸을 웅크리고 털을 눕혔다. 바야흐로 한 번 훌쩍 뛰어서 운몽의 머리통을 들어뜯을 작정인 것이다. 단번에 물어 죽이지 않고 한참을 이리저리 굴리고 던지며 희롱하다가 꽉 물어버릴 게 틀림없다.

아무것도 모르는 운몽은 입술을 잘근 깨문 야무진 얼굴로 앞만 바라보며 자박자박, 인적 없는 산중을 열심히 걸어오고 있었다.

호랑이의 눈이 가늘어졌다. 뒷다리에 불끈 힘을 준 순간.

크앙!

놈이 불에 덴 것처럼 놀라 펄쩍 뛰어올랐다. 무려 두 길이나 튕겨진 것처럼 허공으로 솟구쳐 오른다.

"으악!"

운몽이 깜짝 놀라 외마디 소리를 지르고 뻣뻣이 굳어버렸다.

그런 아이의 머리 위를 훌쩍 뛰어넘은 호랑이가 뒤도 돌아보지 않고 달아나 버린다.

운몽은 어리둥절했다. 꼼짝없이 죽었구나 싶었는데, 어찌된 일인지 알 수 없다.

아마도 저 뒤에 저보다 더 맛있어 보이는 먹잇감이 또 있었던 모양이라고 나름대로 타당한 추측을 할 뿐이었다.

더 부지런히, 호랑이가 쫓아오지 못하도록, 땀을 뻘뻘 흘리며 더 빠르게 자박거린다.

늑대들이 군침을 흘리며 튀어나왔다가 기겁을 하고 놀라 달아났고, 곰이 불쑥 일어섰다가 마찬가지로 불침을 맞고 놀란 것처럼 허둥지둥 숲 속으로 달아나 버렸다.

운몽은 저것들이 죄다 미친 게 틀림없다고 생각하며 머리를 갸웃거리다 키득키득 웃었다.

그 뒤로도 꼬마 아이는 여러 차례 더 복호사를 찾아갔었는데, 그때마다 호랑이와 늑대와 곰들은 매번 아이를 노렸고, 매번 놀라서 혼비백산하여 달아났다.

그런 일이 거듭되자 이제 맹수들은 멀리서 운몽의 모습이 보이고, 자박거리는 발소리만 들려도 지레 놀라 뒤도 돌아보지 않고 달아나 버리는 지경이 되었다.

운몽은 그것이 제 사부가 몰래 지켜준 것이라는 사실을 꿈에도 몰랐다.

어쨌거나 그렇게 하루 종일 걸어 두 개의 산봉우리를 넘자 깜깜한 밤이 되었다.

사부가 가르쳐 준 대로 세 개의 골짜기와 다섯 개의 개울을 건넌 것이다.

그리고 만나는 중들에게 물어 복호사에 무사히 다다랐다.

그때 운몽은 지칠 대로 지쳐 제 몸을 가누기조차 힘든 지경이 되어 있었다.

그 작은 아이가 종일을 쉬지 않고 걸어서 두 개의 산봉우리를 넘고 세 개의 골짜기와 다섯 개의 개울을 건너왔다는 걸 믿을 사람은 아무도 없을 것이다.

그건 운몽이 특별한 아이라는 증거가 된다.

험한 학정봉에서 이때까지 살아온 산 꼬마이기에 가능했던 일이기도 하다. 세간의 어떤 아이도 흉내 내지 못할 끈기와 체력과 인내심이 몸에 배어 있었던 것이다.

하지만 정작 복호사의 굳게 닫힌 문 앞에 이르러서는 그것을 두드릴 기력도 없이 탈진했다.

커다란 황동의 문고리를 쥐었다가 그만 스르륵 무너져 차가운 돌바닥에 누워 깊이 잠들어 버린다.

"어머나, 이게 웬 아이람?"

이웃의 암자에 갔다가 밤늦게 돌아온 여승 한 명이 그런 운몽을 발견하고 호들갑을 떨었다.

"큰일 났네. 이렇게 잠들면 입이 비뚤어질 텐데, 어린아이가 그 모양이 되면 얼마나 보기 흉할까? 어디 보자. 에그, 예쁘게도 생긴 사내아이로구나."

여승이 복덩이를 주웠다는 듯 소중하게 운몽을 안아 들었다.

第二章
아미산(峨眉山)의 연정(戀情)

1

"도대체 이게 어찌 된 일이냐?"

소정 사태(素情師太)의 자애로운 얼굴이 차가워졌다. 그 앞에서 운영(雲暎) 비구니는 어쩔 줄 모르고 진땀만 흘린다.

그녀는 소정 사태가 거둔 다섯 명의 내제자들 중 둘째 제자인데, 다정다감하고 심성이 온후했으나 덜렁거리는 성품 때문에 종종 혼나곤 했다.

소정 사태는 복호사의 주지이면서, 아미파의 원로이자, 비구니들의 큰 사부이기도 하다. 자애로운 비구니의 한마디에 아미산이 들썩일 만큼 위세가 높은 것이다.

강호에서의 명성 또한 하늘을 찌를 듯해서, 누구나 아미파에는 소정(素情)과 소화(素華), 소령(素翎)이 있다고 말한다.

삼소(三素)의 노비구니들이 직계와 방계, 속가의 삼천 젊은 제자들을 합친 것보다 뛰어나다는 말로 그들 아미파의 세 명 노비구니에 대한 찬사를 했다.

배분으로는 육십을 넘긴 소정 사태가 가장 높았으나 장문직은 둘째인 소화 사태가 맡아 금전(金殿)에 머물렀고, 셋째인 소령 사태는 아미금정(峨眉金頂)을 올려다보는 순양봉(純陽峰) 기슭의 뇌음사(雷音寺)에서 칩거했다.

강호에서는 그들 세 명의 아미파 노사태를 두고 평하기를, ‘소정 사태의 공력이 그중 깊고, 소화 사태는 아미의 진전을 가장 충실히 물려받았으며, 날카롭고 기묘하기는 소령 사태가 제일이다’ 라고 했다.

그 밖에 넷째인 소양(素楊)이 있었는데, 그녀는 유일하게 속가제자로서 진산제자들과 어깨를 나란히 하고 소 자(素字) 항렬을 받았다. 게다가 사대고수의 자리에까지 올랐으므로 강호에서는 그 일을 두고 아미파의 이변이라고까지 수군댔었다.

하지만 어찌 된 일인지 삼십 년이 넘도록 소양은 강호에 모습을 드러내지 않았다.

아미파에서는 그것에 대하여 가타부타 말이 없었으므로 강호의 인사들은 저마다 멋대로 추측을 했다.

수많은 소문들 중 가장 신빙성이 가는 것은 그녀가 병에 걸려 오래전에 죽었다는 것이었다.

그러나 그것도 잠시, 삼십 년의 세월은 사람들의 머릿속에서 아미파에 소양이라는 막내 제자가 있었고, 그 무공이 위에 있는 세 언니를 무색케 할 만큼 높았다는 걸 모두 지워 버렸다.

아미파에서는 여태까지도 소양의 일에 대해서 철저히 함구하고 있었다.

현재 아미파 최고의 배분이 된 소정 사태는 오래전부터 강호에서 존경을 받았던 인후한 비구니였다.

하지만 그런 소정 사태의 안색이 굳어졌으니 크나큰 벌이 떨어질 것이다.

사부가 노여워하는 기색이니 운영 비구니는 감히 숨조차 크게 쉬지 못하고 얼굴마저 창백해져서 몸을 떨었다.

그녀의 무릎 위에서는 여전히 작은 꼬마 운몽이 새근새근 숨을 쉬며 곤히 잠들어 있는 중이었다.

운영 비구니는 사부의 명을 받고 이웃에 있는 만년암(萬年庵)에 다녀온 길이었는데, 엉뚱하게도 산문 앞에서 주웠다며 어린 꼬마 아이를 안고 와서 좋아했던 것이다.

자랑스럽게 제 사부의 정실까지 안고 들어와 얼마나 귀여운 사내아이냐고 호들갑을 떨다가 벼락을 맞은 셈이다.

“어쩌자고 덥석 안고 들어온 것이냐? 그것도 사내아이 아니더냐? 네가 키울 작정이냐?”

한참이 지나고 나서야 소정 사태가 다시 안색을 온화하게 하고 물었다.

전전긍긍하던 운영 비구니는 운몽을 밀쳐 놓고 납작 엎드렸다.

“제자가 아둔해서 또다시 사부님을 노엽게 했습니다. 벌을 내려주십시오.”

“너는 천성이 순박하고 정이 많으며 착해서 좋은데 경솔한 게 흠이다. 그것만 고친다면 장차 크게 쓰일 것이다.”

“제자, 명심하겠습니다.”

“이곳은 청정한 곳이다. 외인의 출입은 엄격히 금해져 있고, 더구나 사내가 들어와서는 안 된다.”

“예, 예.”

“그것이 아무리 철부지 어린 꼬마라고 해도 용납할 수 없어.”

“잘못했습니다.”

“하지만 이 깊은 밤중에 다시 내칠 수는 없는 일. 오늘 밤은 내 정실에서 재우겠다. 네가 내일 아침 일찍 산 아래까지 데려다 주도록 해라.”

“그렇게 하겠습니다.”

운영 비구니가 절하고 물러났다.

한동안 지그시 눈을 감고 염불을 하던 소정 사태가 슬며시 운몽을 돌아보았다.

꼬마 아이는 보료 위에 누워서 세상모르고 잠들어 있었다.

그 모습이 어찌나 귀엽고 사랑스러운지 근엄한 소정 사태의 노안에도 빙그레 웃음이 떠올랐다.

날이 밝았다.

이른 새벽에 일어나는 게 버릇이 되어 있는 운몽은 일찌감치 눈을 떴다.

어리둥절해한다.

제 생각에는 반정도관의 제 방 안이어야 하는데, 눈에 보이는 모든 게 낯설기만 했던 것이다.

그러다가 어젯밤 제가 기어이 복호사에 찾아왔고, 산문 앞에서 쓰러졌었다는 걸 기억해 냈다.

"아!"

운몽이 깜짝 놀라 몸을 일으켰다. 저쪽에 단정하게 앉아 있던 노비구니가 눈을 뜨고 물끄러미 바라본다.

"누구세요?"

"……."

엉뚱한 첫 마디에 소정 사태마저 어리둥절해졌다.

"그러는 너는 누구인고?"

"저는 운몽이라고 해요."

“나는 소정이라고 하느니라.”

노사태의 복장과 머리를 본 운몽이 고개를 끄덕인다.

“할머니 중이로군요?”

“스님이라고 해야지. 아니면 사태라고 하거나.”

“왜요?”

“다들 그렇게 부르느니라. 중이라는 건 별로 좋은 호칭이 아니야.”

“왜요?”

“누가 너를 이놈아, 이렇게 부르면 기분이 안 좋겠지?”

“왜요?”

운몽은 소정 사태의 말을 이해하지 못했다. 반정도관에서 사부님은 언제나 ‘이놈아’ 또는 ‘이 녀석’, ‘고얀 놈’ 이라고 했기 때문이다.

그게 귀에 익숙해져서 당연한 걸로 여기는데, 기분이 좋지 않을 거라니 의아하다.

소정 사태는 어린 운몽이 꼬박꼬박 왜요? 라고 되묻는 게 이상했다.

“너는 그 말밖에 할 줄 모른단 말이냐?”

“다른 말도 많이 알아요.”

“그럼 대답해 보아라. 대체 그 깊은 밤중에 이곳에는 무엇 하러 왔던고?”

“아, 여기가 복호사 맞지요? 그렇죠?”

“그렇다.”

“잘됐다, 잘됐어. 그것 봐, 나는 할 수 있다니까?”

“뭐가 말이냐?”

“사부님은 멀어서 절대로 갈 수 없을 거라고 했거든요. 하지만 나는 왔어요.”

“그러니까 왜 왔느냐?”

“작은 여자 중을 보려고요.”

“응?”

소정 사태에게는 뜻밖의 말이었다.

이 녀석이 지금 나를 놀리는 건가? 하는 얼굴로 운몽을 물끄러미 바라다본다.

“너는 어디에 사느냐? 부모님께서 걱정하며 찾고 있지 않겠어?”

“부모님은 없어요.”

“응?”

소정 사태는 또 한 번 놀랐다.

“누구인지도 모르는걸요?”

“그럼 여태까지 어떻게 살았어? 누가 너를 돌보아준단 말이냐?”

“사부님이요.”

“맞아. 조금 전에 사부님이라고 했었지. 그래, 네 사부는 어디에 사는 누구신고?”

"반정도관에 사시는 분인데, 광명존자라고 하세요."

"무엇이? 반정도관? 광명존자?"

소정 사태의 안색이 갑자기 창백해졌다.

크게 놀란 노사태는 들고 있던 불진을 떨어뜨린 것도 모르고 멍하니 운몽을 바라보기만 했다. 그러다가 떨리는 음성으로 말한다.

"그럼 너는 정말 학정봉의 반정도관에서 살고 있단 말이냐? 네 사부님의 존호가 정말 광명존자이시냐?"

"어? 어떻게 아셨어요? 저는 그곳이 학정봉에 있다고 한마디도 말하지 않았는데."

"으음—"

소정 사태가 잔뜩 눈살을 찌푸리고 깊은 생각에 잠겼다.

그때 문밖에서 운영 비구니의 조심스런 음성이 들려왔다.

"사부님, 어젯밤에 명하신 대로 그 아이를 산 아래까지 데려다 주고 오겠습니다."

잠시 운몽을 바라보던 소정 사태가 낮게 한숨을 쉬고 나서 말했다.

"그럴 것 없다."

"예?"

"조회 준비나 하여라."

"예."

운영 비구니가 머리를 갸웃거리며 물러났다.

소정 사태는 그 오랜 세월 동안 쌓아온 수양에도 불구하고 얼굴에 은은한 노여움과 두려움, 회한을 떠올리고 있었다.

운몽을 물끄러미 바라보더니 묻는다.

"그래, 너는 누구를 찾아왔다고?"

"작은 여자 중이요."

여전히 중이라고 부른다. 소정 사태가 살짝 눈살을 찌푸렸지만 개의치 않고 다시 물었다

"법명이 무엇이던고?"

"운지라고 하던데요?"

"운지……."

소정 사태가 더욱 눈살을 찌푸렸다. 바로 자신이 몇 년 전에 받아들인 막내 제자였기 때문이다. 손수 삭발을 해주고 구족계를 내려주지 않았던가.

'그러고 보니 운지가 내 품에 들어온 것도 이 아이만 했을 때였구나.'

운몽을 보면서 문득 그런 생각이 들었다.

"네가 그 아이를 어찌 아느냐? 학정봉과 이곳은 멀리 떨어져 있어서 좀체 만날 일이 없었을 텐데?"

"그게 말이죠… 제가 노란 작은 새를 보았거든요? 그런데 노란 새가 달아났어요. 저는 길을 잃어버리고 울었는데, 어라? 노란 작은 새가 작은 여자 중이 되어서 돌아왔네요? 그래서 만났어요. 저를 업어주고 길도 찾아주었어요."

“무슨 소리냐?”

운몽의 말은 요령부득이었다. 소정 사태가 어리둥절해하다가 빙긋 웃었다.

진지하게 말하는 아이의 모습이 너무 귀여웠던 것이다. 통통한 볼이며, 나불거리는 붉은 입술이 깨물어주고 싶을 정도로 사랑스럽다.

소정 사태는 나이를 잊고 문득 이 작은 꼬마 아이를 골려주고 싶어졌다.

“그렇다면 너는 헛걸음을 했구나.”

“왜요?”

“그 작은 여자 중은 다시 작은 노란 새가 되어버렸거든. 조금 전에 문 앞에서 노래하고는 호르르 날아가 버리더라. 에그, 너는 잠에서 깨어나지 않았으니 보지 못했지.”

“아!”

운몽이 깜짝 놀라 눈을 크게 떴다. 그 모습이 또 얼마나 재미있고 사랑스러운지 소정 사태는 빙그레 미소 지었다.

소정 사태의 말속에 장차 운몽이 맞아야 할 사랑의 시련이 예고되어 있었지만, 그건 소정 사태도 운몽도 알지 못하고 의식하지 못한 일이었다.

운몽이 울 듯한 얼굴을 하고 물었다.

“정말이에요?”

“그럼, 정말이고말고. 하지만 네가 원한다면 작은 노란 새

대신 커다란 검은 새를 잡아줄 수는 있다. 다시는 네게서 달아나지 못하도록 발목에 노끈을 묶어줄 수도 있어. 어떠냐? 그런 새를 대신 잡아줄까?"

운몽이 상심한 얼굴을 하고 한동안 생각하더니 물었다.

"그럼 그 커다란 검은 새는 커다란 여자 중이 되겠네요?"

"그렇겠지? 하지만 커다란 여자 중이라면 너를 더 잘 업어줄 수 있지 않겠느냐?"

"쳇, 싫어요. 커다란 여자 중은 예쁘지 않아요."

"왜?"

"커다라니까요."

"커다랗다고 다 예쁘지 않은 건 아니다."

"쳇, 할머니 중도 커다랗잖아요. 하지만 예쁘지는 않아요."

"뭐라고?"

소정 사태가 짐짓 눈을 가늘게 뜨고 노려보지만 입가에는 재미있어하는 웃음이 떠나지 않았다.

소정 사태는 마음이 따뜻해졌다. 얼마 만에 느껴보는 행복감인지 모른다.

운몽과 말을 주고받는 사이에 노사태의 근엄하던 마음에 한 가닥 훈훈한 사랑의 감정이 스며들었던 것이다.

2

"작은 여자 중아!"

소정 사태의 손을 잡고 대웅전 앞에 나온 운몽이 갑자기 소리쳤다.

뜰 아래 가득 늘어서 있던 백여 명의 비구니들이 모두 놀라고 어리둥절해서 사부를 보고 작은 꼬마 아이를 본다.

나이 지긋한 비구니들은 물론이고 중년의 비구니들과 젊은 비구니들은 모두 제 눈을 의심했다.

주지이면서 아미파의 원로이고 대사부이기도 한 소정 사태가 어린 꼬마의 손을 잡고 서서 흐뭇한 미소를 띠고 있으니 그렇다.

언제나, 특히 조회 시간에는 더욱 근엄하던 노사태이기에 놀람이 더욱 클 수밖에 없다.

왼쪽에 다섯 명의 비구니가 따로 늘어서 있었는데, 소정 사태의 내제자들이다. 그 맨 끝에 작은 여자 중, 운지가 서 있었다.

운몽이 외치는 소리를 듣고 바라본 운지가 깜짝 놀라 저도 모르게 '아!' 하고 놀란 소리를 냈다.

내가 지금 헛것을 보고 있는 건가? 싶었던지 제 눈을 마구 비벼댄다.

소정 사태의 손을 뿌리친 운몽이 쿵쾅거리며 함부로 대웅전의 높은 계단을 뛰어내려 갔다.

"저런, 저런……."

　노사태가 잡으려는 듯 손을 뻗었다가 급히 거두었다. 아이가 저러다가 계단에서 굴러 떨어지지 않을까 두렵지만 경솔한 모습을 보일 수 없었던 것이다.

　쿵쾅거리며 마구 계단을 뛰어내려 간 운몽이 비구니들 사이를 이리저리 빠져나가 운지의 가슴으로 폴짝 뛰어 매달렸다.

　“작은 여자 중아, 너를 보려고 밤새 왔어. 어때? 반갑지?”

　운지의 목을 꽉 끌어안고 매달려서 떨어지려 하지 않는다.

　운지는 목덜미까지 빨개졌다. 저 위에서 내려다보고 있는 사부의 눈길이 따갑게 느껴지고, 일제히 바라보는 동문 사형들의 눈길에 어쩔 줄을 모른다.

　하지만 운몽은 그야말로 아무것도 모르는 철부지였다. 오직 운지를 다시 만났다는 것 하나로 세상을 모두 얻은 것처럼 좋아한다.

　“히히, 좋다, 좋아. 이 냄새도 좋고 따뜻한 가슴도 좋아. 히히, 작은 여자 중아, 나는 네가 좋아. 정말이다.”

　“저리 비키지 못해? 어서 떨어져.”

　운지가 운몽의 엉덩이를 꼬집으며 꾸짖지만 운몽은 막무가내였다. 더욱 목에 매달리니 운지는 숨이 막힐 지경이었다.

　운지가 얼굴을 붉히고 운몽의 볼을 꼬집었다.

　그녀는 어렴풋이나마 남자와 여자의 차이를 알고, 부끄러움이라는 걸 아는 나이였지만 운몽에게는 전혀 그렇지 않았다.

그냥 제가 좋으면 좋은 거고, 싫으면 싫은 일일 뿐이다. 그리고 지금은 운지가 볼을 꼬집든 볼기를 때리든 머리를 쥐어박든 상관없이 그저 좋기만 했다.

그렇게 그날 아침의 엄숙해야 할 조회는 운몽으로 인해 엉망이 되어버렸다.

"다시는 오지 마."

"왜?"

"너 땜에 창피해 죽겠어."

"왜?"

"자꾸 왜? 왜? 소리 할래? 그것도 아주 듣기 싫어. 짜증나."

"왜?"

"너!"

"히히, 알았어. 오지 않을게. 대신 네가 반정도관으로 와야 해."

"흥, 내가 왜?"

"우리는 서로 닮았잖아."

"뭐라고?"

"내가 왜? 한다고 밉다면서 너도 왜? 그러잖아. 그러니까 닮은 거야."

"말도 안 돼."

타박하고 흥, 흥, 거리면서도 운지는 꼭 쥐고 있는 운몽의 손을 놓지 않았다.

열 살 난 비구니와 여섯 살 난 작은 꼬마가 그렇게 손을 꼭 잡고 오누이처럼 다정하게 톡호사 안을 돌아다녔다.

운지는 운몽에게 제가 사는 곳을 구경시켜 주는 것이고, 운몽은 그저 운지가 가니까 따라갈 뿐이다. 어린 마음에도 그녀가 가자고 하면 세상 끝까지라도 따라갈 작정이 되어 있었다.

마주치는 비구니들마다 그런 운지를 보고 운몽을 보며 방긋방긋 웃었다.

"어머나, 정말 귀여운 동자님이네."

달려들어 운몽의 볼을 쓰다듬거나 머리를 쓸어주지 않는 사람이 없다. 더러는 번쩍 안아 들고 뺨에 쪽, 소리가 나도록 뽀뽀를 해주기도 했다.

그러면 운지는 얼굴이 더욱 빨개져서 안절부절못했고, 운몽은 히히, 웃으며 좋아했다. 운지가 눈을 흘기지만 못 본 척한다.

그렇게 복호사를 구석구석 돌아보는 동안 한나절이 지나갔다. 마주치는 비구니들마다 하나같이 예쁘다며 안아주니 운몽에게는 이곳이 제가 사는 반정도관보다 백배는 더 좋아졌다. 게다가 운지가 있지 않은가.

늘 바윗덩이처럼 묵직하고 말이 없는 사부보다 방긋방긋 웃어주는 비구니들이 천 배는 더 예뻐 보인다.

"다시는 오지 마. 장난 아니다?"

운지가 거듭 다그치는 데에는 사형들이 모두 운몽을 만지고 안아주는 게 내심 못마땅했기 때문이고, 운몽이 그때마다 좋아 죽겠다는 얼굴을 하는 게 미워서였다.

하지만 그런 운지의 속마음을 알 리 없는 운몽은 두리번거리며 어디에 또 예쁜 비구니가 없나 찾을 뿐이다. 입으로는 응, 응, 하고 대답하지만 눈은 다른 데에 가 있다.

"알았어. 네가 오면 내가 안 오지 뭐."

"나는 안 가. 그러니 너도 오지 마."

"응, 응. 그러지 뭐. 딱 한 번만 더 오고."

"요 꼬마가 정말?"

"응, 응. 알았어."

그날 밤도 운몽은 소정 사태의 정실에서 보료를 깔고 잤다. 그리고 다음날 아침이 되자 소정 사태가 운지를 불러서 말했다.

"네가 이 아이를 불러들였으니 네가 돌려보내야겠다."

"예."

"학정봉 아래까지 데려다 주고 오거라."

"예."

대답하는 운지의 얼굴이 곧 울 듯했다.

사부의 명이 지엄한지라 아무 소리 못하지만 학정봉까지 다녀오려면 제 걸음으로도 하루가 꼬박 걸릴 일인데, 운몽의 걸음을 따라가야 하니 이틀 길이다. 그게 싫으면 운몽을 업고 가야 하는데 그것 또한 힘들 것이다.

작은 운지에게 사부의 명령은 너무 가혹한 것일 수 있었다.

소정 사태가 이번에는 운몽에게 말했다.

"학정봉에서 이곳까지는 너무 멀고 위험하며 힘든 길이다. 어린 너에게는 더욱 그렇겠지. 다시는 오면 안 된다."

"왜요?"

"다른 말은 필요없다. 오지 말라면 오지 않는 게야."

"……."

운몽이 시무룩한 얼굴을 푹 숙였다. 어린아이의 눈에도 소정 사태의 근엄한 얼굴이 심상치 않아 보였던 것이다.

잠시 침묵하던 운몽이 아무 말 없이 꾸벅 인사를 했다.

소정 사태를 똑바로 바라보지 않고, 안녕히 계시라는 말 한마디 하지 않았다. 운몽은 제 불만을 그렇게 나타낸 것이다.

그리고 돌아서더니 소정 사태의 정실을 자박자박 걸어나간다.

"애, 같이 가야지."

당황한 운지가 부르고 서둘러 일어섰다.

"필요없어."

운몽이 쌀쌀맞게 말했다.

"혼자 왔으니 혼자 갈 거야. 너 작은 여자 중은 오지 않아도 돼."

“뭐라고?”

운지가 기막혀 하고, 소정 사태도 의아해져서 운몽을 바라본다. 운몽이 야무진 얼굴을 하고 다시 말했는데, 조금도 장난기가 없었다.

“나는 어차피 학정봉으로 가야 하지만 너는 이곳까지 다시 돌아와야 하니 나보다 배는 더 고달프겠지?”

“…….”

“혼자 왔으니 혼자서 갈 수 있어. 둘이 가도 다리가 아프기는 마찬가지일 텐데 괜히 너까지 힘들게 하고 싶지 않아. 너는 여기 가만히 있어. 나는 부지런히 갈 테야.”

그리고 물끄러미 운지를 바라보는데, 어린아이의 그것이라고는 할 수 없을 만큼 눈빛이 애절했다.

소정 사태의 가슴에 뭉클한 감동과 함께 어린것에 대한 연민이 샘솟듯 솟았다.

‘얼마나 대견한 아이인가. 얼마나 훌륭한 생각인가. 얼마나 다정다감한 마음인가.’

당장이라도 운몽을 끌어안고 싶지만 한편으로는 가슴속에 서늘한 바람이 불어가기도 했다.

‘작은 아이의 마음과 생각이 벌써부터 저와 같으니 장차 또 하나의 불행을 가져오지 않으리라고 누가 장담할 것인가? 아, 아미파가 도대체 그와 전생에 무슨 악연을 맺었기에 이와 같이 오래도록 나쁜 인연의 끈이 이어지고 있는지 모르겠구

나. 아미타불…….'

소정 사태의 엄숙한 마음속에는 한 사람의 관옥 같은 얼굴과, 그와 얽혔던 많은 일들이 한순간에 주마등처럼 흘러갔다.

그 오랜 수양에도 스스로의 감정을 다스리지 못하고 잠시 격동했던 노사태가 길게 탄식하고 손을 저었다.

"가거라. 그리고 다시는 오지 말거라."

악연을 쫓듯이, 자신의 나쁜 기억을 쫓듯이, 속세의 애증을 쫓아내듯이 손사래를 친다.

지그시 운지를 바라보던 운몽이 입술을 잘근잘근 깨물며 돌아섰다.

그의 작은 등을 멍하니 보고 있는 운지의 눈가에 조금씩 눈물이 맺히기 시작했다.

3

겨울이 되었다. 찬바람이 씽씽 불고 눈이 온 산을 뒤덮었다.

운몽은 오도 가도 못하게 된 반정도관에서 엉뚱한 짓을 하고 있었다.

하루는 아침 식사를 마치고 마주 앉아 차를 마시던 중에 불쑥 말했다.

"사부님, 나도 무공이라는 걸 배우고 싶어요."

광명존자는 의아해했다.

"왜?"

"무공을 배우면 힘이 세지고 몸이 가벼워진다던데요? 나도 그렇게 되고 싶어요."

"왜?"

"그러면 혼자서 멀리까지 갈 수도 있잖아요. 지금처럼 눈이 가득 왔어도 갈 수 있고요."

"왜?"

"아이, 참. 사부님은 언제나 그 소리만 해."

운몽이 발을 비비며 짜증을 내자 광명존자가 빙그레 웃었다.

"요 고약한 녀석아, 솔직히 말해라. 복호사가 그리 좋더냐?"

"어? 아셨어요?"

"복호사의 무엇이 그리도 좋더냐?"

"히― 거기에 가면 작은 여자 중이 있거든요."

"작은 여자 중?"

"운지라고 하는데, 만나면 내 엉덩이를 꼬집고 머리를 쥐어박아요. 못됐어요."

"그럼 안 보면 되겠구나."

"히― 그래도 예쁘거든요."

"쯧쯧…… 요 쥐방울만 한 녀석이 장차 무엇이 되려고 이럴꼬……."

광명존자가 한심스럽다는 얼굴로 혀를 차며 째려보지만 운몽의 눈길은 어느덧 몽롱해져 있었다. 먼 허공을 바라보며 혼자서 히죽히죽 웃는다.

'인연이라는 것이 이토록 질기고 고약한 것이로구나. 그러기에 불도에 매진하는 중들이 죄다 인연 끊는 걸 최대의 목표로 삼고 정진하는 거겠지. 아, 오고 가는 바람을 뉘라서 막을 것이며, 흘러가는 강물을 뉘라서 멈추게 할 것이냐. 불어가다 제 스스로 소멸되고, 흘러가다 바다에 이르러 사라질 때까지 내버려 두는 게 정법인지도 모르지.'

광명존자는 마음속으로 많은 생각을 했다. 하지만 사람과 사람 사이의 정이란 역시 억지로 이래라저래라 해서 될 일이 아니라는 걸 다시 확인했을 뿐이다.

광명존자가 그런 자신의 생각은 묻어두고, 한숨을 쉬고 나서 말했다.

"그러잖아도 이제부터는 공부 외에 무공이라는 것도 가르쳐 줄 생각이었는데 너에게 이미 그런 마음이 들었다니 잘되었다."

"어라? 사부님도 무공을 할 줄 아세요?"

운몽이 눈을 동그랗게 떴다. 제 사부는 늘 잠만 자고 글만 읽고 쓸 줄 안다고 여겼는데, 무공을 가르쳐 주겠다니 놀란 것이다.

"그럼 너는 왜 나에게 무공을 배우겠다고 했느냐?"

“다른 곳에서라도 배우고 싶다는 거였어요.”

“왜?”

“사부님은 무공을 가르쳐 줄 수 없을 테니까요.”

“왜?”

“아이, 참. 그만 해요.”

“이 조그만 개구쟁이 녀석아. 너는 어디서 누구에게 무슨 말을 들었느냐? 사부를 놔두고 어디에서 누구에게 무공을 배우려고 생각했던 거냐?”

“복호사에서요.”

“응?”

운몽의 말이 의외인 듯 광명존자가 흰 눈썹을 꿈틀거렸다.

“복호사에 가면 무공이라는 걸 배울 수 있어요. 작은 여자 중도 거기서 배우고 있는걸요?”

“그만두어라. 다시는 그런 말을 하면 안 된다.”

광명존자가 근엄한 얼굴로 꾸짖듯 말했으므로 운몽은 ‘왜?’라고 물을 수 없었다. 사부가 저런 얼굴을 할 때는 공손하게 ‘예’ 라고 대답해야 혼나지 않는다는 걸 잘 알기 때문이다.

“내일부터 너에게 무공을 가르쳐 주마. 하지만 한 가지 명심해야 할 게 있다. 무공을 배울 때는 조금도 한눈을 팔거나 게으름을 부려서는 안 된다. 잠잘 때도 무공을 생각하고 꿈속에서도 수련을 해야 하는 거야. 그럴 수 있겠느냐?”

“자면서 어떻게 수련을 해요?”

"하겠느냐, 말겠느냐?"

"알았어요. 할게요."

그렇게 해서 다음날부터 운몽은 사부로부터 무공이라는 걸 배우기 시작했다.

그건 매우 재미없고 지루하며 따분한 시간의 연속이었다. 사부가 그에게 전해준 건 몇 다디의 알쏭달쏭한 구결이었는데, 그게 무공의 기초가 되면서 근본이 되는 것이기도 한 내공심법(內功心法)이라는 걸 이해할 수 없었기 때문이다.

광명존자는 어린 운몽에게 자신의 내공심법 중 기초가 되는 것을 전해주고 열심히 그것을 수련하도록 했다.

그 수련이라는 게 신나게 뛰거나 뒹구는 것이었다면 운몽은 역시 무공은 재미난 거라고 여겼을 것이다.

하지만 광명존자가 그에게 시킨 일은 가부좌를 틀고 앉아 심법 구결에 따라 기운을 기르는 일이었다.

해 뜨기 직전에 앉아 한 시진 동안이나 꼼짝하지 못했고, 사시(巳時)가 되면 다시 가부좌를 틀고 앉아 한 시진 동안 있어야 했다. 술시(戌時)에도 그렇게 한 시진을 앉아 있은 다음에야 사부의 허락을 받고 겨우 잠자리에 들 수 있었다.

그 외의 시간에는 글공부를 하고 청소며 사부 시중을 들어야 했으니 운몽에게는 눈코 뜰 새 없는 날들이었다.

"쳇, 이렇게 눈 감고 앉아만 있는 게 무슨 무공이야? 이래서야 어디 노란 새를 잡을 수 있겠어?"

쉴 새 없이 투덜댔지만 사부의 가르침이 워낙 엄격했고, 어린 마음에도 오기라는 게 생겼으므로 운몽은 미련한 곰처럼 졸음을 꾹꾹 참으며 심법을 운기했다.

그렇게 겨울이 지나가고 봄이 왔다.

벌써부터 발바닥이 근질거렸지만 운몽은 용케도 참고 있었다.

무공을 가르쳐 주기 시작하면서 사부의 눈초리가 그전과는 달리 매서워졌고, 한시도 운몽에게서 감시의 눈을 떼지 않았으니 꼼짝할 수 없는 탓이기도 하다.

작은 노란 새도 찾아오지 않는다.

아직도 그때 보았던 그 고운 모습과, 그때 들었던 그 아름다운 노랫소리를 생생히 기억하고 있는데, 작은 새는 어디 먼 곳으로 영영 가버린 것처럼 보이지 않았다.

어느새 산중에 여름이 오더니 붉은 단풍이 가득해졌다. 그러더니 곧 하얀 눈이 온 산을 뒤덮었다.

그렇게 또 한 번의 겨울이 오고, 새 봄이 문을 열 때까지 운몽은 반정도관 안에서 한 걸음도 밖으로 나가지 못했다.

사부의 엄명이 있기도 했지만, 저도 운지처럼 힘이 세지고 몸이 가벼워지기 전까지는 도관 밖으로 나가지 않으리라고 단단히 결심했던 것이다.

한번 놀란 기억 때문이기도 했고, 운지에게 저를 자랑해 보이고 싶은 마음이 컸기 때문이기도 하다.

그건 곧 그 작은 여자 중에 대한 애정이 자라고 있다는 것이지만, 정작 작은 꼬마 아이는 아직 그런 것까지 생각할 만큼 여물지는 못했다.

다만, 그녀를 다시 만났을 때 무언가 저를 돋보이게 하고 우쭐댈 거리가 있어야 한다고 긷게 된 것이다.

적어도 그녀만큼 힘이 세지고 몸이 가벼워져서 혼자 아무 두려움 없이 산길을 다닐 수 있게 되어야 그녀 앞에서 우쭐댈 수 있을 것 아닌가.

그런 일념으로 운몽은 자꾸만 눈앞에 어른거리는 운지에 대하여 보고 싶은 마음을 참고 또 참았다.

그가 한 번 본 운지에 대해서 그토록 집착하는 건 그녀를 만났던 상황이 워낙 잊을 수 없는 때문이었다.

두려움과 절망 속에서 지쳐 갈 때 노란 새처럼 갑자기 찾아왔던 사람 아닌가.

그것도 제 또래의 소녀였다.

그 인상이 운몽에게는 평생 잊을 수 없을 만큼 크게 자리 잡았다. 산중에서 늘 사부의 얼굴만 보고 살았을 뿐이기에 더 그랬는지도 모른다.

그러나 그 나이에 제 자신을 억제할 만큼 지독하다는 건 운몽이 여간내기 꼬마가 아니라는 증거가 되기도 한다.

일 년이 지났을 때, 광명존자는 운몽에게 한층 높은 내공심법을 전수해 주는 한편, 비로소 무공이라고 할 수 있는 수법들을 가르치기 시작했다.

우선 권각법과 신법에서 시작했는데, 운몽으로서는 그야말로 고대해 마지않던 일이었던지라 힘든 줄을 몰랐다. 다리가 꼬여 넘어지고, 중심을 잡지 못해 나자빠져도 아이는 괴로운 줄 모르고 신나기만 했다.

기본이 되는 권법과 신법, 보법을 여름 동안 끝내 버렸으니 광명존자의 놀람과 기쁨은 더욱 커질 수밖에 없었다.

그리고 이 년째에 접어들자 운몽의 어린 몸에는 점차 내공이라고 할 수 있는 기운이 자리 잡아갔다.

몸이 그전과는 비교할 수 없이 가벼워지고 튼튼해졌지만 운몽은 아직 그것을 느끼지 못했다. 수시로 그의 완맥을 쥐고 기혈의 흐름을 살펴보는 광명존자만이 그런 사실을 눈으로 보듯 잘 알았다.

그리고 존자는 내심 많이 놀라고 있었다.

'이 녀석의 성취가 믿을 수 없을 정도로구나. 이 나이 때에 나도 이와 같은 빠른 진척을 보지는 못했다.'

광명존자는 어린 운몽이 대견하고 자랑스러운 한편, 그가 자만할까 두려워하는 마음이 커졌다. 그래서 더욱 엄하게 꾸짖고 독려할 뿐, 칭찬은 아주 조금만 해주었다.

그게 운몽에게는 오기를 더해주는 일이었다.

'사부님의 눈에 들고 인정을 받으리라.'

그런 마음은 아들이 아버지의 인정을 받고 싶어 분발하는 것과 다름없는 마음이다.

어린 아들에게 아버지가 우상이듯이 운몽에게는 광명존자가 본받고, 나아가 뛰어넘고 싶은 우상이었던 것이다.

심법을 수련한 지 어느덧 이 년이 다 지나갔다.

그 무렵부터 존자는 비로소 자신의 절기들을 운몽에게 전해주기 시작했다.

뇌정신장(雷精神掌)을 익히기 위한 삼양신공(三陽神功)과 육보장권(六步掌拳), 연자십팔권(燕子十八拳)을 전해주었으며, 유성구천(流星九天) 신법의 관문이 되는 유운신법(流雲身法)을 가르쳐 준 것이다.

아직 운몽이 검법을 익힐 단한 체구와 체력이 되지 못했으므로 그것은 뒤로 미루었는데, 검법을 익히기 위해서는 우선 권법과 신법에 능해야 하는 탓도 있었다.

운몽은 그새 여덟 살이 되었다.

아직 앳된 티가 가득하고 개구진 용모였지만, 그에게서는 조금씩 사나이다운 기백과 늠름한 기상이 우러나기 시작하고 있었다.

절벽을 차고 오르는 몸놀림이 날랜 원숭이와 같았고, 주먹을 뻗으면 조막만 한 손에서 센 바람 소리가 났다.

넓찍한 곳이나 좁은 곳을 가리지 않고 힘껏 내닫고 이리저리 움직일 때면 검은 그림자만 어른거릴 뿐, 그의 형체를 잘 알아볼 수 없다.

하루 종일 그렇게 뛰어다녀도 지칠 줄 모르게 되고서야 운몽은 이것이 무공이라는 건가 보다 하는 생각에 기뻐했다. 제 사부가 놀라서 혀를 내두른다는 건 꿈에도 모른다.

"이제는 찾아가 볼 때가 되었어."

이듬해, 봄날.

운지를 만난 지 삼 년째 되는 그날에 운몽은 비로소 다시 그녀를 찾아가 볼 작정을 했다.

그동안 고통과 지루함을 참고 견딘 게 모두 이날을 위해서였던 것처럼 설렌다.

第三章
첫 시련

아이는 이제 어엿한 소년으로 자라 있었다.

세상의 나이로는 아홉 살에 지나지 않았으나, 생각하고 행동하는 게 남다르다.

세 번 겨울을 넘기는 동안 키도 훌쩍 자라서 같은 또래의 여느 아이보다 한 뼘은 족히 컸다.

자박거리며 걷던 산길을 터벅터벅 걸어가는 발걸음에 어느덧 당당함이 배어난다.

삼 년 동안 사부에게서 배운 무공은 아이에게 자신감과 함께 의젓함을 더해주었던 것이다.

하루 종일 걸려서 한밤중에야 도착하던 그 길을 운몽은 이

제 한나절 만에 갈 수 있게 되었다.

몸놀림이 날렵해졌고, 힘이 넘쳐 났으며, 지치지 않을 수 있게 되었기 때문이다.

"어머나, 이게 누구야?"

"아니, 네가 정말 그 꼬마란 말이냐?"

"이를 어째? 이제는 총각이 다 되었잖아?"

"어이구, 저 인물 좀 봐. 더 훤해졌어."

"어디 보자, 그새 얼마나 컸는지 한번 안아봐야지."

"요 통통한 볼 좀 봐. 젖살이 다 빠졌어도 여전하네?"

운몽을 본 복호사의 비구니들이 모두 놀랐다.

아이를 둘러싼 채 만지고 꼬집어보고 쓰다듬고 놀려대느라고 조용하던 산문 안이 자글자글 시끄러워진다.

운몽은 낯익은 얼굴들이 반갑기도 하려니와, 사부에게서는 맡을 수 없고, 예전에는 몰랐던 시원하고 상큼한 비구니들의 냄새가 좋았다.

손을 뻗어오는 비구니라면 가리지 않고 아무에게나 덥석덥석 안겨서 이름을 불러대며 얼굴을 가슴에 마구 비벼댄다.

덩치가 삼 년 전과는 비교할 수 없이 커졌지만 비구니들이 볼 때는 아직 철부지 꼬마 아이에 불과했다.

운몽이 허리를 껴안을 때마다 깔깔거리며 웃고 간지러워할 뿐, 뿌리치려 하지 않았다.

언제나 고요하기가 깊은 물속 같고, 정갈하고 그윽하던 복호사가 운몽만 나타나면 비구니들의 깔깔거리는 웃음으로 떠들썩해졌다.

활기가 넘쳐 나는 것이다.

소정 사태도 바깥의 시끄러운 소리를 들었다.

다른 때 같으면 서슬 퍼런 얼굴로, ‘수양하는 비구니들이 이 무슨 자발스런 짓이냐!’ 하고 호통쳤을 것이다.

하지만 소정 사태의 근엄한 얼굴에도 밝은 미소가 활짝 번졌다.

무려 삼 년 만에 찾아온 운몽이 아닌가.

소정 사태는 점잖은 풍모의 중년 사내와 마주 앉아 차를 마시고 있던 중이었는데, 외인으로서, 그것도 남자의 몸으로 복호사에 들어와 이처럼 소정 사태와 마주 앉아 있다는 것만으로도 그 중년의 사내가 범상치 않은 인물이라는 걸 짐작할 수 있다.

“누가 온 모양이군요?”

중년 사내가 눈치를 채고 먼저 말을 꺼냈다.

소정 사태가 빙긋 웃는다.

“귀찮으면서 반가운 손님이기도 하지요. 오랜만에 찾아온지라 철없는 제자들이 저렇게 반기는 모양이오.”

“노사태께서 그렇게 말씀하시는 걸 보니 복호사와 인연이 매우 깊은 손님인 것 같군요?”

"그렇다면 그렇고 아니라면 아니겠지. 불가의 인연에 어디 깊고 얕음이 있나요? 아미타불……."

노사태의 눈가에 반가움이 일렁인다. 그걸 본 중년 사내는 내심 이상한 일이라고 여기며 머리를 갸웃거렸다.

그가 아는 소정 사태는 돌부처 같아서 어떤 일에도 감정이 동요되지 않는 고승이었다. 수양이 깊어서 도대체 그 바닥이 어디인지 알 수 없을 정도인 것이다.

그런 노사태가 저렇게 반가운 기색을 감추지 못하니 대단한 손님인 모양이라고 생각했다.

소정 사태가 찻잔을 슬그머니 밀어놓으며 말했다.

"어디, 그새 얼마나 컸는지 볼까? 시주께서는 잠시 기다려 주시겠소?"

"소생은 신경 쓰지 않으셔도 됩니다."

"그럼 실례하오."

일어서 나가는 노사태를 바라보며 사내는 다시 한 번 이상한 일이라고 생각했다. 그에게도 궁금증이 머리를 든다.

"사태 할머니!"

정실에서 나오는 노사태를 본 운몽이 다른 비구니들을 죄다 뿌리치고 마구 달려갔다.

펄쩍펄쩍 뛸 때마다 날랜 토끼처럼 계단을 십여 개씩 뛰어 오른다.

비구니들이 모두 처음 보는 그런 운몽의 모습에 눈을 휘둥
그레 떴고, 소정 사태도 놀란 듯 바라보았다.

"보고 싶었어요!"

어느새 높은 계단을 날 듯이 올라온 운몽이 소정 사태의 품
으로 뛰어들었다.

멀리 떨어졌던 손자가 오랜만에 할머니를 만난 것처럼 좋
아한다.

"이런, 이런, 경망스럽게 이게 무슨 짓이야?"

입으로는 나무라지만 소정 사태의 얼굴에는 기쁘고 흐뭇
해하는 웃음이 가득했다. 자상한 할머니처럼 운몽의 등을 토
닥거려 준다.

"운지 스님은요?"

운몽이 본심을 드러내자 소정 사태가 빙긋 웃었다.

"왜 작은 여자 중이라고 하지 않고?"

"사태도 참, 그건 가히 듣기 좋은 말이 아니잖아요."

"오호."

소정 사태가 놀랐다는 듯이 운몽을 바라보았다.

그때 산문 안으로 활짝 피기 직전의 모란꽃처럼 풋풋하고
청순하며 아슬아슬해 보이는 소녀 비구니가 영준하게 생긴
한 소년과 함께 들어왔다.

운지였다.

어느덧 열세 살이 된 운지는 이제 어엿한 소녀의 티를 내고

있었다.

비록 헐렁한 잿빛 승복으로 몸을 가리고 머리를 깎았으나 볼에 감도는 홍조와 붉고 도톰해진 입술이며, 봉긋 숫아 보이는 가슴의 윤곽이 눈부시다.

삼 년 전과는 비교할 수 없이 정갈하고 정숙해진 분위기가 그런 청순한 아름다움과 더해져서 더욱 그녀를 돋보이게 했다.

"작은 여자 중아!"

운몽이 소정 사태의 품에서 빠져나오며 힘껏 소리쳤다. 노사태의 품에서 의뭉을 떨었던 게 언제였느냐는 듯하다.

운지가 바라보고 깜짝 놀라 멈추어 섰다.

그녀의 곁에 있던 소년이 의아해하지만 운지의 눈은 저기 마구 달려오고 있는 운몽에게 못 박혀 있었다.

기쁨과 부끄러움으로 목덜미까지 빨개지고, 얼굴에 환한 미소가 피어나 반짝인다.

그걸 보고, 운몽을 본 소년의 표정이 싸늘해졌지만, 운지나 운몽은 조금도 의식하지 못했다. 그럴 정신이 없는 것이다.

"작은 여자 중아, 내가 보고 싶지 않았어?"

달려온 운몽이 펄쩍 뛰어 운지의 목에 매달렸다.

삼 년 전에는 두 발로 그녀의 허리를 감싸고 매달릴 수 있었는데, 이제는 다리가 땅에 끌린다.

운지가 붉은 꽃처럼 얼굴을 붉히고 운몽의 가슴을 떠밀었다.

"이게 무슨 짓이야? 점잖지 못하게."

"어때서? 늘 그랬는데 뭘."

"어서 저리 떨어져."

"왜?"

"부끄럽잖아."

"왜?"

"아이, 참."

운지가 기어이 운몽의 통통한 엉덩이를 힘껏 꼬집었다.

"항복, 항복!"

운몽이 엄살을 떨며 두 손을 번쩍 든다.

흘겨보는 운지의 눈에 기쁨과 반가움이 가득했고, 그것과는 다른 은밀한 빛도 담겨 있었다. 하지만 운몽은 그게 무엇인지 조금도 알지 못한다.

곁에서 그들의 만남을 물끄러미 바라보고 있던 준수한 소년의 얼굴이 조금씩 일그러졌다.

소년은 운지와 같은 또래로 보였는데, 이목구비가 반듯하고 살결이 고왔으며, 훌쩍 큰 키에 벌써 어깨가 떡 벌어진 것이 장부의 늠름한 기상을 드러내고 있었다.

소년이 변성기에 든 걸걸한 음성으로 말했다.

"운지 사매, 이 아이가 누구지?"

그제야 운지도, 운몽도 소년의 존재를 의식했다.

운지가 깜짝 놀라 운몽에게서 물러섰고, 운몽도 어리둥절한 얼굴로 소년과 운지를 번갈아 바라보았다.

운지가 잔뜩 얼굴을 붉힌 채 마치 나쁜 짓을 하다 들킨 것처럼 당황한 기색으로 운몽을 소개했다.

"산 아래 마을에 사는 소년이에요. 절에 자주 놀러 와서 알게 되었는데……."

"나는 운몽이야. 너는?"

운몽이 불쑥 운지의 말을 막고 나섰다. 그는 운지가 왜 거짓말을 하는 건지 의아했지만 무언가 그녀에게 말 못할 사정이 있다고 짐작했다.

이제는 그런 정도의 눈치를 챌 수 있게 된 운몽인 것이다. 여섯 살 철부지 때의 그와는 다르다.

미소년이 제법 호탕하게 하하, 웃었다.

"귀여운 꼬마로군. 나는 화운평(華雲平)이라고 한다. 운지 사매와는 오래전부터 잘 알고 지냈지. 그런데 여러 번 복호사에 왔지만 한 번도 너를 보지 못했으니 이상한 일인걸?"

소년, 화운평이 의심스럽다는 눈으로 운지를 바라보며 말을 계속했다.

"왜 운지 사매는 그동안 한 번도 이 녀석에 대해서 말해주지 않았을까?"

운지의 얼굴이 더 빨개졌다. 화운평의 눈길을 똑바로 받지 못하고 전전긍긍한다.

운몽이 가슴을 불쑥 내밀었다.

"나는 이 녀석이 아니야. 운몽이라고 했잖아. 그리고 나도 절에 여러 번 왔지만 너를 보지 못했잖아. 네 얘기도 듣지 못했어. 그러니 마찬가지야. 하지만 나는 운지 스님을 탓하지 않는데 너는 왜 탓하지?"

의젓하고 당당하게 운지를 감싸준다. 화운평의 눈에 번쩍, 하고 차가운 빛이 떠올랐다가 곧 사라졌다.

운지는 어느덧 사춘기에 접어든 무렵이고, 작년부터는 달거리도 하고 있었다. 남자와 여자에 대해서도 안다.

소년, 화운평은 운지보다 한 살이 더 많은 열네 살이었다. 마음속에 이성에 대한 동경과 열망이 자리 잡을 나이인 것이다.

은근히 운지를 마음에 담아두고 있는 중이기도 했다.

그러니 그녀가 운몽을 대하는 태도를 보고 속상하지 않을 수 없다.

그래서 일부러 운몽을 꼬마라고 얕잡아보는 듯 말했던 것인데, 운몽이 거위처럼 머리를 빳빳하게 세우고 꽥꽥거리니 괘씸했다.

열네 살 소년에게 아홉 살짜리 사내아이야 꼬마로 보이는 게 당연한 일이다.

2

"흥!"

차갑게 코웃음을 친 화운평은 운몽의 차림새가 허술하고 꾀죄죄해 보이니 더욱 얕잡아보는 마음이 들었다.

산 아래 농가의 철부지 어린 녀석인 모양인데, 부모가 가난하고 무식해서 자식 교육도 제대로 시키지 못한 게 틀림없다고 짐작한다.

화운평이 엄하게 꾸짖었다.

"이 녀석, 아무리 어리다고 해도 그렇지, 운지 사매의 나이가 너보다 많고 내 나이는 더 많은데 함부로 너, 너, 하며 말하는 건 옳지 않다. 촌에서 귀엽게만 자라 예의가 없구나."

운몽은 어리둥절했다. 화운평이 저보다 나이가 많은 소년이라는 건 알겠는데, 마치 사부님이 꾸짖듯 이렇게 꾸짖으니 승복하기보다는 반감이 인다.

"대체 너는 누구야? 보아하니 너도 어른은 아닌데 왜 어른처럼 굴지? 이 절에 있는 모든 스님들이 다 너보다 나이가 많고, 훨씬 많은 스님도 있다. 하지만 아무도 나에게 너처럼 말하지 않았어."

"허, 도대체 말귀를 못 알아듣는 녀석이로구나."

"스님한테 중이라고 하면 못된 녀석이거든? 스님이 싫어하니까 말이야. 나는 누가 나한테 이 녀석이라고 하면 싫어져."

은근히 화운평이 못된 녀석이라고 하는 욕이다. 그것을 알아듣지 못할 화운평이 아니었다. 눈매가 가늘어지면서 입술이 일자로 닫혔다.

그때 저 위, 높은 계단 너머에 있는 소정 사태의 정실에서 점잖게 생긴 중년의 사내가 나오더니 화운평을 향해 말했다.

"벌써 뇌음사에 다녀왔느냐? 소령 노사태께서는 안녕하시더냐?"

힘이 깃든 굵직한 음성이다.

"아!"

화운평이 깜짝 놀라 즉시 공손한 태도를 취하고 머리를 숙였다.

"지금 막 돌아온 길이라 미처 말씀드리지 못했습니다. 운지 사매가 잘 안내해 주어서 일찍 다녀올 수 있었습니다. 소령 사태께서는 마침 폐관 중이시라 뵙지 못했지만, 건강하시고 기력도 좋으시다는 말씀을 들었습니다."

"잘했다. 그런데 그 아이는 누구냐?"

두 소년 사이에 말싸움이 있는 걸 가만히 지켜보고만 있던 소정 사태가 대신 대답했다.

"내가 말한 그 손님이라오."

"노사태께서 그토록 반가워하시기에 소생은 또 아주 대단한 인물이 방문한 줄 알았는데 이제 보니 어린 꼬마였군요?"

은근히 소정 사태와 복호사의 비구니들에 대한 조롱이 숨겨져 있는 말투였다.

소정 사태가 살짝 눈살을 찌푸렸지만 사내는 짐짓 모르는 척 너털웃음을 터뜨리고 다시 말했다.

"하하하, 저에게도 저 어린 손님을 소개시켜 주시겠습니까?"

노사태의 얼굴에 망설이는 기색이 스쳐 갔다. 소정 사태는 아미파의 고승이지만 눈앞의 중년 사내에 대해서 꺼려하는 마음을 가지고 있는 것이다.

또한 운몽을 있는 그대로 소개할 수 없는 사정이 있기도 하다.

'삼세의 인연은 부처님의 소관이시라. 수양하는 비구니가 그 인연 때문에 거짓말하는 죄를 지어서는 안 되겠지만, 그것이 여러 사람을 이롭게 하기 위해 어쩔 수 없는 일이라면 부처님께서도 용서하시겠지.'

잠깐 생각하던 소정 사태는 운지가 화운평에게 운몽을 소개하던 말을 떠올리고 빙그레 웃었다.

"저 아이는 운몽이라고 하는데, 산 아래 마을에 사는 소년이지요."

운몽도 충분히 들을 만큼 큰 음성으로 말한다.

운몽은 소정 사태마저 저를 산 아래 마을의 소년이라고 하니 더욱 이상했다. 하지만 무언가 사정이 있으리라는 생각에 아무 말도 하지 않고 계단 위의 사내에게 꾸벅 머리를 숙였다.

사내가 호탕하게 껄껄 웃는다.

"매우 잘생긴 아이로구나. 복호사 여러 스님들의 귀여움을
받으니 복을 타고난 게지. 나는 낙산(落山)에 사는 화군악(華
君岳)이라고 한다."

어린 소년을 두고 포권까지 하며 정중하게 제 소개를 하는
것은 역시 소정 사태와 복호사의 비구니들에 대한 조롱이다.

하지만 누구도 듣지 못한 척할 뿐이었다. 소정 사태의 안색
만 침울해졌다.

운몽은 화군악이라는 사람이 싫었다.

어린 소년의 마음에도 화군악의 오만하고 도도한 모습이
반감으로 다가왔던 것이다.

운몽은 그가 강호에서 얼마나 유명한 인물인지, 그의 위치
가 얼마나 대단한지 조금도 알지 못하고 짐작하지도 못한다.

하지만 그의 성이 화 씨인 걸로 보아 화운평이라는 소년과
깊은 관계라는 건 짐작할 수 있었다.

화운평도 싫고, 점잖을 떨고 있지만 오만하게 내려다보는
화군악도 싫다.

그 첫 만남에서의 인상이 장차 저를 따라다니며 몹시 괴롭
게 하는 일이 될 줄은 조금도 짐작하지 못했다.

복호사가 운몽에게는 좋은 인연만 아니라 나쁜 인연까지
함께 가져다주었던 것이다.

"우리 저쪽으로 가자."

운몽이 운지의 손을 잡고 끌었다. 운지가 머뭇거린다. 그

걸 본 화운평의 눈이 더욱 가늘어졌다.

운몽에게는 운지가 화운평의 눈치를 본다는 게 아니꼽고 화나는 일이었다. 그래서 더 막무가내로 고집을 부린다.

"가자니까. 나 호천(虎泉)의 물을 마시고, 그전처럼 함께 수국의 꽃잎을 세며 놀고 싶어. 그리고 화엄보탑(華嚴寶塔)에서 탑돌이도 하자. 응?"

운지가 어떻게 해야 할지 쩔쩔매는 건 화운평의 안내를 맡으라는 사부의 명을 받은 탓이었다.

그 말은 곧 화운평이 아미산에서 엉뚱한 말썽을 일으키지 않도록 잘 감시하라는 뜻도 있음을 알고 있다.

아미산에는 금지(禁地)도 많고, 여승들이 기거하는 암자며 사찰이 수없이 흩어져 있기 때문에 지리를 잘 알지 못하는 화운평이 자칫 실수할 수도 있기 때문이다.

하지만 무사히 그를 데리고 복호사로 돌아왔으니 제 임무는 끝났다고 할 수도 있다.

그렇게 생각한 운지는 마지못한 듯 운몽이 이끄는 대로 끌려갔다.

그들의 뒷모습을 바라보는 화운평의 눈에서 불길이 쏟아지는 듯했다.

운몽은 몇 년 만에 그토록 보고 싶어하던 운지를 만나 복호사 뒤편의 호젓한 호천에 왔지만 예전과 같은 즐거움을 느낄 수 없었다.

운지의 얼굴에 그늘이 져 있고, 자꾸만 화운평의 잘생긴 얼굴이 떠올랐기 때문이다.

운몽은 그런 저의 마음이 질투의 감정이라는 걸 아직 몰랐지만, 그 고통스러움은 어린 다음으로 감당하기 힘들 만큼 느끼고 있었다.

소중히 여기는 내 장난감을 다른 아이가 가지고 노는데, 그 아이의 부모가 곁에서 편들어주고, 그 아이의 힘이 저보다 세기 때문에 다시 빼앗아올 수 없을 때의 속상함이다.

운몽에게 운지는, 비록 네 살이 많기는 하다지만, 아미산에서 유일하게 만난 제 또래의 소녀이고, 사부에 대한 것과는 다른 따뜻한 감정을 갖게 된 비구니였던 것이다.

게다가 그녀를 처음 만났던 때의 상황이 극적이었던지라 결코 잊을 수 없고, 더욱 인상 깊게 남아 있다.

그 운지가 제가 아닌 다른 사내 녀석을 만나고 있었다는 게 속상했다.

운지는 언제까지나 저 혼자만 알고, 저 혼자만 독차지해야 할 사람이라는 생각이 헤어져 있던 지난 삼 년 동안 어느덧 운몽의 가슴에 깊이 새겨졌던 것이다.

3

"그 녀석은 누구야?"

운몽의 말에 화엄보탑의 계단에 앉아 멍하니 수국을 바라보고 있던 운지가 깜짝 놀랐다.

"누구?"

"화운평 말이야."

"나도 몰라. 하지만 일 년에 한 번씩 아버지와 함께 이곳에 온다."

"왜?"

"화 공자 아버님이 사부님과 잘 아는 사이인가 봐. 그래서 이곳에 당신 부인의 유골을 모셨어. 때문에 기일이면 잊지 않고 찾아오는 거야. 그리고 한 번 올 때마다 많은 돈을 기부하기 때문에 그게 복호사의 운영에 큰 힘이 된다고 해. 그러니 우리 절에서는 정성껏 화 부인의 위패를 모시고 제를 올려주지 않을 수 없지."

운지가 장황하게 말하는 건 자기가 화운평과 함께 있었던 것에 대한 변명이기도 했다.

그녀의 여린 가슴에 왠지 운몽에게 죄를 지은 것만 같은 마음이 들었던 것이다.

운몽이 알겠다는 듯 머리를 끄덕였다.

"역시 아까 그 사람이 화운평의 아버지였군."

"아니, 그분은 화 공자의 숙부님이셔. 매년 화 대인이 몸소 화 공자를 데리고 오셨는데, 금년에는 어쩐 일인지 숙부가 화 공자를 데리고 왔어.”

운지는 온화하게 말했는데, 그 말투에 화 대인이라는 사람을 공경하는 마음이 깃들어 있었다.

운몽은 더 속상했다.

“흥, 숙부든 아버지이든 똑같겠지 뭐. 어쨌든 나는 화씨가 싫다.”

“어째서? 너는 오늘 처음 본 것에 지나지 않은데? 그들에 대해서 잘 알지도 못하잖아.”

“한 번 본 것만으로도 질려서 다시 보고 싶은 마음도 없어. 더 알고 싶은 생각은 더더욱 없고.”

“그렇지 않아. 화 대인께서는 인후하고 너그러우신 분이다. 네가 본 화군악이라는 분과는 많은 차이가 있지.”

화운평의 숙부인 화군악에 대해서는 운지도 그다지 좋은 감정을 갖고 있지 않았다. 그가 거만하고 잘난 척을 했기 때문인데, 사부가 그를 공경해 주므로 어쩔 수 없이 공경했을 뿐인 것이다.

운몽이 볼을 씰룩거렸다.

“그러니까 그 화 대인이라는 사람도 복호사에 드나들었군? 흥, 복호사에는 남자가 들어올 수 없다더니 다 거짓말이었어.”

운지가 운몽의 머리를 쓰다듬어 주며 달래듯 말했다.

“화 대인은 예외야. 사문에서도 그분에 대해서만큼은 어느

정도 예외를 두고 있어."

그것은 아미파가 그의 명성에 걸맞은 대접을 해주는 것이 겠고, 화 대인에게 그동안 신세진 게 적지 않기 때문이기도 할 것이다.

아미파로서는 그렇게 할 수밖에 없을 테지만 운몽은 그런 걸 이해할 만큼 세상 물정에 밝지 못했다.

제 감정이 이끄는 대로 즉시 얼굴에 드러내고 말로 뱉어낼 뿐이다.

"그렇게 대단한 사람이야?"

"나도 잘 몰라. 하지만 사문의 존장들이 하시는 말씀을 들어보면 그런 것 같아. 낙산에 칩거하고 있지만 그 위명이 강호에 진동한다고 해. 소림이나 무당 같은 큰 문파에서도 그를 무시하지 못한다더라."

"왜?"

"그는 강호를 뒤흔들 만한 고수이거든."

"강호? 그게 뭐야?"

운몽에게는 처음 들어보는 말이었다. 사부도 그런 것에 대해서는 말해주지 않았기 때문이다.

"무공의 고수들이 의와 협을 행하거나 악을 행하기도 하면서 각축을 벌이는 무림을 말하는 거지. 넓게는 사람이 사는 이 세상을 그렇게 말하기도 하고."

"오라, 무림이라는 데가 있었군. 무공을 익혀서 고수가 되면 또 다른 세상에 사는 거나 같겠네?”

“뭐 그렇다고 볼 수도 있지만, 그곳 역시 사람들이 사는 세상 아니겠니? 굳이 일반 사람들이 부대끼며 살아가는 세상과 구분을 할 필요가 있을까? 딘간에 좋은 사람이 있고 나쁜 사람이 있듯이 무림이라는 곳 또한 그럴 뿐일 거야.”

“그런데 조금 전에 말한 아미파란 건 또 뭐야? 여기가 복호사지 어째서 아미파야?”

운몽은 궁금증으로 잠시 화운평을 잊은 듯했다. 운지에게는 그게 다행스런 일로 여겨진다.

운지가 운몽의 손을 잡고 그 손등을 쓰다듬어 주며 말했다.

마치 다정한 오누이가 양지바른 곳에 앉아 오순도순 옛날이야기라도 하고 듣는 것 같은 모습이었다.

“무림에는 수많은 문파와 방회, 독립적인 세력가들이 있는데, 저 하늘의 별처럼 많다고 하더구나. 그중 명문정파로 꼽히는 역사 깊은 문파가 아홉 개, 방회가 한 개 있어. 강호에서는 그곳을 두고 구파일방이라고 하며 존경하지. 아미파는 그 구파일방 중 한 곳이란다. 복호사는 물론 아미산에 흩어져 있는 많은 사찰, 암자들이 다 그 아미파에 속하는 거야. 대단하지 않아?”

“그럼 그 구파일방의 무공이 제일 세겠네?”

“보통 그렇게들 말하지만 누가 알겠어? 강호에는 또 기인이사들이 바닷가의 모래알처럼 많다고 하니 그중에는 우리의 상상을 초월할 만큼 뛰어난 고수도 있겠지."

"그럼 화운평의 아버지가 바로 그런 사람이야?"

"그건 나도 잘 모르겠어. 하지만 사부님이 그처럼 공경하는 걸로 보아서는 그런 것 같기도 해."

"응, 그렇구나."

운몽의 얼굴이 시무룩해졌다. 운지의 말처럼 화운평의 아버지가 강호의 절정고수라면 화운평 또한 장차 제 아버지를 이어서 그렇게 될 것 아닌가, 하는 생각이 들어서였다.

그렇게 훌륭한 아버지를 두고 있는 놈이라고 생각하자 부러움과 함께 제 자신이 더욱 보잘것없고 초라하게 느껴져서 싫었다.

운지 앞에서 화운평보다 제가 더 멋지고 당당해야 하는데 저에게는 내세울 게 아무것도 없으니 기가 팍 죽는다.

그런 운몽의 기분도 알지 못하고 운지가 자랑스럽게 말했다.

"사부님께서도 강호에서 명성이 아주 높으신 분이란다. 절대로 화 대인 아래가 아닐걸? 그리고 우리 아미파는 구대문파 중에서도 역사가 깊고 고수가 많기로 다섯 손가락 안에 꼽히는 곳이야. 명문정파의 기둥이지. 그런 점에서는 낙산에 있는 화 대인의 신검장(神劍莊)보다 뛰어날 거야."

제 사문과 사부에 대한 자부심이 가득한 걸 보면서 운몽은 더 우울해졌다.

'나에게도 사문이라는 게 있고, 소정 사태처럼 훌륭한 사부가 있었더라면 얼마나 좋을까.'

그런 생각 끝에는 제 사부에 대한 야속한 마음까지 들었다.

하는 일이라고는 없이 좁아터진 반정도관 안에서만 죽치고 있는 사부 아니던가. 기껏 한 달에 두어 번 도관을 떠날 뿐이다. 그 외에는 늘 말도 없이 돌부처처럼 앉아서 잠만 잔다.

지금은 그것이 자는 게 아니라 정좌운기(靜坐運氣)하는 것임을 알지만 여전히 불만스러웠다.

그러고 보니 사부가 가르쳐 준 무공이라는 것도 별것 아닐지 모른다는 생각마저 들었다.

강호에 무슨 명성이 있는 것도 아니고, 반정도관 자체가 복호사와는 비교할 수 없이 초라한데, 그런 곳에서 늙어가는 사부에게 무슨 세상을 떠들썩하게 할 무공이 있으랴, 하는 생각이 든 것이다.

운몽은 사부가 그 모양이니 제자인 자신도 초라한 것이라는 자괴감이 들었다.

하지만 운지나 화운평은 그렇지 않았다. 사문이 뛰어나고 가문이 훌륭하니까 의젓하고 기품이 있지 않은가.

얄밉기 짝이 없지만 운몽은 화운평이 저보다 점잖고 잘생겼다는 걸 인정하지 않을 수 없었다. 나이가 많은 탓에 덩치도 훨씬 컸다. 게다가 힘도 셀 것이다.

그런 생각을 하고 운지를 돌아보자 그녀가 달라 보였다. 자기 꼴을 훑어보고 다시 보자 더욱 달라 보인다.

어린 마음에도 운몽에게는 왠지 운지가 저보다 화운평과 더 잘 어울릴 것 같다는 생각이 들었다.

운지에게 보여주고 자랑하려고 지난 삼 년 동안 열심히 무공을 수련했는데, 그게 어쩌면 아무것도 아닐지 모른다는 생각은 운몽의 마음에 깊은 상처를 주었다.

아미파에서 저보다 훨씬 더 오랫동안 무공을 배웠을 운지는 물론 화운평이 본다면 얼마나 웃을 것인가, 하고 생각하자 끔찍해진다.

운몽이 그렇게 자기 자신에 대한 연민과 운지에 대한 상심(傷心)으로 풀이 죽고 괴로워하는데, 저쪽에서 화운평이 천천히 보장전(寶藏殿)의 깨끗한 돌계단을 올라와 모습을 드러냈다.

"화 공자."

그를 본 운지가 얼른 운몽의 손을 놓고 일어섰다.

운몽은 제 손에 남아 있는 운지의 체온이 빠르게 식어가는 걸 느꼈다.

무릎을 안고 쪼그려 앉아서 물끄러미 발아래의 하얀 돌계단을 바라보고 있자니 세상에서 저 혼자만 버림받은 것 같은 쓸쓸함이 밀려들어 견디기 힘들었다.

'나는 화운평처럼 훌륭한 아버지를 가지고 있기는커녕, 누가 나를 낳아주었는지도 모른다. 내 사부는 소정 사태처럼 인

자하고 명성이 높지도 않다. 내 생긴 모양은 화운평처럼 의젓
하지도, 잘나지도 못했다. 내 입고 있는 이 낡은 옷과, 화운평
의 저 깨끗하고 화려한 비단옷은 얼마나 차이가 나는가. 신고
있는 신발만 봐도 나는 그의 종보다 못할 것이다.'

어린 마음에 그런 처량한 생각이 들었다.

운몽은 제가 아직 아홉 살의 꼬마이고, 화운평은 벌써 열네
살의 어엿한 소년이라는 건 잊었다. 운지를 사이에 놓고 보자
저와 화운평이 동등한 한 사람의 남자로 여겨질 뿐인 것이다.
그러니 비교하는 마음이 더 괴로울 수밖에 없다.

천천히 다가온 화운평이 운몽은 거들떠보지도 않고 운지
에게 다정하게 말했다.

"운지 사매, 이곳이 그윽하고 운치있기는 하지만 오래 있
을 곳은 못 되는 것 같다. 나는 아직 나한전(羅漢殿)의 부처님
께 참배하지 못했는데 사매가 나를 안내해 주지 않을 테야?"

운지가 운몽의 눈치를 보았다. 운몽은 화엄보탑의 돌계단
에 쪼그리고 앉은 채 얼굴도 들지 않았다.

한숨을 쉰 운지가 그런 운몽에게 말했다.

"여기서 잠시 기다리고 있을래? 화 공자를 나한전으로 안
내해서 그가 참배하는 걸 도와준 다음에 곧 올게."

"싫어!"

내내 얼굴을 푹 숙이고 있던 운몽이 갑자기 소리치고 벌떡
뛰어 일어났다.

"나는 가겠어. 흥! 화 공자인지 화 미꾸라지인지하고 잘 놀아! 다시는 오지 않을 테야!"

작은 주먹을 꼭 쥐고 화운평을 매섭게 노려본다.

"아?"

운지는 돌변한 운몽의 말과 태도에 당황하여 어쩔 줄 몰랐다.

화운평은 운몽이 저를 미꾸라지에 비교하자 참고 참았던 화가 울컥, 치솟았다.

"저런, 버릇없는 꼬마 놈이 감히 말을 함부로 하는구나! 누구에게서 그런 못된 말버릇을 배웠느냐? 네 아버지냐?"

그가 가뜩이나 열등감의 원인이 된 아버지를 들먹이며 꾸짖는 데에 운몽 또한 더 참을 수 없게 되었다.

"에잇!"

소리치더니 그대로 화운평에게 부딪쳐 간다.

돌계단을 박차고 몸을 날리는 모습이 확실히 삼 년 전과는 비교할 수 없이 날렵하고 힘차 보였다.

하지만 화운평에게는 가소롭기 짝이 없을 뿐이다.

그가 슬쩍 운몽의 발길질을 걷어내며 비웃었다.

"꼴에 어디서 무공이라는 걸 몇 수 얻어 배운 모양이구나? 하지만 듣지도 보지도 못한 형편없는 수법이로군. 이 못된 꼬마야, 그런 주먹질로 어디 허수아비나 제대로 칠 수 있겠어? 차라리 나에게 배우는 게 어떻겠느냐? 우리 집으로 와서 내

시동이 되어 신발을 들고 다닌다면 내가 그보다 훨씬 나은 무공을 가르쳐 주마. 하하하.”

운몽이 입술을 악물고 연신 주먹과 발을 날리지만 화운평은 여유있는 모습으로 슬쩍슬쩍 피할 뿐이었다. 그러면서 조롱하고 이죽거린다. 그게 운몽을 더욱 미치게 했다.

연신 날카로운 기합성을 터뜨리며 죽기 살기로 달려들지만 마음만 급했을 뿐, 손과 발이 점점 어지러워졌다.

화운평은 아예 뒷짐마저 진 채 이리저리 돌고 몸을 좌우로 가볍게 흔들면서 운몽의 주먹질을 모두 피해 버렸다.

아무리 기를 써도 그의 옷자락 하나 건드릴 수 없자 운몽은 제 분을 참지 못해 기어이 울음을 터뜨리고 말았다.

털썩 주저앉아 주먹으로 제 가슴을 두드리고, 두 발로 땅을 마구 비벼대며 우왕! 하고 커다랗게 운다.

운지가 한쪽에서 멍하니 구경만 할 뿐 제 역성을 들어주지도 않고, 제 편은 더더욱 들어주지 않았다는 게 화운평에게 놀림을 당한 것보다 더 서럽고 분하다.

운지는 당장이라도 달려가 어린 운몽을 끌어안고 달래주고 싶었다. 하지만 화운평이 지켜보고 있는데 차마 그럴 수 없어 마음만 달아오를 뿐이었다.

화운평이 운몽을 흘겨보며 쯧쯧, 혀를 차더니 운지의 손을 냉큼 붙잡았다.

“버릇없는 아이들은 그저 맘껏 울게 놔두는 게 제일이야.

울다가 지치면 스스로 그치거든. 자, 우리는 어서 나한전으로 가자."

마구 손을 이끄니 운지는 부끄러웠다. 꽉 붙잡힌 손목을 빼려고 하지만 그럴수록 화운평이 손아귀에 더욱 힘을 주는 탓에 뺄 수 없었다.

거의 반은 그에게 끌려가다시피 하며 운몽을 돌아보는 운지의 눈에 안타까움이 가득했다.

"나는 갈 거야! 다시는 오지 않을 거야!"

그렇게 멀어지는 두 사람의 등에 대고 운몽이 악을 쓰듯 소리쳤다.

아이의 마음속에는 세상으로부터 버림받은 것 같은 절망감이 가득했을 뿐, 다른 아무것도 생각나지 않았다.

오직 화운평이라는 이름과 얼굴만 더욱 깊이 각인되었고, 운지에 대한 애틋한 마음이 미움으로 바뀌었다.

이제는 정말 그녀를 다시 보지 않으리라고 독하게 마음먹는다.

무슨 수를 쓰던, 화운평보다 뛰어난 무공을 배워서 혼내주고 말겠다는 오기가 불처럼 일었다.

복호사의 소정 사태며 그 많은 비구니들도 죄다 미워졌다. 화운평과 한통속인 것 같은 생각만 든 것이다.

"다 미워! 미워!"

아이의 악쓰는 소리가 고요하던 정원을 요란하게 했지만

와 보는 사람은 아무도 없었다.

　그날 운몽은 내내 울면서 두 개의 높은 봉우리와, 세 개의
깊은 골짜기와, 다섯 개의 크고 작은 개울을 넘어 터덜터덜
학정봉의 풍소애로 돌아왔다.

第四章
골짜기에 피는 사랑

1

　귀에 들리는 새들의 아름다운 노랫소리도 더 이상 아름답
지 않았고, 눈에 보이는 봄풀의 파릇함과 신록의 영롱함도 더
이상 눈부시지 않다.

　세상이 온통 암담한 절망의 어둠으로 덮여 있는 것 같을 뿐
이다.

　이 세상에서 제 편은 아무도 없다는 것.

　이제는 저와 놀아줄 사람이 아무도 없다는 것.

　저를 업어줄 사람도 없고, 목에 매달려 응석을 부려볼 사람
도 없다는 것.

　그러한 모든 절망의 요소들보다 더 운몽을 절망하게 한 건

운지를 잃어버렸다는 아픔이었다.

그녀를 원망하고 미워하며, 붙잡는 비구니들의 손을 뿌리치고 달아나듯 복호사를 떠났는데, 낙일봉(落日峰) 정상에 우뚝 서자 문득 후회가 되기도 했다.

못 이기는 척 그냥 머물러 있었으면 운지가 화운평의 손을 뿌리치고 돌아와 제 잘못을 빌며 안아주었을지도 모른다는 생각이 들었던 것이다.

물론 그건 자기 자신의 바람을 상상해 보는 것에 지나지 않았다. 하지만 운몽에게는 그게 정말 그렇게 될 일이었던 것처럼 여겨졌다.

그래서 아쉬움과 후회가 담긴 눈길로 복호사가 있음직한 산자락을 더듬었다.

지금이라도 운지가 숨을 헐떡이며 저 아래 아스라이 보이는 하얀 길을 마구 달려올 것만 같았다.

"가지 마! 내가 잘못했어! 다시는 너를 버리지 않을게! 제발 나를 용서해 줘!"

낙일봉 정상에 서 있는 저를 바라보며 애절하게 소리쳐 부를 것만 같았다.

하지만 한참을 찬바람을 맞으며 서 있어도 운지는 달려오지 않았다.

호랑이도, 곰도, 늑대도 죄다 도망가 버린 길에는 산짐승 한 마리 어슬렁거리지 않는다.

분한 마음이 새롭게 들고, 낙심하는 마음이 더 깊어져서 운몽은 내내 발아래만 보며 걸었다.

그렇게 낙일봉을 내려왔고, 음침한 취운곡(聚雲谷)을 건넜다. 그리고 운대봉 정상에 올라섰다.

이제는 아무리 두리번거려도 복호사가 어디쯤에 있는 건지 알아볼 수 없게 되었다. 그새 발아래 밀려온 구름이 운해(雲海)를 이루고 온 산을 뒤덮어 버렸던 것이다.

하얀 구름의 바다 위로 삐죽삐죽 솟아오른 높은 봉우리들이 아득하고 막막하기만 하다.

어린 나이에 어울리지 않게 청승맞은 한숨을 내쉰 운몽이 어깨를 늘어뜨리고 다시 터벅터벅 걸어 운대봉을 내려가기 시작했다.

능선을 따라 남쪽으로 걷는 동안 밀려온 구름이 안개가 되어서 작은 아이를 부드럽고 측축하게 감쌌다.

갑자기 밤이 된 것처럼 주위가 어둑어둑해지고, 짙은 안개에 나무와 바위와 길이 모두 숨어버린다.

운몽은 막막했다.

아홉 살 어린 마음에도, '이와 같이 몽롱하고 알 수 없는 것이 내 인생이 아닐까?' 하는 생각이 든다.

그래서 더 쓸쓸하고 적막한 얼굴을 한 채 풍소애 깎아지른 듯한 벼랑 위의 잔도를 걸었다.

발아래 구름이 밀려가니 제가 잔도 위를 걷고 있는 건지,

구름 위를 걷고 있는 건지 모호해졌다.

속세를 떠나 하늘로 오르는 길을 걷고 있는 것 같다는 생각은 처음 든 생각이었다.

여태까지 셀 수도 없을 만큼 이 잔도를 따라 풍소애를 오르내렸지만 한 번도 그런 생각을 해본 적이 없었던 것이다.

이렇게 구름길을 타고 올라가 반정도관의 문을 열고 들어서면 이제 영영 세상과는 인연이 끊어지는 것 같았다.

다시는 세상에 나갈 일도 없을 것이고, 또 그렇다고 해서 아쉬울 것도 없다는 마음이 되었다.

아홉 살 어린 꼬마가 느끼기에는 너무 심오하고 허무한 감정인데, 운몽은 그런 제 감정을 다른 그럴듯한 말로 설명할 수 없었지만, 절실히 느낄 수는 있었다.

돌출된 차갑고 축축한 바위를 안고 돌자 저 앞에 반정도관이 보였다. 짙은 운무에 감싸여서 을씨년스럽게 보이기까지 한다.

칠 벗겨진 낡은 문 앞에 서서 운몽은 다시 한 번 제 마음속에 다짐을 했다.

"나도 사부님처럼 도관 안에서 꼼짝하지 않을 거야. 세상에 내려가 봐야 온통 기분 나쁜 일들뿐인 걸 뭐. 사부님처럼 조용히 수양이나 하면서 사는 게 더 좋아."

운몽은 아미산이 세상의 모든 것인 줄 알고 자랐고, 지금도 그랬다. 아미산 밖에 더 넓은 세상이 있고 그곳에 강호라는 곳이 있으며, 무림이라는 이상한 세계가 있다는 걸 알고 돌아오는 길이지만, 여전히 아이에게는 아미산이 세상의 전부였다.

그 아미산에서 큰 마음의 상처를 입고 도관으로 들어가기 위해 문고리를 잡고 있다. 그건 마치 상처 입은 작은 짐승이 애써 신음을 참고 다리를 절뚝거리며 제 굴로 피신하는 것과 같았다.

삐걱거리는 문소리가 유난히 크고 음침하게 들린다.

그리고 텅, 하고 다시 닫히는 소리가 가슴에 못질하는 소리처럼 아프게 들렸다.

"에휴—"

작은 아이의 입에서 절로 닿이 꺼질 듯한 탄식이 새 나온다.

"웬 한숨이냐? 어린 녀석이 자발스럽게."

이름만 그럴듯할 뿐이지 다 쓰러져 가는 조그만 전각에 불과한 광명전(光明殿) 앞에서 사부의 묵직한 음성이 들려왔다.

여전히 그 모습이고 그 얼굴인 사부였다.

여전히 난간에 기대서서 자욱한 운무를 무심하게 바라보고 있다.

늘 보던 모습이고, 늘 듣던 음성인데 이처럼 반가울 수가 없었다.

"사부님!"

크게 부르는 운몽의 음성이 반쯤은 울음이다.

아이가 와락 달려들어 사부의 가슴속으로 뛰어들었다.

"어허, 다 큰 녀석이…… 무슨 일이냐? 또 다치기라도 했어? 어디 보자."

운몽은 사부의 가슴속으로 자꾸만 파고들며 익숙한 그 냄새를 맡았고, 익숙한 그 음성을 들었다. 익숙한 그 마음을 보았다. 그래서 더욱 설움이 복받친다.

아이가 기어이 와앙, 하고 울음을 터뜨리며 사부의 가슴에 제 얼굴을 마구 비벼댔다.

광명존자가 말없이 그런 운몽의 등을 토닥여 주었다.

마치 네가 무슨 일을 겪었는지, 네 마음이 어떤지 다 안다는 듯 쓸쓸한 미소를 띠고 있다.

운몽은 한참을 그렇게 울다가 스르르 잠이 들었고, 광명존자는 그날 밤이 새도록 어린 제자의 머리맡을 지켜주었다.

"내가 지은 악업이 너를 통하여 다시 나에게 돌아오는구나. 아, 이것이 하늘의 이치라는 것일까?"

중얼거리던 광명존자가 탄식했다. 물끄러미 운몽을 바라보고 있자니 마음이 쓰려온다.

아이의 두 볼에 얼룩진 눈물 자국을 보자 더욱 애틋한 정이 우러나서 가슴이 뭉클해졌다.

하늘을 우러러 탄식한 광명존자가 다시 중얼거렸다.

"하지만 이 어린것은 무슨 잘못을 했기에 벌써부터 이와 같은 고통을 겪어야 하는 것인가? 이것도 하늘의 이치라면 하늘은 얼마나 냉정한가. 사부를 잘못 만난 죄 때문이라면 나의 악업은 도대체 언제까지 계속되어야 한단 말이냐. 그 고리를 끊고자 벌써 사십 년을 자중하며 수양했건만 아직도 부족하다면 대체 이 세상에 누가 제 악업을 끊고 도를 이룰 수 있단 말인가?"

앞으로 사십 년을 더 고행하고 수양해야 한다면 기꺼이 그렇게 하리라고 마음먹었다. 이제는 존자 자신을 위해서가 아니라 이 철없는 어린 제자를 위해서였다.

운몽은 그날 이후 말이 없어졌다.

혼자 있을 때면 언제나 멍한 얼굴로 반정도관의 난간에 기대서 먼 하늘을 보거나, 발아래 가라앉아 있는 학정봉 기슭의 풍경을 바라보았다.

마치 제 사부의 모습을 빼닮은 것 같았다.

며칠이 그렇게 지났다. 그동안 운몽은 거의 말을 하지 않았고, 무공을 수련하지도 않았다.

광명존자 또한 그런 어린 제자에게 아무 말도 하지 않았다. 스스로 마음이 풀릴 때까지 몇 년이 되었든, 평생이 걸린다 해도 바위처럼 기다리겠다는 듯했다.

"사부님."

어느 날, 모처럼 날이 맑아 밝고 따뜻한 햇빛이 도관 안으로 가득 밀려드는 오후에 운몽이 비로소 말문을 열었다.

양지바른 곳에 앉아 옷자락을 뒤적이며 이를 잡고 있던 존자가 의아한 눈길을 던졌다.

"사부님, 강호라는 곳이 있다면서요?"

"응?"

"무림이라는 곳도 있다던데 정말 그래요?"

"왜 갑자기 그런 걸 묻는 게냐?"

"사부님은 무공을 할 줄 아시잖아요. 그럼 무림에서 고수로 꼽히나요? 소림이나 무당, 아미파의 사람들도 두려워하는 그런 고수 말이에요."

운몽을 물끄러미 바라보는 광명존자의 얼굴이 점점 무심해져 갔다.

"다 잊었다."

"잊었다니요?"

"무림을 잊었고, 강호를 잊었으며 내가 누구였는지도 다 잊었느니라."

"왜요?"

"나는 지금 여기 이렇게 앉아 있으니 그렇지."

"그러니까 왜요?"

"그런 걸 두고 강호를 떠났다고 하느니라. 강호의 말로는 금분세수(金盆洗手)했다고도 하지. 그것도 오래전의 일이니 강호의 일은 다 잊었을 수밖에."

“아이 참, 그러니까 왜 떠났느냐고요?”

“…….”

운몽의 그 물음에 존자는 아무 말도 하지 않았다. 쓸쓸해진 기색이 잠깐 얼굴에 스쳐 갔을 뿐이다.

존자가 다시 이를 잡는 일에 몰두했다.

그런 사부를 째려보던 운몽이 불쑥 물었다.

“낙산에 있다는 신검장을 아세요?”

“글쎄다.”

“거기 산다는 화 대인이라는 사람을 모르세요?”

대꾸를 하지 않는다.

“그 사람의 무공이 천하제일이라 소림이나 무당 아미파도 쩔쩔맨다는데, 정말 그런가요?”

“흥.”

존자가 여전히 고개를 숙이고 이를 잡으며 가볍게 코웃음 쳤다.

“아닌가요?”

“낙산 화가(華哥)의 무공이 뛰어나기는 하지. 하지만 그뿐이니라.”

“어라? 정말 아시는군요? 그럼 좋아요. 사부님은 그 화 대인보다 무공이 높은가요?”

“흥.”

이번에는 존자의 코웃음 소리가 조금 전보다 컸다.

운몽의 눈이 반짝, 빛났다.

"역시 사부님이 더 세군요? 그렇죠? 히히, 내가 그럴 줄 알았어."

"다 잊었느니라."

"무공도요?"

대답이 없다.

"다른 건 다 잊었어도 괜찮아요. 무공만 잊지 않았으면 돼요."

"왜?"

"그래야 사부님 소리를 들을 자격이 있지 않겠어요?"

"허허, 고얀 놈이로고."

광명존자가 비로소 이 잡던 손을 멈추고 운몽을 바라보았다.

"그럼, 내가 무공도 잊었다면 너는 나를 사부님이라고 부르지도 않겠구나?"

"사부님이면 제자에게 뭔가 가르쳐 줘야 하잖아요? 아무것도 배울 게 없는데 왜 사부님이라고 불러야 해요?"

"이 녀석, 한번 사제의 인연을 맺으면 죽을 때까지 변하지 않는 거다. 너는 그 이치도 모른단 말이냐?"

"쳇, 나한테 무공도 가르쳐 줄 수 없는 사부는 필요없어요."

"어허, 이게 아주 큰일 낼 놈이로구나."

광명존자가 혀를 찼다.

"사부는 부모와 같다. 한번 부모는 영원한 부모인 게야. 부모가 못나고 형편없다고 해서 내 부모가 아니라고 부정할 수 있느냐? 그렇다면 그건 짐승이나 다름없지. 아니, 짐승도 그렇게 하지 않느니라."

"괜찮아요. 나에게는 부모가 없으니까요. 낳아놓고서 내버렸으니 그런 부모는 차라리 없는 게 낫지요."

"끄응―"

광명존자는 운몽의 그 말에 대꾸할 수 없었다. 이 당돌한 녀석이 벌써 사춘기가 오나? 하는 생각과 함께, 지금 심성을 잘 잡아주지 못하면 평생의 한이 될 것이라는 걱정도 들었다.

"나는 너에게 도(道)를 가르쳐 줄 수 있느니라."

"그런 것보다 무공을 더 배우고 싶어요. 그것도 아주아주 센 걸로요."

"무공은 작은 것이다. 도보다 더 크고 가치있는 것은 없느니라. 무공으로는 신선이 될 수 없으나 도는 나를 신선이 되게 해주느니라. 무공으로는 고통과 번민을 이길 수 없으나 도는 그 모든 것을 이기게 해주느니라. 너는 그와 같은 도를 알고 싶지 않느냐?"

"몰라도 돼요."

단호하다. 그래서 광명존자는 하루 종일이라도 할 말이 남았지만 입을 다물 수밖에 없었다.

“도는 사부님이 닦으시고, 나한테는 무공을 가르쳐 주세
요.”

“벌써 삼 년 동안이나 가르쳐 주었지 않았느냐?”

“그런 시시한 것 말고 진짜 무공이요. 천하제일이 될 수 있
는 무공 말이에요. 사부님은 화 대인보다 세다고 했잖아요.
그러니 그걸 가르쳐 주세요.”

“내가 언제?”

“조금 전에 내가 화 대인이 천하제일이라고 하니까 코웃음
쳤잖아요. 그건 무슨 의미예요?”

광명존자가 대꾸하지 못하고 커흠, 커흠, 하고 헛기침만 했
다.

그리고 스스로를 나무란다.

‘내가 아직도 호승심을 버리지 못했고, 속세의 공명을 버
리지 못했구나. 쯧쯧, 광명존자야, 광명존자야. 그리고도 네
가 어찌 사십 년 동안 도를 닦았노라고 말할 수 있겠느냐. 너
는 아직도 멀었다. 에휴―’

2

한 달이 지났다.

세월이 약이라는 말처럼, 어느덧 운몽의 어린 마음에 찾아
왔던 상심의 아픔도 조금씩 옅어져 갔다.

마음 깊은 곳에 새겨진 상처야 영영 지워지지 않을 테지만, 그 고통으로부터의 면역력이 날이 갈수록 커져 가는 것인지도 모른다.

운몽은 다시 사부로부터 무공을 배우고 수련하는 데 전념했다.

아이와의 대화가 있은 후부터 광명존자는 어린 제자에게 더욱 엄격하고 혹독하게 무공을 가르쳐 주었는데, 한번 네가 원하는 대로 해보라는 마음이 들었던 건지도 모른다.

그게 아이의 가슴에 새겨져 있는 상처를 덮어주는 일이라면 더 바랄 게 없다는 마음이기도 하리라.

어쨌든, 그렇게 원하는 무공을, 그것도 삼 년 동안 배웠던 기틀 위에서 이제는 그보다 더 강력하고 복잡한 수법들을 배우기 시작하자 운몽은 오직 그것에 열중했다.

타고난 자질 위에 집념이 더해지니 그 성과는 눈부실 지경이었다. 곁에서 지켜보는 광명존자가 깜짝깜짝 놀랄 정도다.

운몽은 마치 잘 마른 솜 같았다. 존자의 모든 것을 남김없이 빨아들이려고 한다.

그렇게 바쁘고 즐거운 한 달이 지났을 때, 노란 작은 새가 다시 찾아왔다.

어느덧 봄도 깊어 여름을 바라볼 무렵이었다.

반정도관의 날아갈 듯한 처마 위에서 맑고 고운 노랫소리가 들려온 것이다.

손바닥만 한 마당에서 땀을 뻘뻘 흘리며 무공 수련에 여념이 없던 운몽은 깜짝 놀랐다. 몸이 절로 굳은 것처럼 뻣뻣해진다.

"노란 작은 새다!"

운몽이 펄쩍 뛰며 소리쳤다.

아름답고 낭랑하던 노랫소리가 뚝 그치고, 노란 새가 그때처럼 호르르, 날아갔다.

"거기 서!"

이제 운몽은 노란 새에게 돌아오라고 사정하지 않았다. 네 까짓 게 달아나면 어디까지 달아날 테냐, 하는 마음으로 땅을 박차고 달려간다.

훌쩍, 뛰어서 벽을 한 번 차더니 그대로 처마 위로 솟구쳐 올랐다.

작은 노란 새는 보이지 않았다. 아마도 풍소애 아래로 떨어지듯 날아간 모양이다.

"흥, 나는 네가 어디로 갈지 알고 있어."

이마에 손을 대고 이리저리 살펴보던 운몽이 중얼거렸다.

삼 년 전 제가 길을 잃었던 그 골짜기를 떠올린 것이다.

운몽이 쏜살같이 도관 밖으로 뛰어나갔다. 천 길의 가파른 절벽에 걸려 있는 잔도 위를 달리면서 조금도 무서워하지 않는다.

날랜 원숭이처럼 단숨에 풍소애를 내려와 무명의 음침한

골짜기까지 달려온 운몽이 어깨를 들썩이며 거친 숨을 내쉬었다.

이곳에 이르는 데 불과 한 식경밖에 걸리지 않았으니 어쩌면 작은 노란 새는 아직 도착하지 못했을지도 모른다.

바로 저곳이다.

두리번거리던 그의 눈에 제가 주저앉아 울었던 물가의 바위가 보였다.

후다닥 달려가 그곳에 오뚝 선 운몽은 이제 울지 않았다.

삼 년 전의 그와 지금의 그가 그렇게 달라졌지만 삼 년 전의 풍경과 지금의 풍경은 조금도 달라지지 않았다.

그리고 삼 년 전의 만남에 대한 기억도 달라지지 않았다.

물가에 서서 운몽은 멍한 얼굴로 급하게 흐르는 개울물을 바라보았다. 떠올리지 않으려 해도 절로 떠오르는 그때의 기억을, 그때의 감정을 어쩔 수가 없다.

잊었다고 여겼던 일들이 새록새록 되살아났다.

두리번거리는 눈에 저만큼 활짝 피어 있는 두견화가 보인다.

가지를 우산처럼 드리운 커다란 나무에 분홍빛 손바닥만 한 꽃들이 가득 피어 있어서 마치 커다란 분홍 우산을 쓰고 있는 것 같다.

얼마나 아름답던지 눈이 부실 지경이다.

그 꽃나무의 활짝 핀 아름다움이 절로 한 사람의 얼굴로 바

뀌었다. 그러더니 수백, 수천 개의 얼굴이 되어서 와르르 피
어난다.

운지였다.

작은 노란 새의 짜르랑거리는 맑고 높은 노랫소리였다.

"왜 이제 왔어?"

작은 새의, 작은 노란 새의 잊을 수 없는 노랫소리.

"얼마나 기다렸는지 알아?"

그 그리운 음성.

"너는 정말 못된 꼬마 아이야."

타박하는 모습.

"아!"

운몽이 깜짝 놀라더니 머리를 마구 흔들었다. 눈을 비비다
가 주먹으로 제 머리통을 두드려 댄다.

"바보 같아."

웃음 실린 그 잊지 못할 음성. 노랫소리.

거기 운지가 있었다.

작은 여자 중이다.

아니, 이제는 어엿한 소녀가 된 비구니다.

하지만 운몽의 머릿속에서 그녀는 여전히 작은 여자 중이
었다.

그 투명하도록 맑고 고운 볼과 수줍은 듯, 노여워하는 듯
흘겨보는 눈길.

운몽은 제가 지금 꿈을 꾸고 있는 거라고 여겼다.

그래서 아프도록 눈을 비비고 떠보아도 그녀는 여전히 그 곳에 있었다.

"저 꽃 좀 봐. 참 예쁘게 피었다. 우리가 처음 만났을 때는 꽃망울이 맺혀 있을 뿐이었는데……."

이건 꿈이 아니다. 착각도 아니고 환상도 아니다.

운몽은 운지가 분홍색 두견화를 가리키며 배시시 웃었을 때에야 비로소 제가 정말 그녀를 보고 있다는 걸 깨달았다.

"너, 너, 어떻게 된 거지?"

하지만 여전히 어리둥절하다.

"너는 정말 요술을 부릴 줄 아는 거야?"

"바보."

"아니면 네가 어떻게 작은 노란 새가 될 수 있지?"

"무슨 뚱딴지같은 소리야? 헛소리하는 버릇은 여전히 못 고쳤구나?"

"아니, 나는 정말…… 작은 노란 새가 왔어. 그래서…… 왔더니…… 여기 네가……."

"뭐야, 너는 내가 보고 싶어서 정말 바보가 되어버린 모양이구나. 쯧쯧, 불쌍하기도 하지."

운지가 눈을 흘기며 웃는다.

운몽은 눈부셔서 두견화를 똑바로 바라보지 못했듯, 그녀를 똑바로 바라볼 수가 없었다.

작은 노란 새는 날아가 버리고 없는데, 운지가 사박사박 걸어 다가왔다.

"너 왜 여기에서 울고 있니?"

삼 년 전 그때, 처음 들었던 그 음성이 운몽의 귀에 쟁쟁 울렸다.

하지만 운지는 이제 그렇게 말하지 않았다.

운몽은 울지 않았고, 운지는 달래주지 않는다.

그 대신 부끄러움으로 두 볼을 붉힌 채 낮게 말했다.

"오늘도 못 보는가 보다 하고 돌아가려던 참이었어."

"그럼 나를 보려고 여기까지 일부러 왔단 말이야? 다른 날에도 왔었어?"

"벌써 세 번째야. 열흘에 한 번씩 와봤지. 오늘도 못 보면 이제는 오지 않을 작정이었다."

"열흘에 한 번씩……."

운몽은 제가 운지를 보기 위해 그 먼 길을 자박자박 걸어서 찾아가던 때를 떠올렸다. 얼마나 힘들고 외로운 길이던가.

하지만 운지를 볼 수 있다는 일념으로 이길 수 있었는데, 이제 운지가 그렇게 저를 찾아왔다니 가슴이 미어진다.

"왜 풍소애 위로 올라오지 않았어? 그랬으면 나를 보았을 텐데."

"처음에 말했었잖아, 이 이상은 학정봉에 다가갈 수 없다고."

사부님의 엄명이라고 했었다. 운몽은 삼 년 전에 그 말을 들었는데, 이제야 '왜 그랬을까?' 하고 의아하게 생각했다.

"왜 왔어?"

마음과는 달리 퉁명스럽게 말이 튀어나온다. 운지가 다시 눈을 흘겼다.

"네가 울고 갔잖아. 내내 마음에 걸려서 한 번 보지 않고는 못 견디겠더라."

"흥, 화 공자가 있을 때는 모른 척하더니 그가 이제는 오지 않는 모양이지?"

"아직도 그때 일로 삐쳐 있니?"

운지가 울 듯한 얼굴을 했다. 운몽은 당장 그녀의 손을 잡고 미안하다고, 잘못했다고 말해주고 싶었다. 하지만 말이라는 놈은 제멋대로 툭, 툭, 튀어나온다.

"아직도라니? 흥, 내가 어떻게 잊을 수 있겠어? 내내 울면서 혼자 풍소애까지 걸어왔는데. 오는 동안 수백 번도 더 뒤돌아보고 또 돌아보았는데. 지금이라도 쫓아와 나를 잡아주면 다 잊을 수 있을 거라고 수천 번도 더 중얼거렸는데. 그런데 작은 여자 중은 오지 않았어."

"미안해."

오히려 운지가 울음 섞인 음성으로 그렇게 말했다.

"그래서 이렇게 왔잖아. 여기서 하루 종일 멍하니 네가 와주기만을 기다리고 있었잖아."

"지금도 화 공자라는 녀석이 좋아?"

"좋다니? 그런 게 아니야."

"그럼 뭐야?"

"아이, 참."

운지가 눈가에 맺힌 눈물을 찍어내며 또 한 번 눈을 흘긴다.

그 모습에 운몽은 가슴이 철렁, 하고 떨어지는 것 같았다.

이런 느낌은 처음이고, 이와 같은 감정도 다 있다는 걸 처음 경험한다.

가슴이 울렁거리면서 볼이 홧홧해졌다.

'이게 뭐지? 내가 왜 이러는 거지? 갑자기 병이 났나보다.'

덜컥 겁이 난다.

운지가 살며시 운몽의 손을 잡았다.

이제 그녀는 더 이상 열세 살의 소녀가 되기를 원치 않는 것 같았다.

운몽과 같이 아홉 살의 철부지 작은 여자 아이가 되기를 간절히 원하는 것인지도 모른다.

아니면 운몽을 열세 살 난 소년으로 여기는 것이리라.

"이렇게 너를 볼 수 있어서 다행이야. 오늘도 보지 못하고 혼자 돌아갈 뻔했잖아. 그랬다면 나도 너처럼 엉엉 울면서 저 산을 넘어갔을지도 몰라."

그 말에 운몽이 와락 운지의 품속으로 뛰어들었다.

그녀의 뭉클한 가슴에 얼굴을 묻은 순간 지난 일들을 모두 잊었다. 화엄보탑의 돌계단에 혼자 앉아 울었던 일들이 까마득히 멀어진다.

운지가 화운평에게 손을 잡혀 나한전으로 가던 모습도 지우개로 지운 것처럼 사라져 버렸다.

지금 이렇게 그녀의 품에 다시 안겨 있고, 그녀의 체온을 느끼며, 냄새를 맡을 수 있다는 것.

작은 사내아이에게 이 순간 그것보다 소중한 건 아무것도 없었다.

이 시간이 영영 끝나지 않기를 간절히 바란다.

3

운몽의 등을 토닥여 주고 머리를 쓰다듬어 주던 운지가 가만히 말했다.

"이제 울지 않을 거지?"

"응."

"다시 나를 보러 와줄 거지?"

"아니."

"싫다고? 어머나!"

뜻밖의 대답에 운지의 눈이 휘둥그레진다.

"다시는 복호사에 가지 않을 거야."

“왜? 내가 그렇게 미워졌어?”

“아니, 그게 아니야.”

“그럼?”

“복호사에 가면 나 혼자서만 너를 가질 수 없잖아.”

운몽은 무의식중에 갖는다는 말을 했다. 운지가 당장 홍당무처럼 얼굴을 붉히고 몸을 움찔했다.

그러더니 얼른 정신을 차리고 호호, 웃으며 운몽의 머리통을 쥐어박았다.

어색할 뻔했던 분기가 저만큼 달아나 버린다.

“호호, 요 작은 꼬마가 못하는 말이 없어. 내가 물건이야?”

“그게 아니고…… 내 말은 너하고 나하고 둘이서만…… 재미있게 놀 수 없다는 거였어. 정말이야.”

운몽도 제가 한 말이 얼마나 엉뚱한 것이었던지 어렴풋이 짐작했다. 그래서 서둘러 변명하는데, 말이 자꾸만 더듬거려진다.

“그럼 어쩌지?”

운지가 슬픈 얼굴을 했다. 운몽이 그녀의 품에서 벗어나 똑바로 바라보며 말했다.

“우리 저기 운대봉에서 만나자. 거기면 학정봉과 복호사의 중간쯤 될 거야. 혼자서 먼 길을 오가는 것보다 낫지 않겠어?”

“응, 그렇긴 하겠네.”

운지가 머리를 끄덕였다. 복호사에서 만나면 사부님의 눈치가 보이고, 이곳에서 만나면 언제 광명존자의 눈에 띄게 될지 몰라 불안할 텐데, 운대봉이라면 괜찮을 것 같았다.

"매일매일 만날까?"

"그건 안 돼."

운지가 단호하게 머리를 흔들었다.

"왜?"

"이렇게 몰래 나오는 일이 언제까지 계속될지 알 수 없어."

"몰래 나온 거였어?"

"사부님께 말씀드리면 당장 종아리를 맞을걸?"

"그럼……."

"더 늦기 전에 돌아가야 해."

하늘을 올려다본 운지가 서둘렀다. 운몽은 이렇게 그녀를 보내야 한다는 게 너무 싫었다. 겨우 몇 마디 말을 나누었을 뿐 아닌가.

"조금만 더 놀다 가자. 우리 누가 빨리 달릴 수 있나 볼까?"

"얘는? 싫어."

"그럼 내가 얼마나 빨리 나무 위에 올라갈 수 있는지 볼래?"

"아이, 참."

운지가 발을 동동 굴렀다.

"늦게 돌아가면 저녁 예불어 참석할 수 없잖아. 그러면 사부님께 들키고 말아."

운몽의 눈앞에 소정 사태의 근엄한 얼굴이 하나 가득 떠올랐다.

인후하고 자상한 노사태이지만 제자들에게는 얼마나 엄격한지 운몽도 잘 알고 있었다.

더 고집을 부리면 운지가 노사태에게 혼날 것이고, 그러면 자기를 보러 몰래 나올 수 없게 될 거라고 생각하자 풀이 죽었다.

"가. 내가 바래다줄게."

"정말?"

"저기, 운대봉까지만."

"응, 거기까지만이라도 좋아."

운지가 활짝 웃고 운몽의 볼을 꼬집었다.

작은 사내아이와, 그보다 조금 큰 소녀 비구니가 손을 꼭 잡고 타박타박 숲 속을 걷는다.

울창한 삼림도, 음침한 골짜기도 무섭지 않았다.

운몽의 기척이 숲 속에 들리는 즉시 아미산에 득실거리는 호랑이는 물론 곰도, 늑대도 모두 꼬리를 말고 달아난다.

깡총깡총 뛰기도 하고, 운지 등에 업히기도 하며 쉴 새 없이 쫑알거리는 운몽의 얼굴에, 온몸에 오랜만에 커다란 기쁨과 행복이 넘쳐 났다.

그건 운지도 마찬가지여서, 누가 들을까 봐 겁낼 것 없이 까르르, 높은 소리로 웃었다. 주먹을 흔들며 은몽을 쫓아가다가 멈추어 서서 눈을 흘기기도 한다.

"잠깐만."

은몽이 깜짝 놀란 듯 말하더니 후다닥 개울로 달려갔다. 그리고 곧 돌아와 젖은 손을 불쑥 내밀었다.

"받아, 내 선물이야."

"어머, 예쁘다."

운지가 물에 젖어 반짝이는 작은 조약돌을 쥐고 활짝 웃었다.

검고 단단한 차돌이었다. 갈색 줄 몇 개가 그어져 있는데, 물기를 머금고 반짝이는 것이 검은 보석 같았다.

저물어가기 시작한 햇빛이 비쳐 더욱 영롱하게 빛난다.

운지는 이처럼 예쁜 조약돌은 어디에서도 볼 수 없을 거라고 믿었다.

"고마워."

손에 꼭 쥐고 다른 손으로 은몽의 볼을 꼬집었다. 그러더니 살짝 얼굴을 숙여 아이의 환한 이마에 입맞춤한다.

"……!"

은몽은 생각지도 못했던 일에 어리둥절해졌다.

금방 떨어진 운지의 입술이지만, 그것이 닿았던 이마 복판이 불에 덴 것처럼 화끈거렸다.

운지가 얼굴을 빨갛게 붉힌 채 은몽을 외면했다.

‘이게 뭐지?

운몽은 머릿속에 쿵쿵 울리는 천둥소리를 들었다.

갑자기 불 속에 떨어진 것처럼 몸이 달아올랐다. 이마에 닿았던 불덩이가 순식간에 온몸으로 퍼져서 저를 태워 버리는 것 같다.

‘이게 뭐지?

운몽은 생전 처음 겪어보는 그 이상한 경험에 어리둥절하다가 어색하고 부끄러워졌다. 그래서 그의 얼굴도 홍당무처럼 새빨개졌다.

“어머, 저기 다람쥐다. 예쁘기도 하지.”

운지가 여전히 붉게 달아오른 얼굴로 괜히 호들갑을 떨며 마구 달려갔다.

멍하니 그런 운지의 팔랑거리는 잿빛 옷자락을 바라보던 운몽이 가만히 제 이마에 손바닥을 댔다. 그리고 그것을 떼어 냄새를 맡아본다.

가슴에 소중히 대고 지그시 눌렀다.

쿵쾅거리는 제 심장의 고동이 생생하게 손바닥으로 옮겨 왔고, 운지가 심어준 뜨거운 불의 기운은 심장으로 옮겨갔다.

그런 날들이 꽃이 피고 지듯이 흘러갔다.

아미산의 계절은 다른 곳보다 훨씬 빠르게 바뀌는 건지도 모른다.

그렇다면 자욱이 피어나는 안개와, 운해의 꿈틀거림을 닮은 탓일 것이다.

아미산의 시간은 다른 곳의 시간보다 훨씬 빨리 흘러가는 건지도 모른다.

그렇다면 골짜기마다 천둥치는 소리를 내며 콸콸거리고 급하게 흘러가는 개울물을 닮은 탓일 것이다.

계절이 바뀌고 시간이 흘러가도 변하지 않는 건 산이었다. 그리고 피고 지는 두견화처럼 빠르게 변하는 건 사람이었다.

그중에서도 운몽과 운지가 그랬다.

어느덧 그들은 어엿한 청년이요, 아가씨의 티가 났다.

여섯 살 꼬마이던 운몽이 욜여섯 살이 되었으니, 운지는 스무 살의 성숙한 아가씨가 된 것이다.

그들의 만남은 그래서 더 이상 이어지지 못하게 되었다.

第五章
첫 싸움 그리고 첫 패배

운몽과 운지는 늘 그랬듯이 한 달에 한 번씩 운대봉의 정상에서 만났는데, 어떤 때는 운몽이 약속한 시간보다 훨씬 일찍 올라와 찬바람을 맞으며 운지를 기다렸고, 어떤 때는 운지가 운몽보다 더 일찍 나와 있기도 했다.

소년과 소녀는 서로 손을 잡고 아미산의 골짜기를 쏘다녔으며, 산짐승을 뒤쫓았다.

운지의 걸음이 빠르고 가벼웠다면, 운몽의 걸음은 이제 그녀를 앞지를 정도가 되어 있었다.

"네 사부님은 도대체 어떤 분이셔?"

운지가 물으면 운몽은 먼 하늘의 한 조각 구름을 가리켰다.

"뜬금없는 분이셔?"

"응."

"제멋대로야?"

"응."

"핏, 가르쳐 주기 싫으면 싫다고 해."

"사부님의 엄명이셔."

"뭐라고?"

"네가 절대로 학정봉에 올라오지 않는 것과 같아. 나는 절대로 사부님이 누구신지 아무에게도 말하면 안 돼."

"왜?"

"사부님의 엄명이라니까."

"그러니까 왜?"

"쳇, 너 작은 여자 중은 말투마저 나를 닮아가는구나."

"그래서, 싫어?"

"아니, 귀찮아."

"이 꼬마 녀석이!"

운몽은 키가 훌쩍 커서 운지를 내려다보게 되었고, 운지는 가슴이 불쑥 솟아서 운몽과 확연히 달라져 있었다.

하지만 스무 살 운지에게는 턱수염이 거뭇거뭇하게 나기 시작한 운몽이 여전히 작은 꼬마 아이로 여겨졌다.

열여섯 살의 어엿한 사내가 되었다는 걸 의식하지 못한다.

그러나 운몽은 달랐다. 운지가 이렇게 발끈 화를 내거나,

샐쭉해서 토라지거나, 환하게 웃을 때면 현기증이 나서 그녀
를 똑바로 바라보지 못했다.

"하긴, 나도 네 사부님이 누구신지 모르는 게 좋겠다."

"왜?"

"모르겠어. 내 사부님께서는 이제 학정봉은커녕 학정봉이
라는 말조차도 금하셨다. 그래서 아미산의 제자들은 누구나
남쪽을 바라보는 것도 조심스러워해. 그런데 내가 네 사부님
이 누구신지 안다고 하면 화를 당하겠지."

"왜?"

"모르겠어."

운지가 근심스런 얼굴을 했다. 운몽의 얼굴에도 그늘이 진
다.

운지는 어쩌면 사부님이 이렇게 운몽을 몰래 만나 한참을
놀다 들어가는 걸 다 알고 계실지도 모른다고 생각했다.

아니, 그럴 것이다. 그러면서 짐짓 눈감아주는 게 틀림없
다.

그런 생각을 한두 번 해본 게 아니었다.

그래서 언젠가는 이것 때문에 큰일이 닥칠지 모른다는 막
연한 짐작을 했고, 그러면 두려움에 가슴이 멎을 것 같았다.

언제던가…….

열네 살 되던 때일 것이라고 기억한다.

사부가 불러 앉히더니 엄하게 꾸짖던 일이 떠올랐다.

"너는 이제부터 복호사 주위 십 리 안을 떠나지 마라."

이유는 말하지 않았다. 하지만 운지는 사부님의 화난 듯한 그때의 그 얼굴을 잊을 수 없었다. 그리고 자신을 바라보던 눈길에 알 수 없는 안타까움이 깃들어 있었다는 것도 생생히 기억한다.

왜 그런지는 알 수 없었다.

사부님의 명령 때문에 그 달에는 운대봉으로 가지 못했다.

운몽과 만나기로 약속한 날, 운지는 종일 화엄보탑의 계단 위에 멍하니 서서 운대봉을 바라보기만 했다.

찬바람을 맞으며 하루 종일 오지 않는 저를 기다리고 있을 운몽의 어린 모습을 생각하면 가슴이 미어지는 것 같았다.

눈물이 두 볼을 타고 줄줄 흘러내렸다.

운지는 그때 제 사부가 몰래 그런 자신을 훔쳐보고 있다는 걸 알지 못했다.

늙은 사부가 합장한 손을 떨며 쉬지 않고 부처님의 가호를 비는 염을 했다는 것도 까맣게 모른다.

운지를 훔쳐보면서 그 마음에 안타까움과 연민의 정이 가득해져서 소정 사태 또한 눈시울을 붉혔던 것이다.

사부님의 엄명이 있었지만 운지는 이제 운몽을 보지 않고 서는 괴로움 때문에 제가 견딜 수 없게 되었다.

어린 마음의 외로움이 운몽을 만나면서부터 그 작은 꼬마 에게 급히 쏠리기 시작했던 것이다.

혈육에 대한 정에 굶주려 있기는 운지나 운몽이나 다를 게 없었는데, 두 아이의 서로를 잡아당기고, 서로에게 이끌리는 마음은 거기에서 나온 것인지도 모른다.

게다가 운몽과의 첫 만남은 운지에게도 잊을 수 없는 강한 인상으로 새겨져 있었다.

늙어 꼬부라져서 한 톨의 그리움도 담을 수 없는 퍼석거리는 가슴을 갖게 되어도 그 일은 잊을 수 없을 것이다.

운지는 그런 제 마음을 저도 알 수 없었다.

사부와 사형들의 눈을 속이고 만나는 만남이 왜 더 짜릿한 건지, 그 만남이 거듭될수록 왜 정이 쌓이고 쌓이기만 하는 건지. 그리하여 아미산만큼 높아지면 그때는 어떻게 해야 되는 건지…….

다음 달, 약속의 날이 돌아오자 운지는 기어이 참지 못하고 사부의 명을 어겼다.

사형들에게는 이웃에 있는 순양봉 아래의 뇌음사로 사숙인 소령 사태를 보러 간다 하고 태연하게 복호사의 산문을 나선 것이다.

그리고는 뒤도 돌아보지 않고 날듯이 달려 곧장 운대봉으로 향했다.

그런 일이 거듭되었고, 기어이 사부에게 다시 불려갔는데, 반년이 지난 뒤였다.

"네가 어째서 사부에게 거짓말을 하느냐?"

“사부님…….”

운지의 눈에 당장 눈물이 가득 고였다.

“일전에 소령이 왔더니라. 네가 늘 뇌음사로 놀러 간다고 했기에 소령에게 너를 보았느냐고 물었지.”

“…….”

“한 번도 네가 찾아온 적이 없다고 하더구나.”

“사부님, 저는, 저는…… 운몽이 너무 보고 싶어요. 한 달에 한 번 그 작은 아이를 보지 않으면 밥도 먹기 싫어져요.”

울음을 꾹꾹 삼키며 겨우 말하고 나서 기어이 와앙, 하고 울어버리는 어린 제자 앞에서 소정 사태는 침묵할 수밖에 없었다.

사람 사이에 싹트는 정을 무슨 수로 막을 수 있을 것인가, 하는 생각이 든 것이다.

어리든 나이가 들었든, 남녀 간의 정이란 급히 흐르는 물과 같다. 둑을 쌓으면 잠시 멈추는 듯하지만 기어이 그 너머로 흘러넘치고, 둑마저 무너뜨리지 않던가.

그걸 막기 위해서는 둑에 구멍을 내서 물이 흘러나갈 길을 만들어주어야 하는 법이다.

소정 사태는 그런 이치야말로 이 작은 비구니의 마음이 어긋나지 않게 다스리는 유일한 길이라고 생각했다.

엄하게 꾸짖고 금족령을 내리는 것만이 능사가 아닌 것이다.

그날 이후 소정 사태는 운지가 몰래 산문 밖으로 나가는 걸 짐짓 모르는 척했다.

그 작은 비구니가 커다란 잘못을 저지르지 않기 바랄 뿐인데, 운지는 다행히 운대봉으로 가서 운몽을 만나 노는 것 외에는 사문의 금기를 범하지 않았다.

날이 저물기 전에 반드시 돌아와 저녁 예불에도 태연하게 참석하곤 했던 것이다.

사부를 속인다는 죄책감 떠문인지, 힘들다는 투정 한 번 부리는 법 없이 무공 수련도 더욱 열심히 했고, 불경을 외고 부처님을 봉양하는 일에도 누구보다 열성을 보였다.

몰래 산문을 빠져나가는 버릇이 생기기 전보다 오히려 명랑하고 적극적이며 불성에도 밝아진 것이어서 소정 사태는 가슴을 쓸어내렸다.

부처님의 자비가 저 작은 비구니를 가피(加被)하는 때문이고, 앞으로도 지금처럼 지켜주실 것이라고 믿었던 것이다.

노사태는 오히려 사제인 뇌음사의 소령 사태가 그 일을 알게 될까 봐 제자들의 입단속을 하기에 급급했다.

그런 일들을 회상하는 운지의 얼굴에 수심이 깃들었다.

그녀를 바라보는 운몽의 얼굴에도 그늘이 드리운다.

두 사람은 서로 말은 하지 않았지만 두 분의 늙으신 사부 사이에 커다란 비밀이 있다는 걸 짐작했다. 그리고 그건 좋은 일이 아닐 것이다.

운몽의 사부가 절대로 아미파나 복호사에 대하여 말하지 않는 것처럼 소정 사태가 제자들을 지나칠 만큼 단속하는 게 그렇다.

그런 생각이 운지와 운몽을 우울하게 했다.

두 사람은 자신들의 미래에 대해서 생각할 수 있게 된 것이다. 그리고 그것이 고통스러우리라는 걸 예감했다.

나쁜 일은 서서히 닥쳐오지 않는다.

두 사람에게도 그랬다.

아니, 지난 십 년의 세월을 두고 보면 지나치게 늦게 찾아온 것이다.

다음 달, 여름이 무르익은 무렵이었다.

운지와 운몽은 온 산을 뛰어다니다가 운대봉 아래의 취운 곡으로 내려와 땀을 씻었다. 그리고 개울가에 나란히 앉아 차가운 개울물에 발을 담그고 물장구를 쳤다.

드러난 두 사람의 종아리가 물기에 젖어 반짝였다.

깔깔 웃으며 차올리는 물방울이 보석처럼 허공에 걸려 빛나는데, 갑자기 들려온 날카로운 외침이 그것을 산산이 깨뜨렸다.

"운지 아니냐?"

두 사람의 등짝을 사정없이 때리는 차갑고 놀란 외침.

"네가 정녕 운지란 말이냐?"

"아!"

놀라서 돌아본 두 사람의 눈에 대나무처럼 깡마른 중년의 비구니가 가득 들어왔다.

놀람으로 얼굴이 차갑게 굳어지고, 부릅뜬 눈이 서릿발을 토해낸다.

운수(雲手) 비구니였다.

세간에서 아미삼소(峨眉三素)로 불리는 세 노승 중 뇌음사에 칩거하고 있는 소령 사태의 둘째 제자이다.

어려서부터 소령 사태를 사부로 모신 탓에 그 성품은 물론 무공까지 사태를 빼닮아서, 동문 사형제들은 모두 그녀를 작은 소령이라고 불렀다.

2

"복호사에 있어야 할 네가 지금 이곳에서 무엇하고 있는 것이냐?"

"운수 사형……."

운지의 고운 얼굴이 새파랗게 질렸다.

아미파의 배분으로야 사형대 간이지만, 운수는 운지보다 훨씬 나이가 많은 데다가 성격가저 까다로운 비구니였다. 그래서 운지는 평소에도 수백 뗭 사형들 중 운수 사형을 가장 두려워했는데, 이런 곳에서 이렇게 맞닥뜨린 것이다.

정신이 아뜩해져서 어쩔 줄 모르고 온몸을 부들부들 떨기
까지 한다.

놀라기는 운몽도 마찬가지였지만, 운지의 애처로운 모습
을 보자 견딜 수 없었다.

운몽이 두 팔을 활짝 벌리고 운지를 등 뒤에 가렸다.

"스님께서는 운지 누이를 혼내시려는 거지요?"

눈을 크게 뜨고 당돌하게 운수를 마주 본다.

중년 비구니의 주름진 얼굴이 서릿발에 덮인 것처럼 싸늘
해졌다.

"너는 어떤 놈이냐?"

"소생은 운몽이라고 합니다."

"이곳에서 저 철없는 비구니와 무얼 하고 있었지?"

"보신 대로입니다. 우리는 그저 더위를 식히며 물장난을
하고 있었을 뿐이지요."

"그게 다란 말이냐?"

운몽을 노려보는 운수의 눈길이 점점 싸늘해졌다. 그럴수
록 그녀를 바라보는 운몽의 얼굴 또한 딱딱해진다.

소년은 이 중년의 비구니가 대단한 존재라는 건 짐작했지
만 조금도 두렵지 않았다.

지금 이 넓은 천하에서 운지를 지켜줄 사람은 저 하나뿐이
라는 생각이 소년에게 죽고 사는 것조차 잊을 만큼 큰 용기를
주었던 것이다.

“비켜라.”

운수가 싸늘하게 말했다. 운몽은 물러서려 하지 않는다.

“스님께서 운지를 용서하겠다고 약속하시면 비켜 드리겠습니다.”

“이 녀석이?”

운수의 얼굴에 의아해하는 기색이 떠올랐다. 대체 어떤 놈이기에 아미산에서 감히 자신에게 대드는 건지 궁금해진다.

운지와 어떤 사이이기에 이토록 기를 쓰고 그녀를 비호하는 건지도 궁금하다.

“당돌한 녀석이로구나. 어디에 살고 있는 녀석이기에 이 깊은 산중에서 운지와 둘이 있는 건지 고해라.”

운몽이 머뭇거렸다. 눈앞의 비구니에게 제가 학정봉의 반정도관에 살고 있다는 걸 말할 수 없기 때문이다.

“저는 저 아래 마을에 사는 사람입니다. 가끔씩 복호사에 왕래하곤 했는데, 그곳에서 운지 스님과 알게 되었지요. 오늘 여기에서 우연히 만났을 뿐이랍니다.”

급한 중에 떠오르는 대로 둘러대지만 강호의 경험이 풍부한 운수를 속이기에는 역부족이었다.

중년 비구니의 입가에 비웃음이 떠올랐다.

“그래? 복호사가 언제부터 너 같은 도령을 출입하게 했는지 모르겠구나?”

“그건, 저기…….”

“그리고 네가 무엇 때문에 이 깊은 산중에 들어왔는지, 운지가 무엇 때문에 혼자서 이 먼 곳까지 왔는지, 그것도 말해 봐라.”

“운지 스님은 사부님의 심부름을 다녀오는 길이었지요.”

“그래? 그렇다면 소정 사백에게 가서 대질해 보면 되겠구나. 네가 정말 복호사에 출입했는지, 운지가 정말 심부름을 다녀오던 길이었는지 다 드러나게 될 게야.”

운수의 의도는 명백했다. 운지는 물론 운몽마저 복호사로 잡아가겠다는 것이다.

운몽은 절대로 그렇게 할 수 없었다. 어떻게 하든 저 비구니의 입을 막아야 하는데 뾰족한 방법이 떠오르지 않는다.

“무엇 하느냐? 어서 앞장서지 않고!”

운수가 운몽의 등 뒤에 숨어서 새파랗게 질려 있는 운지를 향해 날카롭게 소리쳤다.

운지가 힘없는 손길로 운몽을 민다.

“저리 비켜 서. 내가 사부님께 다 말씀드리고 용서를 빌겠어.”

운몽이 멋모르고 대들다가 저 얼음장 같은 사형의 손에 크게 다칠까 봐 이제는 그게 걱정이 되었다.

하지만 운지가 핍박받을수록 운몽은 더 급하고 강경해질 뿐이었다.

그가 두려운 줄도 모르고 다가가 운수의 승복 자락을 붙잡았다.

"인자하신 사태님. 부디 부처님의 자비를 한 번만 베푸시어 못 본 척해 주십시오. 그 은혜는 잊지 않겠습니다."

"내 두 눈으로 똑똑히 본 일을 어찌 못 본 척하란 말이냐? 부처님을 섬기는 사람으로서 거짓말을 할 수 없거니와, 어찌 스스로를 속일 수 있단 말이냐? 흥! 역시 너는 나와 함께 복호사로 가서 이 일에 대하여 해명하는 게 좋겠다."

"그럴 수는 없습니다."

사정이 통하지 않자 운몽은 절망적인 심정이 되었다. 눈앞의 꼬장꼬장한 중년 비구니에 대해서 반감과 오기가 생긴다.

이 일을 덮어버리려면 저 얄미운 비구니를 죽여서 입을 막는 수밖에 없는데, 그럴 수는 없는 일이다. 운지도 그것을 원치 않을 것이다.

운몽은 이러지도 저러지도 못하게 되었다는 걸 절실히 느꼈다.

그때 등 뒤에 숨은 운지가 손가락으로 살짝 찌른다.

말은 하지 않았어도 그것이 어서 달아나라는 뜻임을 운몽은 잘 알았다. 하지만 어찌 운지를 놔두고 저 혼자 달아날 수 있을 것인가.

그가 망설이자 운지가 들킬 것을 무릅쓰고 급히 그의 등판에 손가락으로 글자를 휘갈겨 썼다.

'너는 복호사로 잡혀가서는 안 돼. 크게 벌을 받을 거야.

그리고 너와 함께 가면 나까지 난처해져.'

운몽은 운지의 말이 옳다고 생각했다.

저는 외인이지만 운지는 아미파의 사람이니 큰 곤란을 겪지는 않을 것이다.

제가 비록 소정 사태와 잘 안다고 해도 옛날 일이었다. 아홉 살 때 울면서 복호사를 뛰쳐나온 후 한 번도 찾아가 본 적이 없지 않은가.

어쩌면 소정 사태는 저라는 존재 자체를 잊었을지도 모른다.

게다가 제 사부와 소정 사태와의 사이에 무언가 좋지 않은 인연이 얽혀 있다는 짐작을 하고 있다.

옛날에는 아무것도 모르는 철부지 꼬마였던지라 소정 사태가 받아들였지만 지금은 그렇지 않을 것이다.

그런저런 생각들이 운몽을 어지럽게 했다.

"어서 앞장서라."

운수가 아직도 옷자락을 잡고 있는 운몽의 손을 가볍게 떨쳐 냈다.

그녀의 손이 제 손목에 닿은 순간, 운몽이 '에잇!' 하고 외쳤다. 급히 손목을 뒤집으며 오히려 운수의 마른 나무토막 같은 손을 낚아채려 한다.

"엇?"

의외의 일에 놀란 비구니가 외마디 소리를 내더니 급히 손목을 아래로 떨어뜨렸다. 동시에 왼손이 반사적으로 튀어나와 운몽의 목덜미를 후려친다.

"앗!"

갑자기 최악으로 변해 버린 상황에 운지가 뾰족한 비명을 터뜨렸다.

그녀는 운몽이 그냥 달아나기를 바랐지, 운수 사형과 싸우리라고는 생각도 못했던 것이다.

운지는 운몽이 달아난다면 은수 사형이 굳이 뒤쫓지 않을 것이라고 믿었다.

사실 운수 비구니에게는 그런 마음이 있었다. 운지는 사문의 제자이고 어린 사매이니 몸소 단속해야 하지만 운몽은 외인이기 때문이다.

잘못한 게 있다면 나중에 붙잡아다 벌을 주면 된다.

지금 당장은 제 사부의 눈을 속인 게 틀림없는 이 괘씸한 사매를 붙잡아가는 게 중요했다.

그런데 운몽이 하룻강아지 범 무서운 줄 모른다고, 감히 도발을 해오니 화가 불같이 났다.

일이 그렇게 된 것은 운몽의 오해 때문이었다.

그는 이 고약한 중년의 비구니가 도망가려는 저의 의도를 눈치 채고 한발 앞서 붙잡으려고 손을 뻗은 걸로 지레짐작했던 것이다.

붙잡힌다면 꼼짝없이 복호사로 끌려가야 할 텐데, 그건 운지도, 저도 원하는 일이 아니다. 그래서 운수의 손을 뿌리치려고 한 건데, 본능적으로 사부에게서 배운 금나수(擒拿手)를 펼쳤던 것이다.

광명존자가 전해준 연자십팔권(燕子十八拳) 중 금나의 절초인 금쇄봉운(金鎖封雲) 초식이었다.

연자십팔권은 그 이름처럼 빠르고 경쾌한 권법인데, 그 안에 권각법은 물론 지법과 조법, 금나수가 두루 들어 있었다.

수법이 복잡한 만큼 큰 위력을 가지고 있지는 못하지만 그 변화가 재빠르고 치밀해서 임기응변에 그보다 적합한 건 찾아보기 힘든 권법이기도 하다.

운몽은 평소 쉬지 않고 권법을 연마했기 때문에 이제는 그게 본능처럼 몸에 배어 있을 정도였다.

그래서 불쑥 튀어나온 손이 재빠르게 운수의 손등을 스쳤다.

운수는 깜짝 놀랐다.

오늘 뜻밖의 곳에서 어린 녀석에게 자칫 낭패를 당할 뻔했기 때문이다.

어린 녀석이라 방심하고 있었다고 해도 그건 그녀의 자존심을 몹시 상하게 했다.

강호에는 지금도 아미의 운수라는 이름이 쩌렁쩌렁 울린다.

아미파의 이대 제자로서 강호에 나가 활동하기 어언 이십여 년.

젊은 시절에도 감히 이처럼 제 손등을 할퀴는 자가 드물었는데, 지금은 그때보다 한층 더 노숙해지고 공력도 깊어지지 않았는가.

그런데도 급히 떨어뜨리는 제 손등을 할퀴고 지나갔으니 눈앞의 어린 녀석에게 감탄하는 한편 더욱 괘씸하기도 했다.

"네가 화를 자초하는구나!"

날카롭게 꾸짖은 운수 비구니가 두 손을 어지럽게 휘두르며 달려들었다.

단번에 잡아버리지 못한다면 제 체면이 우습게 된다는 생각에 사정을 봐주지 않는다.

중년의 나이에도 불구하고 운수 비구니의 움직임은 귀신처럼 빨랐다.

눈앞에 재색 그림자가 어른거리는가 싶었는데, 사방이 온통 그녀의 손 그림자로 가득해졌다.

휙휙거리는 경풍이 사나운 눈보라처럼 몰아치고, 주먹이, 손바닥이, 때로는 손가락과 팔꿈치가, 그리고 온몸이 정신없이 부딪쳐 온다.

아미파의 권각술은 여승들의 무공답지 않게 치열하고 격렬한 것으로 이름 높았다.

권경(拳經)에 언급한 한악격렬(悍惡激烈)이라는 권법의 요체가 바로 아미파의 권법에서 파생되어 나올 정도였던 것이다.

운수는 특히 그 권각법에 정통한 여승이었다.

오죽했으면 세간에서 그녀를 두고 아미삼소 중 날카롭고 기묘하기가 제일이라는 소령 사태의 분신이라고 했겠는가.

그런 운수의 공세 앞에서 운몽은 고양이 만난 쥐 같을 수밖에 없었다.

얼결에 한 수의 금나수를 선보였을 뿐, 그 다음부터는 소나기처럼 쏟아지는 그녀의 손발을 막고 피하기에도 넋이 달아날 만큼 바빴다.

"어린 녀석이 제법이구나?"

한결 여유를 갖게 된 운수가 급박한 공세를 멈추지 않으며 감탄성을 터뜨렸다.

단번에 잡을 수 있으리라는 처음의 기대에서 어긋났기 때문이다.

그녀는 벌써 세 번이나 초식을 바꾸었는데도 여전히 운몽을 잡지 못했다.

운몽이 까다로운 아미파의 고수를 두 번째 놀라게 한 셈이다.

하지만 운몽은 제가 이 중년의 비구니를 감당할 수 없다는 걸 절실히 느꼈다.

달아나는 길만이 유일한 길이다.

운수의 손에 얻어맞기 전에 몸을 빼야 하는데, 거미줄에 붙들린 것처럼 꼼짝할 수 없으니 애간장이 탔다.

불쑥, 운몽의 귀에 귀왕수(龜王手)를 전해주던 사부의 말이 들렸다.

그건 광명존자의 절기 중 하나였는데, 존자는 처음으로 운몽에게 제대로 된 자신의 절기를 전수해 주기 시작했던 것이다. 석 달 전의 일이었다.

무공 초식을 전수하기에 앞서서 존자는 원리에 대한 강론부터 해주었고, 운몽은 처음 듣는 무리(武理)에 지대한 관심과 호기심을 갖고 경청했다.

그리고 그것을 가슴 깊이 새겨두었는데, 이 절박한 순간에 불쑥 그 말이 떠올랐던 것이다.

엉뚱하다면 엉뚱하기 짝이 없는 일이었다.

존자는 말했다.

"척발(擲發:던지는 것)과 질(跌:넘어뜨림)을 익힘에는 우선 몸의 펴짐과 굽힘, 수축을 능숙하게 해야 하느니라. 신체에는 대가(大架:큰 틀)와 소가(小架:작은 틀)의 구별이 있고 상 중 하의 구별이 있으며, 운동에는 추사(抽絲), 전사(纏絲), 면냉(綿冷), 강유(剛柔)의 부동함이 있다. 전변(轉變)에는 절질(折迭), 진퇴(進退), 쾌만(快慢), 계단(繼斷)의 부동함이 있다."

그 말은 원리이면서 귀왕권의 허리가 되는 요결(要訣)이기도 했다.

　사부의 말을 떠올린 즉시 운몽이 불쑥 몸을 일으키고 가슴을 내밀며 온몸에 힘을 불어넣어 뻣뻣하게 했다.

　추사(抽絲)의 비결을 실행한 것인데, 그것이 지나쳐서 잔뜩 힘이 들어갔던 것이다.

　경험과 숙련의 미숙일 테지만 어쨌든 그는 새로운 경험으로의 첫발을 내딛은 셈이었다.

　그가 어지럽게 흔들던 몸을 바로 세우자 마치 운수 비구니 앞에 단단한 바윗돌 하나가 불쑥 솟아난 것 같았다.

　의외의 일이고, 전혀 예상할 수 없는 운몽의 운신법이었기에 운수는 순간적으로 당황했다.

　강호의 경험이 아미파의 이대 제자들 중 가장 많다고 할 수 있는 운수로서도 대적의 상황에서 이와 같이 운신하는 건 보지 못했던 것이다.

　몸을 세운 즉시 운몽이 두 손바닥에 잔뜩 공력을 불어넣어 두 개의 칼로 내려치고 휘둘러 베듯 무찔러 들어갔다.

　한 걸음 한 걸음이 마치 무거운 짐수레를 끄는 황소의 그것처럼 무겁고, 몸의 움직임은 그놈의 등 위에 발을 까닥이며 걸터앉아 있는 목동(牧童)처럼 가볍고 유쾌했다.

　또한 허공을 휘젓는 그의 양 수도(手刀)에는 엉킨 실타래를 일시에 끊어버리겠다는 기세가 담겼고, 능숙한 요리사가 반죽을 떼어내고 고기를 썰어대는 것 같은 익숙함이 있었다.

그것이야말로 귀왕권(龜王拳)의 첫 번째 초식으로서, 광명 존자가 강호에서 활동할 때 귀왕번자(龜王藩雌)라는 이름으로 널리 알려졌던 절초였다.

공력이 더해지면 맨손으로 능히 바위를 두부처럼 가르고 보검을 꺾어버리는 위력을 발휘한다.

아직 운몽의 공력은 일천했으나, 의외의 수법과 대적세(對敵勢)로 상대를 놀라고 당황하게 하는 데에는 성공했다.

"너 이놈! 그게 무슨 수법이지?"

크게 놀란 운수 비구니가 날카롭게 소리치며 즉시 좌로 맴돌았다.

공세를 멈추고 비켜서는 비구니를 향해 운몽이 성큼 발을 들이밀며 쫓아 들어간다.

3

운몽은 홀린 듯이 귓전에 울리는 사부의 말에 따라 움직이고 있었는데, 저절로 그렇게 되는 것이었다.

"보법에는 나아감과 뛰어넘는 구별이 있다. 조예의 깊고 낮음은 용력(用力), 용착(用着), 용경(用勁), 용기(用氣), 용신(用身)의 다섯 가지로 구분하는데, 용신이 가장 끝에 있는 건 나머지 네 가지가 결국 용신을 위한 것이기 때문이니라. 반드시 마음이 오면 정신이 따라야만 매 동작을 할 수 있고, 그 가운데에서 척발을 자유롭게 할 수 있으면 성공한 것이며, 비로소 시작하였다고 말할 수 있다."

운몽은 그중 착(着)과 경(勁)의 비결을 본능적으로 따르고 있었다.

오히려 제가 운수에게 달라붙으려고 하는데, 매미가 나무 둥치를 그리워하는 것 같았다. 굳센 기운과 뜻으로 밀고 나아가니 철우경지(鐵牛耕地)라는 말과도 같다.

운수 비구니는 생전 처음 당하는 일에 더욱 놀랐다.

원래 아미파의 권법은 접근전에서 더욱 위력을 발휘하도록 고안된 것이었다.

일단 싸움이 붙으면 최대한 파고들어 순식간에 상대를 제압하는 걸 묘미로 삼고 있는데, 오히려 운몽이 더 악착같이 달라붙으려 하니 당황한 것이다.

운몽은 처음으로 제가 십여 년 동안 쉬지 않고 수련해 온 공력을 남김없이 끌어올렸다.

단전이 터질 것처럼 부풀어 오르는 것 같았고, 그곳에 축적되어 있던 공력이 급류가 되어 기경팔맥을 타고 흐르더니 운몽의 두 팔을 통해 밖으로 쏟아져 나갔다.

마른 참나무처럼 단단해진 운몽의 두 팔이 어지럽게 떨어지는 것만으로도 충분히 위력적이었는데, 두 손바닥을 통해

막강한 기운이 쏟아져 나오니 이제 운수 비구니의 놀람은 극
에 달했다.

"이놈이 필히 음흉한 내력이 있는 놈이로구나! 내 반드시
너를 잡아서 정체를 밝혀내고 말리라!"

악착같은 음성으로 소리친 운수가 역시 공력을 끌어올려
마주쳤다.

굳세고 서늘한 그녀의 장력이 비수처럼 뻗어 나와 운몽의
두 손과 충돌했다.

꽈릉—!

경력과 경력이 부딪치자 폭약을 터뜨린 것처럼 요란한 소
리가 났다. 충돌점을 중심으로 하여 뜨겁게 달아오른 기파가
동심원을 그리며 사방으로 터져 나간다.

"으음—"

운몽이 답답한 신음을 흘렸다.

역시 그의 공력은 아미파의 걸출한 비구니를 상대하기에
는 역부족이었던 것이다.

가슴으로 무거운 충격과 함께 서늘한 기운이 파고들어 정
신이 아뜩해졌다.

운몽은 피가 나도록 입술을 악물었다. 짜릿한 통증이 의식
을 붙들어준다.

"에잇!"

버럭 소리치며 두 손을 다시 한 번 벼락치듯 앞으로 내뻗자

운수가 조금 전처럼 가볍게 대하지 못하고 신중한 모습으로 자세를 낮추었다.

후요접운(猴搖接雲)의 수법으로 도도하게 상대를 맞으려는 것이다.

운몽은 운수 비구니와의 충돌로 인해 내상을 입은 상태였다. 가슴이 터질 것처럼 괴로웠지만 이를 악물고 참았다.

그런 상태에서 다시 내력을 끌어올리자 기경팔맥이 뒤틀리는 것처럼 고통스러웠다. 하지만 원래의 내력은 소멸되지 않고 오히려 더 왕성하게 움직여 반응했다. 화가 난 것처럼 함부로 기경팔맥을 따라 뛰어다닌다. 그것이 운몽을 더욱 고통스럽게 했다.

"이얏!"

제 몸 안에 있는 그 괴물을 밖으로 모두 쏟아내 버리려는 듯 운몽이 우렁찬 기합성을 터뜨리며 와락 쌍장을 밀었다.

은은한 뇌성과 함께 강맹한 암경이 뻗어나갔다. 주위의 공기가 운몽의 장력에 의해 무섭도록 팽창하며 증발한다.

순수한 열양장이었다.

운몽은 저도 모르게 사부로부터 배운 삼양신공(三陽神功)을 운기했던 것이다.

그것의 열기가 고스란히 장력에 실려 뻗어나가니 마치 불길이 활활 타오르는 화로를 쏟아놓은 것 같았다.

맹렬한 열기가 순식간에 주변을 후끈 달군다.

운수 비구니는 심상치 않음을 느꼈다. 이제는 더 이상 눈앞의 운몽이 소년으로 보이지 않았다.

대적(大敵)을 맞이한 것처럼 그녀가 신중한 모습으로 천천히 쌍장을 뻗어냈다.

아미파에는 몇 개의 놀랄 만한 신공절학이 있는데, 운수 비구니는 그중 특히 금강선공(金剛禪功)에 조예가 깊었다.

마음속으로 금강부동심법(金剛不動心法)을 떠올리고 금황예편기(金黃霓片氣)를 운기하자 그녀의 몸에 은은한 금빛 서광이 어렸다.

그것이 장력을 따라 부드럽게 흘러나가는데, 노을빛을 받아 번쩍이는 금빛 비단 띠 두 줄기를 뻗어내는 것 같았다.

"조심해!"

넋을 잃고 그들의 숨 막히는 박투를 지켜보던 운지가 깜짝 놀라 소리쳤다. 그리고 다시 한 번 다섯 자 간격의 허공을 격하고 두 사람의 장력이 부딪쳤다.

꽈르릉—!

처음의 그것보다 더 크고 웅장한 파공성이 터져 나왔다.

"으음—"

운수 비구니가 침음성을 흘리며 두 걸음 물러섰고, 운몽은 세게 내던져진 것처럼 뒤로 훌훌 날려갔다.

무려 이 장여나 그렇게 날아가 풀숲에 처박힌다.

죽었는지 꼼짝도 하지 않았다.

“아!”

운지가 새파랗게 질린 얼굴로 발을 굴렀다.

두 번째의 충돌은 운수 비구니에게도 적지 않은 충격을 주었다. 그래서 그녀는 멈추어 선 채 두어 번 크게 숨을 들이마시고 내쉬어서 탁한 기운을 몰아내야 했다.

운지가 어떻게 해야 좋을지 몰라 발을 동동 구르며 울먹일 때, 숲 속에 처박혀 꼼짝하지 못하던 운몽이 끄응, 하는 신음을 흘리고 꿈틀거렸다.

운수는 깜짝 놀랐다. 설마 아직 어린 소년에 불과한 운몽이 자신의 오성 공력이 실린 일장을 맞고도 견뎌낸다는 게 믿을 수 없기까지 하다.

가까스로 일어나 앉은 운몽이 울컥, 울컥, 몇 모금의 피를 토해냈다. 그러고 나자 한결 정신이 맑아진 듯 운지를 서글프게 바라보았다.

“나는 네 사형을 당할 수가 없어.”

“이 바보야, 누가 싸우라고 했어?”

운지가 안타까움으로 어쩔 줄 모르며 소리쳤다.

운몽은 억지로 웃어 보이려고 애를 썼다. 그 모습이 더욱 운지를 안타깝게 한다.

“미안해.”

그 한마디 말에 들어 있는 수많은 의미를 운지는 모두 받아들일 수 있었다.

운지가 말없이 고개를 끄덕였는데, 뜨거운 눈물이 주체할 수 없이 줄줄 흘러내렸다.

운몽이 비틀거리며 몸을 일으켰다.

운수 비구니가 이글거리는 눈으로 그런 운몽을 바라보았다. 번쩍이는 신광이 쭉, 뻗어나간다.

"너는 반드시 나를 따라 복호사로 가야겠다."

비구니가 싸늘하게 말하고 운몽을 노려보는데, 추호의 연민도 담겨 있지 않았다.

운몽이 나무에 의지해 서서 씁쓸하게 웃었다.

"소생은 당신의 상대가 되지 못하는군요. 하지만 당신을 따라서 복호사로 가지는 않겠습니다."

"기어이 화를 자초할 셈이냐?"

"뭐라고 해도 좋습니다. 그러나 운지와 나는 당신이 생각하는 것처럼 불순하지 않습니다. 그건 내 목숨을 걸고 맹세하지요. 당신은 나를 죽일 수도 있겠지요. 그러나 결코 나를 핍박해서 복호사로 데려갈 수는 없을 것입니다."

운몽이 워낙 단호하게 말했으므로 운수 비구니는 어떻게 해야 할지 망설이지 않을 수 없었다.

저렇게 떼를 쓰니 달래서 될 일이 아니고, 마혈을 점해 제압한다고 해도 끌고 갈 일이 막막했던 것이다.

그렇다고 비구니의 신분에 총각 같은 소년을 업고 갈 수도 없지 않은가.

죽여 버리는 게 가장 쉬운 일인데, 운수는 차마 그렇게 하고 싶지는 않았다.

성정이 비록 차갑고 모질었지만 그녀는 오랫동안 아미파에서 불도를 닦은 비구니인 것이다.

불살생계를 범하고 싶지도 않으려니와, 그가 죽여 마땅한 죄를 지은 것도 아니다.

그런 생각으로 운수가 망설이는데 운몽이 천천히 걸음을 떼어놓았다.

"나는 가겠습니다. 당신이 나를 잡아두려 한다면 나는 치욕을 당하느니 스스로 목숨을 끊을 것이고, 나를 보내준다면 조만간 내 발로 다시 당신을 찾아갈 것입니다. 그러니 마음대로 하십시오."

다시는 운지를 돌아보지 않고 쓸쓸한 뒷모습을 보이며 비틀비틀 숲 속으로 사라져 간다.

그때까지도 망설이며 물끄러미 바라보던 운수가 한숨을 쉬었다.

'이 철딱서니 없는 사매를 복호사로 데려가 물어보면 저 녀석에 대해서 알 수 있겠지. 그런 다음에 사부님께 고하고 대책을 세워도 늦지 않을 것이다.'

그녀는 그렇게 생각했다.

운지가 저 알 수 없는 녀석과 매우 가까운 사이인 게 틀림없으니 언제든 저 녀석을 붙잡을 수 있다고 여긴 것이다.

비틀비틀 멀어지는 운몽을 바라보는 운수 비구니의 마음
이 착잡해졌다.

'저 녀석을 이렇게 살려 보내는 것이 과연 잘하는 일인지,
아니면 커다란 화근을 남겨둔 것인지 모르겠구나.'

第六章
운몽의 눈물

운지는 뇌음사 뒤의 절벽에 있는 참회동에 갇혔다.

사숙인 뇌음사의 소령 사태가 체벌을 강력히 주장하는 바람에 소정 사태는 어쩔 수 없이 운지를 내주어야 했던 것이다.

그날, 운수에 의해 복호사로 끌려온 운지가 사부로부터 큰 꾸지람을 듣고 눈물을 펑펑 쏟아내고 있는데, 소령 사태가 서릿발이 돋을 듯한 얼굴을 하고 달려왔다.

벌써 이십여 년간 뇌음사에서 꼼짝하지 않고 있던 노사태가 질풍처럼 들이닥칠 정도였으니 이 일을 그녀가 얼마나 크게 생각하고 있는지 알 수 있다.

"아미산에 그 빌어먹을 놈이 살고 있다는 게 사실이오?"

소령 사태는 복호사로 뛰어들자마자 그렇게 버럭 소리부터 질렀다.

그녀의 카랑카랑한 음성을 들은 복호사의 비구니들이 모두 머리를 감싸고 달아나 버려서 넓은 도량이 한순간에 텅 빈 집처럼 되어버렸다.

"웬 소란이냐? 들어와 차부터 한잔 마시며 마음을 가라앉히렴."

소정 사태가 점잖은 말로 타일렀지만 소령 사태는 노기등등하여 자신의 사형인 소정 사태를 노려보기만 했다.

"언제부터지요? 사형은 이미 알고 있었으면서도 나에게 한마디도 하지 않았군요? 왜죠?"

선방에 들어와 앉자마자 눈을 흘기며 매섭게 따진다.

불같은 소령 사태의 성격을 잘 알고 있는 소정 사태는 절로 한숨이 새 나오는 걸 어쩌지 못했다.

"운지 고 깜찍한 것이 그 잡놈의 제자라는 놈과 놀아났다니, 그게 사실인가요?"

"아미타불……."

소정 사태가 손을 모으고 불호를 외웠다. 마음의 격동을 가라앉히기 위해서이다.

"너는 출가한 몸으로 어찌 그런 험악한 말을 할 수 있단 말이냐?"

"흥, 부처님의 그 많은 제자들이 어찌 한결같을 수 있겠어요? 언니는 보살계를 행하고 나는 아라한계를 행하는 거지요. 비구니라고 아라한이 되지 못하겠어요?"

"지난 몇 년간의 참선으로 젊었을 때의 혈기가 사라진 줄 알았더니 소용없었구나. 너는 대체 뇌음사의 선방에서 무엇을 하고 있었던 게냐?"

"법륜검(法輪劍)을 갈고닦았지요. 부처님을 대신해서 마귀의 무리를 베어버릴 호법사자(護法使者)가 되려고요."

말에 가시가 잔뜩 돋아나 있다.

소령 사태는 폐관하고 들어가 신공절학을 연마하고 있었던 것이다.

소정 사태가 혀를 찼다.

"쯧쯧, 너는 어째 나이가 그만큼 되었으면서도 말하는 것과 행동하는 것이 젊었을 때와 조금도 달라지지 않았구나."

"흥! 불심은 언니가 닦으니 나는 항마법력(降魔法力)을 닦아야 하지 않겠어요? 자꾸 말 돌리지 말고 사실대로 얘기하세요. 언니는 정말 그 망할 놈이 아미산에 있다는 걸 알고 있었나요?"

운지의 일로 인해 이미 드러난 이상 감출 수가 없다.

소정 사태가 어두워진 얼굴을 끄덕였다.

"이 넓은 아미산이 모두 아미파의 소유가 아닌데 그가 들어와 산다고 어찌 내쫓을 수 있단 말이냐?”

소령 사태의 얼굴이 더욱 차갑고 눈매가 날카로워진다. 이럴 때의 그녀는 승복을 입고 머리를 깎았으니 비구니이지, 강호의 노여협과 조금도 다를 게 없었다.

한참을 씩씩거리던 그녀가 싸늘한 말투로 말했다.

“그러니까, 언니는 여태까지 나를 속여왔군요? 그 후레자식을 숨겨주고 있었던 거야. 흥, 그러니 운지 그 앙큼한 것이 놀아나는 것도 눈감아주었던 거지. 언니는 도대체 우리 아미파를 얼마나 더 웃음거리로 만들어야 만족하겠어?”

“아미타불, 아미타불…….”

날카로운 사매의 말에 소정 사태는 아무 변명도 하지 못하고 불호만 외웠다.

그녀의 보살 같은 얼굴에 깊은 수심이 드리우고, 염주를 굴리는 주름진 손이 가늘게 떨린다.

사형을 매섭게 노려보던 소령 사태가 자리를 박차고 일어섰다.

“금정의 둘째 언니에게 이 일을 말하고 둘째 언니의 생각을 들어봐야겠어.”

“막내야.”

소정 사태가 다급하게 소령의 옷자락을 붙들었다.

장문 직을 맡고 있는 둘째 소화(素華)는 육십오 세의 비구니인데, 젊었을 때부터 성품이 바르고 강직한 아미파의 여고

수로 강호에 명성이 자자했다. 정과 사마를 구분하는 데 추호의 사심도 없었던 것이다.

또한 아미파의 진전을 가장 충실하게 물려받아, 그녀야말로 아미 무학의 대표이자 아미 불도의 대표라고 해도 과언이 아니었다.

그 소화 장문 역시 남쪽 학정봉에 광명존자가 도관을 짓고 머물러 있다는 건 알지 못한다.

벌써 이십여 년 동안이나 소정 사태가 두 사매들에게는 비밀로 붙여왔던 것이다.

그런데 이제 모두 들통이 났으니 모든 비난을 홀로 무릅써야 할 상황이었다.

소정 사태는 자신이 이 일에 대하여 책임을 지는 걸 두려워하지 않았다.

인자한 노비구니가 두려워하는 건 이로 인해 다시 한차례 아미파에 분란이 생기고, 나아가 피를 흘리게 되지 않을까 하는 것이었다.

강직하기가 마른 대나무 같은 둘째, 소화가 알게 되면 당장 학정봉으로 고수들을 보낼 게 뻔했다. 그러면 막내 소령이 앞장을 서리라.

젊었을 때의 소령은 고양이 같았다. 유순할 때는 곧잘 재롱도 떨어서 두 사형을 즐겁게 했지만, 성질이 나면 사형이고 뭐고 가리지 않고 달려들기 일쑤였던 것이다.

그런 성격 때문에 강호에서 활동하던 때에 크고 작은 말썽과 사고를 무수히 저질렀다. 그랬으면서 그 비정한 강호에서 무사할 수 있었던 건 모든 걸 큰언니인 소정 사태가 감당해 주었기 때문이다.

사문의 골칫덩이이면서 귀염둥이였던 그 소령도 어느덧 육십 살의 노비구니가 되어 있었다. 하지만 젊은 날의 그 팔팔한 성격은 조금도 달라지지 않았으니, 그게 소정 사태의 근심이었다.

강직한 둘째 소화와 막내 소령이 한통속이 되어 그를 몰아치면 아미산에 한차례 걷잡을 수 없는 풍파가 일 게 뻔한 일이다.

"막내야, 모든 건 나의 불찰이다. 둘째는 장문으로서 늘 처리해야 할 일들이 산더미처럼 쌓여 있는데 이런 일까지 가지고 귀찮게 한다면 그 아이는 아마 제명대로 살지 못할 것이다. 설마 그걸 원하는 건 아니겠지?"

얼마나 다급했던지, 소정 사태는 저도 모르게 젊었을 때의 말투로 돌아가 있었다.

소령 사태가 그런 사형을 매섭게 흘겨보았다.

"흥, 그럼 큰언니는 대체 이 일을 어떻게 수습할 작정이죠?"

"아, 나도 모르겠구나. 내가 어쩌다가 정해(情海)에 발을 들여놓았는지…… 한 번의 실수가 이토록 질긴 악업이 되어서 나를 괴롭게 할 줄 알았다면 내 어찌 그런 짓을 했으리요.”

큰언니의 처연한 말에 소령 또한 어느덧 처연한 얼굴이 되었다.

그녀가 언제 화를 냈었느냐는 듯, 소정 사태의 주름진 손을 잡고 부드럽게 말했다.

“인연의 끈이 단번에 끊을 수 있는 것이라면 누군들 성불하여 부처가 되지 못하겠어요? 큰언니는 너무 상심하지 마세요. 벌써 사십 년 전의 일이고, 지난 사십 년 동안 큰언니는 충분히 자중하면서 스스로를 벌주었어요. 때문에 사부님께서도 다 용서하고 열반에 드신 것 아니겠어요? 이제 와서 그때의 일로 괴로워할 것 없어요.’

“네가 나를 이처럼 위로해 주니 감격할 뿐이다.”

소정 사태가 정감이 넘치는 눈길로 사랑스러운 막내 사매를 바라보았다.

하지만 변덕스러운 소령 사태는 다시 쌀쌀맞은 얼굴로 눈을 흘겨댔다.

“흥, 좋아요. 둘째 언니한테는 잠시 말하지 않도록 하지요. 하지만 나는 운지 그것이 감히 제 사부와 나를 속이고 그런 못된 짓을 한 걸 용서할 수 없어요.”

“미리 막지 못한 나의 잘못이 더 크다. 그 아이는 어느덧 스무 살의 활짝 핀 꽃과 같아졌으니…….”

소정 사태가 그윽한 눈길로 한동안 막내를 바라보다가 다시 말했다.

"봄이 되면 초록이 싹트듯, 그 나이에는 정이 넘쳐 나서 스스로도 주체할 수 없게 되는 것 아니더냐? 막는 것만이 능사가 아니고, 가두어 둔다고 해도 둑 터진 정의 물꼬는 붙잡아 둘 수가 없지."

소정 사태의 말에 다시 소령의 얼굴이 쓸쓸해졌다. 한껏 풀이 죽은 채 눈길마저 떨군다.

그런 막내를 그윽하게 바라보던 소정 사태가 그녀의 어깨를 어루만지며 부드럽게 말했다.

"세월이 모든 걸 해결해 주겠지만 그러기에는 아직 많은 날들이 남아 있구나. 부처님께서 못난 나를 사랑하시듯 그 아이 또한 무척이나 사랑하시는 게야. 그러기에 일찍 이런 시련을 주어서 인간사의 무상함에 눈뜨도록 하시려는 거지."

"언니는, 언니는…… 아직도 그때의 일을 잊지 못하고 있군요……."

소령의 주름진 볼을 타고 뜨거운 눈물이 주르륵 흘러내렸다.

소정 사태가 떨리는 손으로 막내의 볼을 쓰다듬어 눈물을 닦아주며 말했다.

"애야, 이 언니는 이미 다 잊었단다. 잊고 또 잊어서 더 잊을 게 없을 지경이지. 지금은 다만 그런 시련을 통해서 나를 더 가까이 두려 하신 부처님의 사랑에 감격할 뿐이란다."

“흥! 그래서 언니는 사랑하는 꼬마 제자가 똑같은 일을 당하도록 방치했다는 건가요?”

소령이 쌀쌀맞게 머리를 흔들어서 소정 사태의 손을 뿌리치며 소리쳤다.

소정 사태가 멍한 눈길로 허공을 바라보며 한숨을 쉰다.

“시련을 막아주는 것만이 사부가 제자를 위해 사랑을 베푸는 게 아님을 잘 안다. 시련을 맞이한 제자에게 바른길을 가르쳐 주는 게 사부가 해야 할 일이야.”

“그래서요?”

“하지만 아직까지 그 아이는 제가 지금 처해 있는 상황이 저의 시련인지 아닌지도 모르고 있다. 정이라는 것이 그 아이의 눈을 가리고 생각을 막아버린 것이야.”

잠시 말을 멈추었던 소정 사태가 휴, 하고 긴 한숨을 내쉬고 다시 말했다.

“그럴 때에는 내가 곁에서 무슨 말을 해도 고깝게 들리기만 할 뿐, 그것이 저를 위해 진심으로 하는 충고라는 걸 받아들이지 못하지.”

“흥.”

소령이 코웃음을 쳤다. 하지만 그녀의 눈에는 어느덧 따사로운 정감이 우러났다.

젊었던 시절의 그 곱던 얼굴은 어디 가고 주름이 가득해 흉해진 사형을 바라보는 눈길에 안타까움과 함께 감사와 고마

움의 빛이 일렁인다.

소정 사태가 낮고 부드러운 음성으로 말했다.

"나는 지난 십 년간 가슴을 졸이며 그 아이와 운몽을 지켜보았단다. 다행히 불미스런 일은 일어나지 않았지. 그 두 아이의 순수한 마음이 얼마나 따뜻하고 사랑스럽던지……."

소령은 회상에 잠긴 것처럼 멍한 얼굴을 한 채 제 사형의 말을 듣고 있었다.

그런 소령을 바라보는 소정 사태의 눈가에 다정다감한 웃음이 감돌았다.

"너도 보았다면 절로 흐뭇한 미소를 지었을 게다."

"흥!"

그 말에 다시 마음이 변한 소령의 코웃음 소리가 좀 더 높아졌다.

그녀가 주름진 볼을 씰룩이며 심술궂게 말했다.

"그렇다면 나는 더욱 눈꼴시어서 봐줄 수가 없었을 테지. 나야 원래 심성이 곱고 바르지 못하니까 말이에요."

사형이 과거의 저를 빗대 나무라는 걸로 곡해한 것이다.

"애야, 그런 게 아니란다."

소정 사태는 자신보다 열 살 아래인 소령이 언제나 철부지로만 여겨졌다. 지금 그녀는 육십이 된 노비구니이지만 여전히 철없는 막내인 것이다.

"나는 그 아이들이 서로를 열심히 위하고 아껴주는 걸 몰래 지켜보면서 부처님께서 나를 위해 보살을 내려보냈다고 생각했단다."

"……."

"나의 업장을 그 아이들을 통해 씻어주고, 악연의 질긴 끈을 그 아이들을 통해 끊어주려는 것이라고 믿는다."

"그럼 언니는 그 못된 놈을 용서하시겠다는 거예요?"

소령이 뾰족하게 소리치지만 소정 사태의 얼굴에는 온화하고 부드러운 미소가 떠올랐다.

노비구니가 아득한 과거를 호상하는 듯, 부처님의 대자대비함을 느끼는 듯, 따뜻하고 행복한 얼굴이 되어서 천천히 말했다.

"은원과 애증을 모두 잊고자 이처럼 머리를 깎았고, 청정한 아미산의 기슭에 들어앉아 지난 사십 년을 보냈지. 이제는 그 모든 게 한낱 어지러운 꿈과 같아졌는데, 어디에 미움이 있고 용서가 있겠느냐? 흐르는 물처럼 내 마음을 그냥 그대로 둘 뿐이니라."

"흥! 언니는 불성이 깊어 해탈에 가까워졌으니 그럴 수 있을지 몰라도 나는 아직 못된 성미를 다 버리지 못했으니 그럴 수 없어요!"

"네 자신을 괴롭게 하고, 남을 괴롭게 하며, 불성을 괴롭게 하는 일이니라."

"쳇, 나 같은 나한이 지켜주니까 언니 같은 보살도 있을 수 있는 거지.”

“네 말은 기어이 그 아이들을 벌주겠다는 것이냐?”

“흥, 운몽이라는, 이름도 괴상망측한 그녀석이야 못된 사부를 찾아가 따져야 할 일이지만, 운지 그것은 당장 죄를 물어야하지 않겠어요?”

“그 일로 네가 더 이상 분란을 일으키지 않는다면 어쩔 수 없겠지.”

막내의 고집 앞에서 소정 사태는 깊은 한숨을 쉬었을 뿐, 더 이상 말리거나 회유해 봐야 소용없다는 걸 알았다.

어린 제자가 앙칼진 사숙의 손에 의해 혹독한 벌을 받는다는 게 가슴 아픈 일이지만, 그것으로 아미산에 불어닥칠 뻔한 분란을 무마시킬 수 있다면 어쩔 수 없는 일이라는 생각도 든다. 더 늦기 전에 운지가 스스로 정의 그물에서 빠져나오게 되기를 바라는 한 가닥 기대도 해본다.

소령으로서는, 언니가 워낙 간곡하게 말리는 탓에 참을 수밖에 없었다. 그게 못마땅하지만 끝까지 제 고집만 부려서 소정 사태를 궁지로 몰아넣을 수는 없었다.

마음 같아서는 당장 학정봉으로 달려가 한바탕 난리를 쳐대고 싶었다. 그래야 시원할 것 같은데 그럴 수 없으니 운지에게 화풀이하는 셈이기도 하다.

‘흥, 언제고 학정봉에 찾아가 그 염치없는 놈을 단단히 혼내주고 말 테다.’

소령은 마음속으로 그렇게 별렀다.

2

운지는 무서운 사숙인 소령 사태에게 끌려가 뇌음사 뒤편 골짜기에 있는 절연암(絶緣庵)에 갇히는 신세가 되었다.

"너는 앞으로 오 년 동안 이곳에서 나오지 못한다."

스무 살 운지에게 그런 소령 사태의 선언은 가혹하기 짝이 없는 것이었다. 하지만 운지는 아무 말도 하지 못했다. 며칠 새 파리해진 볼을 타고 두 줄기 눈물만 흘러내릴 뿐이다.

"받아라."

운지에게 소령 사태가 던지듯 한 권의 얄팍한 책자를 건네주었다. 얼마나 오래된 것인지, 세월의 더께가 덕지덕지 않아 금방이라도 부서져 버릴 것 같은 고서(古書)였다.

"우리 아미파의 사대 신공절학 중 하나인 금강선공(金剛禪功)이니라. 오 년 동안 그것을 십성 익혀야 한다. 매월 보름에 내가 찾아와 점검할 텐데, 의문 나는 점이 있으면 그때에 물어보도록 해라."

소령 사태의 마음이었다.

당장은 화가 나고 괘씸해서 독하게 굴었지만, 막상 운지를 강제로 폐관시키자니 가슴이 아팠던 것이다. 청춘의 꽃이 활짝 피어나기 시작한 아름다운 샤질 아닌가. 그녀의 철없는 행

위에 화가 나는 한편 측은한 마음이 들지 않을 수 없다.

"또 받아라."

잠시 생각하던 소령이 품에서 또 한 권의 고서를 꺼내 던져주었다.

"복호산수(伏虎散手)와 난피풍검법(亂披風劍法), 그리고 구음신장(九陰神掌)을 적고 주해를 덧붙인 도해서(圖解書)이니라. 너는 금강선공과 함께 그 세 가지 절기들 또한 십성 익혀야 한다. 그렇지 못하면 폐관 기간을 다시 오 년 연장할 테다."

끔찍한 말이었다. 하지만 운지는 그 말속에 담긴 사숙의 따뜻한 마음을 버겁도록 느꼈다. 그 세 가지 절기야말로 과거 강호에 아미 소령이라는 이름을 진동시켰던 사숙의 최고 절기들이라는 걸 잘 알기 때문이다.

당신의 적전제자들에게나 은밀히 전해주어야 할 것인데, 자기에게도 그것들을 아낌없이 전해주니 그 마음속에 사랑이 없고서는 불가능한 일 아닌가.

"명을 받듭니다."

운지가 울음이 가득 담긴 음성으로 겨우 그렇게 말하고 엎드렸다.

*　　　*　　　*

“왔느냐? 꼴이 더럽다. 가서 씻어라.”

운몽이 술에 취한 사람처럼 이리 비틀, 저리 비틀 하며 간신히 도관으로 돌아오자 난간에 기대서 있던 광명존자가 힐끔 돌아보고 그렇게 말했다.

어디를 어떻게 다쳤느냐, 누가 너를 이렇게 했느냐 하는 말조차 하지 않았다.

도대체 하나뿐인 제자가 죽든지 병신이 되든지 전혀 관심이 없는 못된 사부 같았다.

운몽은 멍한 얼굴로 그런 게 사부를 바라보다가 기어이 풀썩, 쓰러져 의식을 잃었다.

그리고 며칠이 지났을까, 참새 지저귀는 시끄러운 소리에 깨어나 보니 어느새 내상이 깨끗이 회복되어 있었다. 그뿐 아니라 공력마저 부쩍 높아진 것 같지 않은가.

‘자는 동안에도 저절로 운기가 된다더니, 삼양신공이 정말 신통방통한 신공인 모양이네?’

이유를 알 수 없는 운몽은 그런 생각이 들어 반갑고 기쁘기만 했다.

이틀 밤을 꼬박 새면서 사부가 추궁과혈의 수법으로 저의 폐혈과 세맥들을 하나하나 뚫어주는 수고를 했다는 건 까맣게 모르니 그렇다.

게다가 그 과정에서 자연스럽게 존자의 무궁한 내력 중 일부가 운몽의 몸 안으로 스며들었던 것이다.

운몽으로서는 운수 비구니에게 입은 부상으로 인해 오히려 크나큰 복을 받은 셈이었다.

사흘 만에 그는 거뜬해진 몸으로 일어났다.

운지가 어떻게 되었는지, 사부에게 크게 혼이 나서 아직까지도 울고 있지나 않은지, 밥은 제대로 먹고 있는지…….

깨어나자마자 온갖 걱정들로 인해 더 괴로웠다.

"으악!"

제 머리통을 감싸고 커다랗게 부르짖은 운몽이 미친 것처럼 도관을 박차고 뛰어나갔다.

광명존자는 여느 때와 마찬가지로 난간에 기대서서 저 아래의 깊은 골짜기와 먼 산봉우리들을 무심히 바라보고 있는 중이었다.

운몽이 몸을 추스르기 무섭게 불 맞은 멧돼지처럼 쿵쾅거리며 뛰어나오지만 힐끔 돌아보았을 뿐이다.

그가 달아나듯 아무 말도 없이 도관 밖으로 달려나가도 그저 그러려니 한다.

운몽은 뒤도 돌아보지 않고 까마득한 풍소애를 한달음에 달려 내려와 곧장 북쪽을 바라보고 내달렸다.

취운곡을 건너 운대봉을 단숨에 넘고 낙일봉마저 힘든 줄 모르고 뛰어넘었다.

제가 생각해도 내상을 입기 전보다 내공이 부쩍 상승되어 있는 것이어서 스스로 놀랄 지경이다.

드디어 저 아래 복호사를 가리고 있는 울창한 삼나무 숲이
보였다.

그것을 내려다보는 커다란 바위 위에 앉아서 잠시 숨을 돌
린 운몽은 이내 제 몸을 던지듯 훌쩍 뛰어내렸다.

중간쯤 떨어졌을 때 돌출되어 나온 곳을 한 번 걷어차더니
그 힘으로 다시 커다란 새처럼 훌훌 날아 숲 속으로 떨어져
내린다.

그리고는 곧장 텅 빈 호욕교(虎浴橋)를 건너 복호사로 향했
다.

"아미타불."

갑자기 들려온 불호 소리가 불처럼 급한 운몽의 걸음을 붙
들었다.

깜짝 놀라 바라본 곳에 중년의 비구니 한 명이 공손히 합장
하고 서 있었다.

음침한 삼나무 그늘에 서서 꼼짝하지 않고 있었기에 미처
알아보지 못했던 것이다.

못 보던 비구니다.

"시주님은 어디로 가십니까?"

운몽이 급한 대로 얼른 포권하고 말했다.

"저는 운몽이라고 합니다. 소정 사태를 뵈러 왔습니다."

더벅머리 소년을 빤히 바라보던 중년의 비구니가 머리를
설레설레 흔들었다.

“소시주. 사태께서는 폐관 중이시라 아무도 접견할 수 없다네.”

“그럼 운지 스님이라도 만나야겠습니다.”

“운지는 지은 잘못이 있어 절연암에 갇혔으니 누구도 그 아이를 만날 수 없네.”

비구니의 말에 운몽이 깜짝 놀라 저도 모르게 소리쳤다.

“뭐라고요? 갇히다니? 대체 그녀가 무슨 잘못을 했단 말입니까?”

운몽이 길길이 날뛰지만 중년의 비구니는 태연하기만 했다.

“불법은 본래 장중하고 근엄한 것이라, 우리 아미파는 예로부터 법규가 엄정하고 상하의 질서가 뚜렷하기로 이름 높았다. 그런데 철없는 운지가 문파의 계율을 범하고 사문의 청정법규를 어겼으니 아미파의 비구니로서 그보다 큰 죄는 없지.”

운몽이 잔뜩 화가 나서 소리쳤다.

“좋습니다! 스님은 스님 갈 길을 가십시오! 저는 어쨌든 복호사에 들어가 봐야겠습니다!”

“아미타불……”

중년 비구니가 다시 불호를 외우고 선뜻 삼나무 그늘에서 나오더니 복호사로 가는 길 복판을 막아섰다.

운몽은 그녀가 복호사를 나와 어디론가 가는 길인 줄 알았는데, 그게 아니라는 걸 비로소 짐작했다.

복호사를 지키고 감시하는 비구니였던 것이다.

"복호사는 소정 사백의 명이 있어서 당분간 봉문했으므로 누구도 들어가지 못하고 나오지 못한다. 그러니 작은 시주님은 괜한 고생 마시고 그냥 돌아가시게."

"소정 사태가 그런 명을 내렸다고요? 왜요?"

"이게 다 운지의 일 때문이니 참 애석하고 불행한 일이지."

말을 하면서 이글거리는 눈으로 운몽을 노려보는 것이, 그녀는 선불 맞은 멧돼지처럼 뛰어든 이 더벅머리 소년이 누구인지 짐작하는 것 같았다.

생각나는 바가 있어서 운몽이 감정을 억누르고 차분하게 말했다.

"스님은 어느 절에 계신 분입니까?"

"나는 저 위 뇌음사에 적을 두고 있단다."

"역시 그렇군."

운몽의 얼굴이 일그러졌다.

이게 모두 운수가 고자질한 때문이고, 그녀의 사부라는 뇌음사의 소령 사태가 일을 크게 만들었기 때문이라고 짐작한다.

도대체 운지가 저를 만나 하루를 즐겁게 논 게 무슨 대단한 잘못을 저지른 건지 이해할 수 없었다.

'여자 중은 놀지도 못한단 말인가?

그런 엉뚱한 생각이 들었을 뿐이다.

그녀가 사부 몰래 나왔다면 사부에게 죄를 지은 것이니 그 벌을 받으면 그만이다. 그런데 중년의 비구니는 아미파 운운하며 마치 그녀가 대역무도한 죄라도 지은 것처럼 말했다. 그러니 더 화가 나고 마음이 조급해진다.

"저는 이대로 돌아갈 수 없습니다."

운몽이 단호하게 말했다.

"소정 사태를 만나거나 운지 스님을 만나보기 전에는 결코 돌아가지 않을 것입니다."

"아미타불……."

난감한 일이라는 듯 중년의 비구니가 살짝 눈살을 찌푸리고 낮게 불호를 중얼거렸다.

그때 저쪽, 복호사의 정문 쪽에서 또 한 사람의 중년 비구니가 천천히 걸어왔다. 이쪽의 소란을 듣고 와보는 게 틀림없다.

"엇!"

그녀를 본 운몽이 놀란 소리를 냈다. 바로 며칠 전 개울가에서 마주쳤던 그 운수 비구니였던 것이다.

운수도 운몽을 알아보았다. 멀리에서도 그녀의 차갑게 번쩍이는 눈이 무섭게 보인다.

"홍, 네가 정말 다시 찾아왔구나?"

지금 보내주면 제 발로 당신을 찾아가겠다고 했던 운몽의 말을 잊지 않고 있는 것이다.

느릿느릿 다가온 운수가 씻어내듯 운몽을 위아래로 훑어본다.

그 차갑고 인정머리없는 눈길에 운몽은 저도 모르게 부르르 몸을 떨었다.

운수는 운몽이라는 이 꼬마 녀석이 참 이상한 놈이라고 생각했다.

그렇게 죽을 지경에 이르도록 혼이 났는데도 사흘 만에 멀쩡한 모습으로 다시 나타났으니 그렇다.

제가 한 말을 지키는 건 좋은데, 그 정도로 혼이 났으면 다시는 복호사에 찾아올 엄두도 내지 못해야 정상이 아닌가.

아미산의 비구니들만 보아도 지레 겁을 집어먹고 달아나야 할 텐데, 제 발로 불쑥 찾아와서는 당당하게 따지고 드는 것도 이상했다.

'흥, 제 사부를 믿는단 말이지?'

운수는 그렇게 여길 수밖에 없었다.

뒤에 버티고 있는 든든한 제 사부를 믿지 않고서야 어찌 아직 소년 티를 면하지 못한 어린 녀석이 이처럼 배짱을 부리겠는가? 하고 생각한 것이다.

3

운수는 운몽의 존재에 대하여 알고 있었다. 이번 일로 인해 사부인 소령 사태에게 경과를 보고하면서 사태로부터 운몽이 어떤 선대 고인의 제자라는 말을 들었고, 그 고인이 아미파와는 씻을 수 없는 원한이 있는 자라는 걸 알게 되었던 것이다.

자세한 내막은 듣지 못했지만, 그 말을 할 때 소령 사태가 이를 뽀드득 갈았던 걸 생생히 기억한다.

운수는 그걸로 보아 제 사부와 운몽의 사부 간에는 씻을 수 없는 원한이 있는 모양이라고 짐작했다.

하지만 무슨 연유인지, 아미파의 두 큰 스님인 소령과 소정 사태는 그자를 학정봉에서 내쫓지 못하고 있었다. 운수는 그걸 궁금하게 여기는 중이었다.

게다가 사부는, 소정 사태가 복호사의 여승들에게 엄명을 내렸던 것처럼, 자기에게도 다시는 학정봉 기슭에조차 얼씬거리지 말라는 명을 내리지 않았던가.

운수 비구니에게는 그 모든 게 궁금하기 짝이 없는 일이었다.

대체 학정봉에 산다는 고인은 누구이며, 그와 자신의 사부, 그리고 소정 사백 사이에 어떤 원한이 있는 건지.

운수는 운몽이 그 고인의 제자라는 걸 알았을 때 내심 머리를 끄덕이기도 했었다. 그랬기에 그놈이 어린 나이에도 불구하고 자신의 장력을 거뜬히 받아냈다고 여겼기 때문이다.

다시 만나면 대체 얼마나 대단한 사부인지, 그 대단한 사부에게서 얼마나 대단한 무공을 배웠는지 톡톡히 시험해 보리라는 생각도 들었다.

그런데 정말 운몽이 제 말처럼 이렇게 찾아왔다.

한편으로는 제가 한 말을 지킬 줄 아는 기특한 놈이라는 생각과 함께, 이 기회에 단단히 혼을 내주겠다는 작정도 했다.

'죽일 수는 없으니 다시는 이쪽을 바라볼 엄두도 내지 못하도록 반병신을 만들어놓아야겠다.'

생각해 보면 운지가 오 년 폐관이라는 가혹한 벌을 받고, 소정 사태 또한 복호사를 봉문하고 폐관에 들어간 것이 모두 운몽 때문이었다.

성질대로 하자면 당장 죽여 버려도 분이 풀리지 않을 것이다.

하지만 아직 어린 소년 아닌가. 고집스러워 보이기는 하지만 귀상인데다가 유순하고 매끄럽게 생긴 운몽의 얼굴을 빤히 바라보고 있자니 아깝다는 생각도 들었다.

다른 일로, 다른 곳에서 만났더라면 귀여운 소년이라며 푸근하게 대해주었을 텐데, 상황이 그렇지 못한 게 아쉽기도 하다.

'그래도 용서할 수는 없지. 단단히 혼을 내주어야 해.'

운수 비구니가 마음속으로 몇 번이나 죽이고 살리지만 운몽은 까맣게 모른다.

아미산의 암호랑이를 눈앞에 두고 있는 처지라는 걸 아는지 모르는지, 태연하게 말했다.

"운지 스님을 만나러 왔으니 비켜주십시오."

"복호사는 너 같은 남정네가 출입할 수 있는 곳이 아니다. 게다가 운지를 만나러 왔다니? 너는 그렇게 혼이 나고도 아직 정신을 차리지 못했단 말이냐?"

"그날의 일이 자꾸 마음에 걸려서 견딜 수가 없었습니다. 그녀가 절연암에 갇히는 큰 벌을 받았다니 더욱 만나봐야겠습니다."

"만나서 뭘 어쩌려고?"

"죽지는 않았는지, 울고 있지는 않는지 내 눈으로 확인하고 싶습니다."

"죽다니? 네가 아미파를 어떻게 보고 그런 말을 하는 것이냐? 아미파가 제자를 함부로 죽이는 그런 사악한 곳인 줄 아느냐?"

운몽의 말에 운수가 대로해서 소리쳤다. 운몽은 속으로 그런 운수를 욕했다.

'당신같이 심성 고약한 비구니들이 있는 것만 봐도 아미파라는 게 썩 좋은 문파는 아닐 것이다. 운지나 소정 사태 같이 선한 사람들을 핍박하는 것만 봐도 그래. 그러니 내가 어떻게 당신들의 말을 믿어?'

하지만 마음속의 말을 그대로 쏟아놓을 수는 없다.

운몽이 사정하듯 말했다.

“운지 스님이 화를 당한 건 제 탓이라고 해도 과언이 아닙니다. 그녀를 한 번 보고 용서를 빌지 않으면 제가 괴로워 견딜 수 없을 것입니다. 좋습니다. 그녀를 풀어주십시오. 대신 제가 벌을 받겠습니다.”

“뭐라고? 누구 마음대로 풀어주고 말고 한단 말이냐? 운지에게 벌을 주고 풀어주고 하는 건 우리 문파 내의 일이다. 너는 외인이니 그녀와 아무리 가까운 사이라고 해도 간섭할 수 없다.”

“그렇다면 좋습니다. 소정 사태를 잠시만 만나고 돌아가겠습니다.”

“사태께서는 아미파의 가장 높은 어른이시고, 게다가 폐관 정진 중이신데 너 같은 녀석이 무슨 배짱으로 감히 그분을 만나려 한단 말이냐?”

“노사태와 저는 오래전부터 잘 알고 있는 사이였으니 사태께서는 허락하실 겁니다. 말씀만 전해주십시오.”

“흐흥, 그렇게는 못하겠다. 네가 소정 사백을 만나뵐 수 있는 방법은 딱 하나뿐이다.”

“그게 무엇입니까?”

“몰라서 묻는 게야?”

운수 비구니가 뾰족한 음성으로 소리쳤다.

“내 손에 잡혀서 복호사로 끌려가는 것이다! 그러면 싫어도 소정 사백을 만나뵐 수밖에 없을 것이다!”

소리치기 무섭게 달려들어 매섭게 손을 휘저었는데, 옷소매 펄럭이는 소리가 깃발을 휘두르는 소리처럼 요란하게 났다.

운몽은 며칠 전의 일도 있고 해서 운수 비구니가 대단한 사람이라는 걸 잘 알고 있었다. 아미파에서도 고수로 꼽히는 비구니일 것이라고 짐작한다.

하지만 겁을 먹고 달아날 수는 없었다. 이곳까지 온 이상 어떻게 하든 운지를 만나거나 소정 사태를 만나 이번 일에 대하여 사죄하고 용서를 받아야 한다. 그 길만이 운지를 편하게 하는 유일한 길이라고 믿었다.

'까짓, 죽으면 죽는 거지 뭐.'

운지가 고통을 받고 있다는 생각에 운몽은 앞뒤 가릴 겨를도 없이 그대로 운수 비구니의 장영(掌影) 속으로 뛰어들었다.

귓전에 우르릉거리는 뇌성이 끊이지 않고 들려온다. 쉭쉭거리며 지나가는 손 그림자에 오금이 저려 얼어붙을 지경이었다.

운몽은 제가 며칠 전보다 부쩍 내공이 높아진 걸 뿌듯하게 여기고 있었는데, 막상 운수와 다시 겨루자 여전히 저는 계란이고 운수는 단단한 바윗돌 같이 여겨졌다.

육보장권과 연자십팔권을 줄줄이 풀어놓으며 대적하지만 몇 초 지나지 않아서 손발이 어지러워지고 말았다.

마음이 급하니 손이 따라주지 못하고, 시야가 좁아지니 마음은 더 급해진다.

당연히 허둥댈 수밖에 없다.

한 번 스치고 지나갈 때마다 운수의 장력 속에 깃들어 있는 암경의 여파로 몸이 휘청거릴 지경이었다.

머릿속이 멍해져서 그토록 세세히 기억하고 있던 사부의 구결이 하나도 떠오르지 않는다.

며칠 전 겁없이 그녀의 일장을 받았다가 낭패를 보고 죽을 뻔한 기억만 크게 떠올랐다.

대단한 용기를 냈지만 아직 열여섯 살의 철부지 소년인 것이다.

운몽을 옴짝달싹할 수 없는 궁지로 몰아넣었지만 운수는 내심 깜짝 놀라고 있었다.

'어찌된 게 이 꼬마 녀석의 내공이 사흘 전보다 부쩍 높아진 것 같은데?'

그때는 제 힘에 못 이기고 쩔쩔매던 꼬마였지 않았는가. 그런데 지금은 궁한 중에도 제법 꿋꿋하게 버티고 있으니 더 놀라웠다. 그러나 운수에게 운몽은 여전히 좋은 놀림감에 지나지 않았다.

붙잡고 후려치며 할퀴고 걸어차는 등 몇 가지 저의 재간을 시험해 보는 중에 어느덧 다섯 초식이 지나갔다. 하지만 운몽을 때리지는 못했다.

운수는 발끈 화가 났다. 곁에서 지켜보고 있는 사매도 의식된다.

"에잇!"

독하게 마음먹은 운수가 아미풍염각(峨眉風簾脚)의 수법으로 발을 번쩍 들어 걸어찼다.

무릎이 올라오는가 싶었는데, 씽— 하는 매서운 바람소리가 귓전에 와 닿는다.

운몽이 급히 몸을 굽히며 회풍전류(廻風轉流)의 신법으로 맴돌았다.

그러나 운수의 첫 발길질은 운몽의 운신 폭을 제한하려는 허초였다. 빗나갔나 싶었던 발이 먹이를 쫓는 영악한 살쾡이처럼 휙, 굽어지더니 그대로 운몽의 뒷덜미를 찍어버린다.

꽝!

운몽은 뒷머리에 커다란 충격을 받고 정신이 혼미해졌다.

귓속에 윙윙거리는 이명이 가득할 뿐, 제가 서 있는 건지 주저앉은 건지 구분할 수가 없다. 눈앞이 깜깜해졌다.

그런 운몽의 복부에 다시 운수의 무릎이 틀어박혔다. 퍽! 하는 둔탁한 소리와 함께 운몽의 몸이 들어 올려진 것처럼 불쑥 솟구쳤다. 그리고 저만큼 떨어진 곳에 꼴사납게 처박혔다.

머릿속이 어질어질한 중에 장이 파열되고 갈비뼈가 모조리 부러진 것 같은 어마어마한 고통이 밀려들었지만 운몽은 의식을 완전히 잃지 않았다.

질기고 악착같은 근성이 끝까지 의식의 한 가닥 끈을 붙들고 놓치지 않은 것이다.

끄응, 하는 신음을 흘리며 그가 비틀비틀 일어섰다. 이제 그동안 익혔던 모든 초식과 신법은 하나도 떠오르지 않았고, 조금도 소용이 없다.

운몽은 본능적으로 주먹을 휘두르고 머리를 들이밀며 달려들 뿐이었다. 제 상대가 어디에 있는지, 무슨 수법을 쓰고 있는지도 보이지 않는다.

그저 너 죽고 나 죽자는 식으로 마구 덤벼드는 건데, 정신이 오락가락하는 와중에도 제법 손발에 실려 있는 경력이 굳세서 윙윙거리는 바람 소리가 났다.

그래서 며칠 전처럼 지금도 운수는 운몽의 그와 같은 투지에 놀라고 의아했다.

'이 멍청한 녀석은 설마 목숨을 서너 개는 주머니 속에 넣어 가지고 다닌단 말인가?

그런 생각마저 드는 건, 운몽이 죽을 둥 살 둥 모르고 미련하고 고집스럽게 파고드니 그렇다.

어느덧 운수 비구니의 야무지게 닫혀 있던 입가에 희미한 미소가 떠올랐다.

'확실히 귀여운 구석이 있는 꼬마야.'

운몽이 화가 잔뜩 나서 씩씩거리며 달려드는 걸 보고 있자니 문득 그런 생각이 들었던 것이다.

철없는 꼬마가 제 머리통을 들이밀며, 때려봐! 때려봐! 하고 떼쓰는 것만 같다.

운수에게는 그런 운몽의 악착같은 꼴 또한 미우면서 한편으로는 기특한 놈이라는 엉뚱한 생각도 들었다. 저런 근성과 악착은 아미파의 어린 비구니들에게서는 찾아보기 힘든 것이기 때문이다.

마음이 차갑고 손속이 지독하기로 강호에 이름을 날리고 있는 운수였다. 제 사부의 영향을 받아 변덕스럽고 앙칼지기도 하다. 그리고 선과 악의 구분을 뚜렷이 할 줄도 안다.

하지만 수십 년 동안 아미산에서 지극한 불법을 배운 비구니답게 마음속에는 따뜻한 자비의 마음이 배어 있었던 것이다.

운수가 보기에 운몽은 아직 철부지 아이에 지나지 않았다. 비록 덩치는 여느 장정 못지않게 커졌고, 턱 밑이 거뭇거뭇해졌어도 아이는 아이일 뿐이다.

그런 녀석이 며칠 전에 보았을 때와는 달리 놀라운 발전을 했고, 또 이렇게 근성까지 타고났으니 괘씸한 중에도 기특한 생각이 들지 않을 수 없다.

운수는 운몽의 사문이 아미파와 어떤 원한을 맺고 있는지 알지 못했다. 그저 막연하게 짐작할 뿐인데, 따지고 보면 그것과 이 철없는 꼬마 녀석과는 아무 상관도 없는 일 아닌가.

오직 운지와의 관계 때문에 운몽을 배척할 뿐이다.

그러나 다시 생각해 보면, 혼날 줄 알면서도 운지가 궁금해서 그 먼 길을 이렇게 달려와 준 녀석이 갸륵하기도 했다.

그런저런 생각들, 긍정적인 것과 부정적인 것이 반씩 범벅이 된 복잡한 생각들로 인해 운수는 처음 운몽을 만났을 때처럼 모질게 손을 쓰지 못하고 있었다.

그렇다고 언제까지 이렇게 투정을 받아줄 수는 없는 일이다.

죽어라고 달려드는 운몽의 머리통을 슬쩍 밀어 방향을 틀어놓은 운수가 잠깐 망설였다. 하지만 이내 흥! 하고 코웃음을 치더니 가볍게 허리를 비틀었다.

빠악!

그 즉시 운몽의 몸뚱이에서 마른 박 깨지는 소리가 났다. 운수의 팔꿈치가 정통으로 그의 턱을 가격한 것이다.

운몽이 던져진 것처럼 한쪽으로 훌훌 날려가 삼나무 둥치에 세게 부딪치고 뚝, 떨어졌다.

끙끙거리는 신음 소리가 애처롭게 들릴 뿐, 좀체 일어나지 못하는 게 심각한 타격을 입은 듯했다.

운수 비구니는 운몽을 때릴 때에는 조금도 사정을 봐주지 않았다. 모질고 독하게 때렸던 것이다.

아니, 그녀가 단지 팔과 다리의 힘만으로 때리고 걸어찼을 뿐, 며칠 전처럼 내력을 실어 후려치지 않았다는 것 자체가 큰 아량을 베푼 것이라고 할 수 있다.

'저 녀석이 아주 나쁜 놈은 아니야.'

운수는 아직도 끙끙대고 있는 운몽을 보면서 그렇게 생각하는 한편, 그런 녀석이 어째서 못된 사부를 만났을까? 하고 의아하게 여기기도 했다.

제 사부인 소령 사태의 말대로라면 남쪽 학정봉에 살고 있다는 운몽의 사부야말로 천하에 둘도 없는 대마두였기 때문이다.

第七章
학정봉(鶴情峰)의 어린 폐인(廢人)이 되다

갈 때는 날 듯이 달려갔는데, 돌아올 때는 엉엉 울면서 한 걸음 한 걸음을 힘겹게 걸어온다.

운몽은 온몸이 부서지는 듯한 고통보다도, 가슴에 남아 있는 억울함보다도, 제가 운지를 위해 아무 힘도 쓰지 못했다는 게 분하고 부끄러워서 엉엉 울었다.

울면서 낙일봉을 넘고 운대봉을 넘었다.

생각할수록 운수 비구니가 밉다.

언제든 그 인정머리없는 비구니를 호되게 때리고 내팽개쳐 주겠다고 결심하지만, 당장 그녀가 제 몸에 남겨준 고통을 생각하면 넌덜머리가 나기도 했다.

내가 얼마나 더 수련을 하고, 절기를 배워야 이길 수 있을지 암담하다.

몇 년이나 지나야 한단 말인가. 나는 영영 그 비구니를 이길 수 없는 것 아닐까 하는 생각에 분하고 절망적이 된다.

운지를 구하기에는 제 존재가 너무나 보잘것없고, 제 힘이 너무나 미약하다는 게 가슴에 씻을 수 없는 상처로 남았다.

그래서 운몽은 깨지고 찢어지고 터진 상처에서 피를 흘리듯, 가슴속 깊은 곳에 피의 눈물을 줄줄 흘리며 밤새 비틀비틀 걸어 학정봉으로 돌아왔다.

운몽이 엉망으로 깨진 몰골을 한 채 엉엉 울면서 돌아왔지만 광명존자는 제자가 겪은 일을 아는지 모르는지, 처음부터 아무 말도 없었다.

그가 또 한차례 심한 부상을 입었는데도 그저 그러려니 했고, 애꿎은 사부에게 신경질을 내는 어린 제자를 보면서 속없는 사람처럼 허허, 웃기만 했다.

처음과 마찬가지로 이번에도 사흘 뒤에 운몽은 부상에서 거뜬히 회복되었다. 하지만 이번에는 서두르지 않았다. 운수 비구니와의 두 번째 싸움을 통해 자신의 부족함을 절실히 느꼈기 때문이다.

열여섯 살 소년의 마음에는 운지에 대한 걱정도 걱정이었지만, 운수 비구니에 대한 원한도 씻을 수 없을 만큼 커졌다.

사사건건 자신과 운지 사이에 끼어들어 일을 훼방하고, 저를 이렇게 개 패듯 두들겨 패니 좋은 감정이 싹틀 수가 없다.

'좋아, 제가 힘이 세면 얼마나 세고, 무공이 높으면 얼마나 높겠어? 반드시 앙갚음해 주고 말 테다. 아미파라고? 흥! 나는 반정도관파다! 아니, 그건 왠지 구질구질하게 들리는걸? 그래, 나는 광명전파다! 훨씬 낫군, 흐흐흐.'

그런 생각으로 운몽은 먹고 자는 것을 잊은 채 초식을 단련하고 신법을 연마했다.

툭하면 꾀병을 앓고, 게으름을 피우던 제자가 이를 악물고 무공을 수련하는 이유가 궁금하기도 할 것이다. 그러나 광명존자는 아예 없는 사람 취급 하듯 돌아보지도 않았고, 아무것도 묻지 않았다.

그렇게 보름이 지났다.

운몽은 그 보름을 열다섯 달처럼 썼다.

조금의 게으름도 부리지 않고, 모든 심력을 쏟아 무공 수련에 매달리니 그 짧은 기간 동안 무섭게 빠른 성취를 이루었던 것이다.

아무리 힘들고 고달파도 반드시 운지를 만나고야 말겠다는 신념으로 버텼다.

또한, 운수 비구니에게 앙갚음하고야 말겠다는 지독한 마음에서 생기는 오기와 독기를 수련에 다 쏟아 부었다.

그래서 보름 동안 스스로를 달구어진 쇠처럼 만들어, 두드리고 또 두드리기를 쉬지 않고 했으니 그 성취가 놀라울 수밖에 없었다.

무관심한 듯 지켜보던 광명존자가 다 혀를 내두를 지경이었던 것이다.

보름 후, 운몽은 자신감에 부풀어 반정도관을 나섰다. 사부는 여전히 아무것도 묻지 않았고 운몽 또한 아무 말도 하지 않았다.

운몽은 그 길로 날듯이 두 개의 높은 봉우리와 세 개의 깊은 골짜기를 지나고 다섯 개의 험한 개울을 건넜다.

저 아래, 짙은 삼나무 그늘 속에 복호사가 있다. 운지에 대한 애끓는 마음으로 운몽은 더욱 초조해졌다.

지그시 삼나무 숲을 노려보던 운몽이 이를 악물고 성큼성큼 걸어 다가갔다.

세월의 이끼가 잔뜩 덮여 있는 오래된 돌다리, 호욕교를 건너고 있을 때였다.

이미 날은 저물어 반달이 머리 위 소나무 가지에 걸려 있을 무렵이었는데, 호욕교 건너편, 어두컴컴한 나무 그늘 속에서 불쑥 한 사람이 나타나 잰걸음으로 다리를 건너오기 시작했다. 운몽으로서는 절로 앞이 가로막힌 셈이 되었다.

두 사람은 다리 복판에서 딱 마주쳤다.

운몽은 한눈에 그 사람이 누구인지 알아볼 수 있었다.

잊을 수 없는 얼굴이었던 것이다.

자신을 두 번씩이나 좌절하게 만들었던 그 중년의 비구니 운수다.

원수는 외나무다리에서 만난다더니, 운몽과 운수가 바로 그랬다. 호욕교 한복판에서 서로 딱 마주쳤으니 피할 데도 없다.

운몽을 가로막아 선 운수가 조소를 흘렸다.

"흥, 네놈이 간이 부어도 이만저만 부은 게 아니로구나. 그렇게 혼이 나고도 감히 다시 찾아오다니. 그것도 야심한 밤에 도둑고양이처럼 말이다."

첫마디에서부터 가시가 잔뜩 돋아 있다.

화가 났지만 운몽은 꾹 눌러 참았다. 포권하고 정중하게 응대한다.

"세간의 이목이 있으니 밤을 택한 것이지 사심 때문이 아닙니다. 그리고 또……."

"무엇이냐?"

"운지 스님을 만나고 싶었습니다."

"흐흥."

운수가 코웃음을 쳤다. 고집이 황소 심줄보다 더 질긴 놈이라는 생각이 절로 든다.

"오르지 못할 나무는 쳐다보지도 말아야 하는 법이다. 네까짓 놈이 감히 운지를 넘봐? 그리고 그 아이는 너 때문에 오

년씩이나 갇혀 있어야 하는데 그 아이에 대한 죄책감도 들지 않는단 말이냐?"

"그래서 더욱, 꼭 만나려는 것 아닙니까?"

자존심을 건드리는 운수의 말에 운몽의 눈꼬리가 치켜져 올라갔다. 나오는 말이 고울 리 없다.

'이건 도대체가 겁이라는 걸 모르는 녀석 아닌가?

그런 운몽을 보면서 운수는 이 고집쟁이 꼬마 녀석을 혼내 주는 것보다 좋은 말로 타이르고 설득해서 스스로 물러나게 하는 방법이 더 좋겠다고 생각했다.

몇 번 겪어보니 운몽이 뻣뻣하고 곧은 나무토막 같은 아이 라는 걸 알게 되었던 것이다.

억지로 휘려고 하면 부러져 버릴지언정 절대로 휘어지지 않는다.

그와 같이 운몽의 성품 또한 억지로 굴복시키려 해서는 안 된다는 걸 짐작한 것이다.

두드려 패서 내쫓아 버리는 건 쉬운 일이다. 하지만 이 녀 석은 절대로 승복하지 않을 게 뻔했다.

두 번씩이나 초주검이 되도록 얻어맞았는데도 여전히 고 집을 부리고 있지 않은가.

자꾸만 이렇게 찾아오고, 바락바락 악을 쓰며 대든다면 성 가시고 골치만 아플 뿐이다. 그렇다고 아예 죽여 버릴 수도 없으니 더욱 그렇다.

잠시 생각하던 운수가 어린 조카를 달래듯 하는 투로 말했다.

"네가 진정으로 그 아이를 위해 해줄 수 있는 일이 딱 한 가지 있다. 가르쳐 주랴?"

"그러시지요."

"이 길로 곧장 아미산을 떠나 다시는 돌아오지 않는 것이다. 그러면 나는 운지에게 네가 범에게 잡혀 먹혔다고 말해줄 테다. 처음에는 무척 슬퍼하겠지만, 운지는 점차 너를 잊고 제 공부에 전념할 수 있게 될 거야. 그래서 장차 훌륭한 사람이 되겠지. 그것만이 네가 지금 그 아이를 위해 해줄 수 있는 일이다."

운몽은 그럴지도 모른다고 생각했다.

결국 저 때문에 운지가 모진 고난을 받고 있는 것 아니던가.

저를 만났기 때문에 그녀가 불행해졌다는 생각이 떠나지 않았다.

돌이켜 보면 이것저것 떼쓰는 막내 동생처럼 그녀를 귀찮고 성가시게 했을 뿐, 한 번도 그녀를 위해 저를 희생해 본 적이 없지 않은가.

'나는 그녀에게 과연 어떤 존재였을까? 나는 정말 이기적이고 못된 꼬마 놈이 아니었을까?'

운수 비구니의 말을 듣고, 졸연암에 갇혀 있다는 운지를 떠올리자 반정도관을 떠나오던 때의 독했던 마음이 슬그머니 그런 자책감으로 바뀌었다.

그녀를 위해서라면 지금이라도 내가 떠나주는 게 좋을 것이라는 생각이 자꾸 든다.

운몽이 잔뜩 풀이 죽어서 슬픈 얼굴을 한 채 망설이는 걸 보며 운수는 속으로 쾌재를 불렀다. 하지만 속내를 감춘 채 겉으로는 안타까워 차마 볼 수 없다는 얼굴을 하고 더욱 부드럽게 말한다.

"운지를 생각하는 네 마음이 얼마나 깨끗하고 아름다운지 잘 안다. 운지의 마음 또한 그렇지. 그러니 두 사람은 서로를 더욱 아껴주고, 잘되도록 서로가 빌어주어야 하지 않겠니?"

운몽이 울 듯한 얼굴을 끄덕였다.

"운지를 위해서라면 기꺼이 네 자신을 희생할 수 있어야 비로소 진정으로 그녀를 위한다고 할 수 있지. 사내대장부라면 모름지기 그래야 마땅한 일이다. 그렇지 않으냐?"

"……."

"나도 처음에는 네가 운지를 그렇게 만든 게 괘씸해서 모질게 대했다만, 다시 생각해 보니 두 사람의 애틋한 정이 참 아름답기도 하고, 그래서 더욱 안됐다는 마음이 들더구나. 지금은 가슴이 아프겠지만, 너의 희생으로 인해 두 사람 모두 잘되어서 먼 훗날 아름다운 재회를 할 수 있게 된다면 그 아니 좋은 일이겠느냐?"

그럴듯하다. 아니, 그 말이 정녕 옳다.

그래서 운몽은 운지에 대한 사명감마저 느꼈다.

굳이 사리분별력이 아직 확실치 못한 소년이라서 운수의 말에 흔들렸다고 하기보다, 어린 마음에 더 큰 생각을 할 수 있게 되었다고 해야 하리라.

입술을 잘근잘근 깨물며 침묵하던 운몽이 억지로 울음을 참는 듯 어눌하게 말했다.

"그럼 마지막으로 한 번만 그녀를 만나고 돌아가면 안 될까요?"

"쯧쯧……."

운수가 안타까워서 차마 볼 수 없다는 얼굴을 하고 혀를 찼다. 그리고 나서 긴 탄식을 한다.

누가 봐도 운수의 그런 모습은 진심으로 운몽과 운지를 안타까워하고 불쌍하게 여기는 자애로운 여승의 모습이었다.

"발바닥에 박힌 커다란 가시는 단번에 뽑아버려야 하는 거란다. 아플까 봐 천천히 뽑다가는 더 큰 고통을 겪게 되지. 그와 같이 사내대장부는 큰일을 결정함에 있어서 마음을 독하게 먹고 뜻을 굳건하게 해서 단번에 실행해야만 성공할 수 있는 거란다."

운몽은 그 말이 하나도 틀리지 않다고 생각했다.

"네가 지금 운지에 대한 미련을 끊어버리지 못하고 그녀를 다시 만난다면 반드시 마음이 흔들릴 것이다. 그건 네 자신을 괴롭게 하고 운지의 앞길 또한 망치게 하는 어리석은 짓이지.
그렇게 생각하지 않느냐?"
　구구절절이 운몽의 가슴을 울려주는 말이다.

2

　한참을 머뭇거리고 망설이던 운몽이 입술을 악물었다.
　그걸 보며 운수 비구니는 득의양양해졌다.
　'옳거니, 이 고집불통 녀석이 이제 결심을 한 모양이로군.'
　하지만 겉으로는 여전히 안타깝고 애처로워 못 견디겠다
는 듯이 슬픈 얼굴을 하고 운몽을 지그시 바라본다.
　"그리고 운지는 비구니 아니더냐? 비구니는 오직 부처님만
을 모시면서 평생을 독신으로 살아야 하는 존재란다. 비구니
는 절대로 사사로운 애정을 느껴서는 안 되지. 그게 청정심이
라는 거야. 네가 진정 운지를 생각하고 위해준다면 그 아이가
청정심을 굳게 지킬 수 있도록 도와줘야 하지 않겠니?"
　운몽도 그건 잘 알고 있었다. 철없던 시절과는 다른 것이
다. 그래서 더 마음이 아프고 괴롭기도 하다.
　제가 운지에게 사랑을 느끼지만 그녀가 비구니라는 걸 잘
알기 때문에 한 번도 그녀를 어떻게 해보겠다는 흉측한 마음
을 먹은 적이 없다.
　오직 가까이에서 지켜보고, 그녀의 고운 음성을 듣고, 두견

화처럼 활짝 피어나는 웃음을 보는 것만으로도 가슴이 벅차 올랐던 것이다.

그런 운지가 저 때문에 상심하고 슬퍼하며, 비구니로서의 청정심을 잃어 수양을 망친다면 그건 불행한 일이다.

'내가 그녀에게 어찌 그럴 수 있으랴.'

운몽의 고개는 더욱 숙여졌다.

나이를 먹고 철이 든다는 건 그만큼 괴로움을 많이 갖게 된다는 것과 다르지 않다. 지금의 운몽이 바로 그랬다.

"마음을 독하고 굳게 먹어야 하느니라. 그래야 대장부인 게야."

운몽의 갈등을 보면서 운수 비구니는 그 말을 거듭 강조해서 주지시켰다.

운몽이 결심한 듯 비로소 머리를 끄덕였다.

"알겠습니다. 스님의 깨우쳐 주심에 감사합니다. 저는 이제 다시는 복호사에 찾아오지 않을 것이고, 운지 스님을 괴롭게 하지도 않을 것입니다. 하지만 스님께서는 운지에게 제가 죽었다고는 말하지 말아주십시오."

"그러면 뭐라고 할까?"

"그저 멀리 떠나서 다시는 아미산으로 돌아오지 않을 것이라고만 말해주십시오. 제가 먼저 운지를 버렸으니 그녀도 저를 잊어버리라고 말해주십시오. 저를 미워하라고 해주십시오."

운몽이 말을 채 마치지도 못하고 뜨거운 눈물을 줄줄 흘렸다.

그것을 보는 운수의 마음이 짠했지만 여기서 물러설 수는 없었다. 그녀는 마음을 독하게 먹고 마지막 쐐기를 박았다.

"너는 자신이 한 말에 반드시 책임을 지는 사람이라는 걸 잘 안다. 나에게 약속할 수 있겠느냐?"

"약속합니다. 다시는 운지를 만나지 않겠어요. 멀리서 오직 그녀가 잘되기만을 빌어주겠어요."

"좋다. 과연 너는 훌륭한 사내대장부로구나. 장차 큰일을 하게 될 것이다. 네가 강호에 나가면 나를 다시 만날 수 있게 될 텐데, 그때 네가 만약 어려움을 겪고 있다면 오늘의 일을 생각해서 내가 너를 잘 보살펴 주마."

"감사합니다."

운몽이 그녀의 말을 듣는 둥 마는 둥 건성으로 대꾸하고 꾸벅 머리 숙여 인사했다.

"아미타불……."

운수가 합장하고 불호를 중얼거린다.

울면서 쓸쓸히 떠나는 운몽의 뒷모습을 한참 동안 바라보던 그녀는 소년이 삼나무 숲 속으로 들어가 완전히 보이지 않게 되자 제 가슴을 쓸어내리며 배시시 웃었다.

"이제야 가슴이 후련해지는구나. 큰 혹덩이 하나를 떼어낸 기분이야. 쯧쯧, 어린 녀석이 안되긴 했다만 어쩌겠어? 애초에 비구니를 사랑한 게 잘못이지. 인석아, 네 업보라 생각하고 다시는 이쪽으로 고개도 돌리지 말거라. 그냥 다 잊고 사는 거야. 그게 현명한 일이지. 어디로 가든 부디 행복하게 잘 살아라. 아미타불……."

비 맞은 것처럼 중얼중얼 거리더니 머리를 갸웃한다.

"그런데 저 고집을 가지고 강호에 나가서 과연 행복하게 잘살 수 있을까? 맞아 죽지나 않으면 다행이 아닌지 몰라."

*　　　*　　　*

그날도 운몽은 엉엉 울면서 낙일봉을 넘고 운대산을 넘고 취운곡을 건너 학정봉으로 돌아왔다.

눈이 퉁퉁 부었을 뿐, 오늘은 멀쩡한 꼴로 돌아온 제자를 바라보던 사부가 쯧쯧, 혀를 찼다.

"어찌 된 게 네놈은 나갔다 하면 안팎으로 두들겨 맞고 돌아오니…… 쯧쯧, 내가 눈이 삐어서 멍청한 놈을 똑똑한 놈이라 믿고 제자로 삼아 여태까지 키워온 건 아닌지 모르겠다."

"오늘은 안 맞았잖아요."

운몽이 볼을 잔뜩 부풀리고 투덜거리자 광명존자가 또 혀를 찼다.

"이놈아, 꼭 주먹으로 맞고 발로 걸어차여야만 두드려 맞은 거냐? 그것보다 말로 맞는 게 더 아픈 것이니라. 찢기고 베인 상처보다 말로 입은 상처가 더 지독한 법이다. 골병들어. 커흠.”

“쳇, 사부님이 뭘 안다고 그래요?”

“흘흘, 그리고 사내자식이 한 번 하겠다고 마음먹었으면 목에 칼이 들어와도 반드시 하고 말아야지, 이 말에 혹하고 저 말에 혹하고 그래서야 무엇에 쓰겠느냐? 그렇게 귀가 얇아서는 절대로 큰일을 하지 못하는 법이니라. 커흠.”

“어?”

운몽이 어리둥절해서 사부를 바라보았다.

“어떻게 아세요? 몰래 훔쳐봤어요?”

다그치듯 묻자 광명존자가 시치미를 뚝 뗀다.

“훔쳐보긴 뭘 훔쳐봐? 너도 내 나이가 되어봐라. 보지 않아도 보이고 듣지 않아도 들리게 되느니라.”

“이상한데?”

“어여 가서 밥이나 먹어라. 벌써 다 식어버려서 맛도 없겠지만…….”

그리고는 그만이다. 외면하고 난간 아래 세상을 멍하니 바라보기만 한다.

그런 사부에게 잔뜩 눈을 흘겨준 운몽이 맥빠진 모습으로 터덜터덜 주방으로 걸어 들어갔다.

가슴이 미어질 것처럼 아파도 배는 여전히 고팠던 것이다.

하는 일 없이 빈둥거리는 한 달이 지났다.

봄날이 다 지나가고 있었지만 운몽은 도무지 의욕상실에서 벗어나지 못하고 있었다.

광명존자는 때가 되면 꽃이 피려니, 하고 나무를 바라보듯이 그런 운몽을 바라보기만 할 뿐이었다.

제 사부가 그렇듯이 운몽도 이제는 말이 없어졌다.

그런 두 사람이 함께 있으니 좁은 반정도관이 바다처럼 넓고 막막하게 여겨지기만 한다

운수 비구니에게 교화를 받고 엉엉 울면서 돌아온 때로부터 한 달이 물 흐르듯 지나가고 나서야 운몽은 조금씩 정신을 찾아가는 것 같았다. 멍하니 광명전의 돌계단에 앉아 있다가 불쑥 일어나 터벅터벅 도관을 나가곤 했던 것이다.

그가 가는 곳은 오직 한 군데였다. 이 넓은 아미산중에서 그는 그곳만 아는 사람이나 다름없다.

그는 학정봉 아래의 골짜기를 등 굽은 노인처럼 맥없이 천천히 걸어서 지났고, 또 그런 걸음걸이로 높은 운대봉에 올랐다. 그 정상이 그가 아는 아미산의 유일한 곳이다.

구름이 가득해서 발아래의 세상이 온통 잠겨 버렸거나, 날이 쨍쨍해서 햇빛에 이마가 벗겨질 지경이거나, 비가 억수로 퍼부어 운대봉이 통째로 떠내려갈 지경이 되어도 그는 여전히 터벅터벅 걸어 그곳을 찾았다.

그리고 하는 일 없이 우두커니 서서 마냥 시간을 보낸다.

두 손을 합장한 채 한곳만 뚫어지게 바라보는 것이다.

때로는 주문을 외듯이 혼자서만 알아들을 수 있는 말을 하루 종일 중얼거리기도 한다.

누구를 기다리는 것처럼 보이지만 실은 떠나버린 자기 자신의 마음을, 그 애틋하고 가슴 저린 추억을 기다리는 건지도 몰랐다.

이제 열여섯 살 소년이 추억을 기다린다는 건 어폐가 있다. 하지만 운몽은 꼭 그런 심정이었다.

운지가 저 아래 오솔길을 타박타박 걸어 올라오고 있는 것만 같아서 운대봉을 쉬 떠나지 못하는 것이다.

그래서 하루 종일 망부석이 되어 지켜 서서 마음속으로 운대봉의 산신령에게 간절히 빌고 또 빌었다.

제발 운지를 보살펴 달라고, 그녀의 눈에서 눈물이 흐르지 않게 해달라고…….

그리고는 날이 저물어서야 도관으로 돌아와 다 식어버린 밥을 말없이 퍽퍽 퍼먹고, 말없이 쓰러져 잠을 잔다.

씻는 것도 귀찮아하고, 일하는 것도 귀찮아하는 건 물론, 무공을 익히고 연마하는 것도 귀찮은지 아예 손에서 놓아버렸다.

사는 게 귀찮아진 건 운몽 말고도 또 있었다. 학정봉과 운대봉, 낙일봉을 사냥터로 삼고 설쳐 대는 호랑이며 곰, 늑대들이 그렇다.

운몽의 기척만 느껴도 꼬리를 말고 달아나기 바쁜 것들인데, 벌써 오래전에 저절로 그렇게 되도록 길들여지지 않았던가.

그동안은 운몽이 한 달에 한 번만 얼굴을 내밀더니 이제는 매일 그 길을 오고 가니 삶의 의욕마저 상실할 지경이 되었던 것이다.

어쨌거나, 갈수록 운몽의 꼴은 꾀죄죄해져 갔다. 그렇게 밥을 퍼먹어대는 데도 살이 찌기는커녕 자꾸 말라서 마른 장작처럼 되어간다.

그렇게 봄날이 덧없이 지나갔다.

개울가에 나와 앉아 있는 운몽은 웬일인지 더 이상 움직이려 하지 않았다.

그의 눈은 오직 한곳을 응시하고 있었는데, 운지와 함께 앉아 바라보던 두견화 꽃나무였다.

무성하던 연분홍 꽃들이 이제는 시들어 보기 흉하게 변했는데, 그마저 작은 바람에도 견디지 못하고 우수수 떨어지고 있었다.

커다란 분홍 우산을 쓰고 있는 것처럼 아름답던 꽃나무가 쓸쓸하게 변해가는 것을 보면서 운몽은 세월과 인생의 무상함이라도 맛보고 있는 것 같았다.

마지막 꽃이 떨어질 때까지 소년은 매일 개울가에 나와 앉아 그것을 보고 또 보았다. 그리고 마지막 꽃이 뚝, 떨어지던

날 한숨을 쉬고 일어나더니 털레털레 반정도관으로 돌아갔
다.

3

그렇게 열여섯 살 소년의 여름이 가고 가을도 가고 겨울이
찾아왔다.

귀찮은 매미 소리를 들은 것 같았는데 창문을 열어보니 어
느덧 가을이었다. 그런가 보다, 하고 돌아서서 밥 한 그릇 먹
고 와보니 어느새 겨울이 섬돌 위에 올라서 있지 않은가.

세월의 무상함이 그와 같았다.

그동안 운몽은 하루도 빠지지 않고 운대봉을 오갔는데, 이
며칠 동안은 심하게 앓느라고 그러지 못했다. 성장통이라면
다시는 겪고 싶지 않은 지독한 성장통이었다.

그리고 미칠 듯이 눈이 퍼붓고 난 아침, 잔뜩 흐려진 날이
또 한차례 눈을 쏟아 부을 것 같은 그 아침에 운몽은 삐쩍 말
라 두견화 꽃나무 가지처럼 앙상해진 몸을 일으켰다.

땟국물이 자르르 흐르는 거지 같은 몰골을 하고 비틀비틀
밖으로 나간다. 그가 작은 폐인이 되어버린 지 벌써 일 년이
다 되어가고 있었던 것이다.

흰 눈으로 칠해진 광명전 앞 작은 뜰에서 서성이고 있던 광
명존자가 운몽을 막아섰다.

"이제는 네 마음대로 오고 가지 못한다."

"왜요?"

"제자라고는 하나밖에 없는데, 그 제자가 망가져 가는 걸 더 이상 참고 볼 수 없어서이니라."

"……."

그 말에 운몽은 꿀먹은 벙어리가 될 수밖에 없었다. 제가 보기에도 제 꼴이 폐인의 그것 아닌가.

묵묵히 고개 숙이고 허연 콧김만 내뿜고 있던 운몽이 잔뜩 볼을 부풀리고 말했다.

"운대봉에 가봐야 해요."

"왜?"

"다 알고 계셨잖아요. 그러면서 새삼스럽게 왜라니요?"

"네 속마음을 내가 어찌 알랴."

"쳇, 원래 도통하신 분 아니었어요?"

"흘흘, 이 쥐방울만 한 녀석아. 머리통이 아직 여물지도 않은 놈이 벌써부터 여자 때문에 스스로를 망쳐서야 쓰겠느냐? 장차 무엇이 되려고 이럴꼬? 그것도 여자 중이라니? 허, 기가 막혀 말이 안 나온다."

운몽이 제 사부를 무시무시하게 노려보았다. 광명존자는 알고도 모르는 척, 보고도 못 본 척한다.

"대체 사부님 맞아요?"

기어이 운몽이 빽, 소리치자 광명존자가 능청을 떨었다.

“그럼 뭐라고 생각하느냐?”

“못된 의붓아버지요.”

“흘흘, 그럼 또 어때? 어쨌든 나는 가르쳐 주었고 너는 배웠으니 그러면 됐지, 웬 불만이 그리 많을꼬? 너는 못된 망나니 제자 녀석이다.”

도대체 말이 먹히지 않는다. 운몽이 씩씩거리며 이리저리 흘겨보지만 광명존자는 의뭉스런 얼굴을 하고 딴청만 부렸다.

“왜 가지 못하게 하느냐고요! 여태까지는 한 번도 상관하지 않았잖아요!”

“그 여태까지와 지금과는 다르거든.”

“뭐가 어떻게 다르죠?”

“네가 말한 여태까지는 네가 두르고 있던 유년의 껍질을 깨뜨리기 위한 여태까지였다. 하지만 지금은 그것을 깨뜨리고 세상으로 불쑥 나와 날개를 펴고 어엿한 대장부가 되어야 하는 때이니라. 그런데도 그게 다르지 않단 말이냐?”

“……”

그 말에 운몽은 풀이 죽고 말았다. 생각해 보니 어느덧 열일곱 살의 총각이 되어 있지 않은가. 참 세월 한번 빠르다는 엉뚱한 생각이 들었다. 그리고 마음이 갑자기 초조해진다.

‘지금쯤 운지는 어떤 곤란을 겪고 있을지 모르는데 나는 편하게 숨 쉬고 있으니 이건 그녀에 대한 도리가 아니고 의리

가 아니다.'

벌써 일 년이 다 되어가는 것이다.

비좁고 음침할 게 뻔한 절연암에서 혼자 묵묵히 제 고난을 감내하고 있을 운지를 생각하지 않으려고 기를 써도 생각하지 않을 수가 없다.

저 멀리 복호사가 있는 곳이 잘 바라보이는 운대봉 꼭대기에 올라서서 그녀를 위해 빌고 또 빌어주어야만 마음이 조금은 편해질 것이다.

그렇게 하는 제 정성이 반드시 그녀에게 전해질 것이라고 단단히 믿어온 운몽이었다. 운대봉 정상의 바위 위에 그의 발자국이 새겨졌을 정도다.

불쑥 든 그런 생각에 숯불 위에 올라선 것처럼 안절부절 어찌할 바를 모르지만 광명존자는 좀체 마음을 바꾸려 하지 않았다.

여태까지는 운몽이 반정도관을 나가든, 들어오든 자유롭게 놔두었던 존자였다. 그런데 이번에는 강경하게 붙잡고 놓아주지 않으니 운몽으로서는 더욱 화가 나고 초조해질 수밖에 없었다.

사부의 말도 이해가 가지만, 대체 여태까지는 가만히 있다가 이제 와서 왜 그러는지 알 수가 없다. 알고 싶지도 않다.

고집이라면 제 사부를 능가하는 운몽 아닌가.

한나절 동안이나 지칠 줄 모르고 광명존자를 붙들고 늘어졌다.

그런데 어지간한 일에는 허허, 웃으며 슬쩍 넘어가 주었던 사부가 이번만큼은 한발도 양보하려 하지 않았다.

"오 년은 긴 세월이잖아요. 제가 멀리서나마 두 손 모아 간절히 빌어주지 않으면 그녀는 오 년 세월을 이겨내지 못하고 말 거예요."

"그러면 여기서 해라. 왜 꼭 운대봉이어야만 하는 거지?"

"그녀와 저의 만남이 칠 년 동안이나 이루어졌던 곳이니까요. 운대봉의 산신령도 이제는 저를 알고 운지를 알 거예요. 그러니 제 정성도 더 잘 알아주시겠지요."

"흘흘, 운대봉의 산신령보다 학정봉의 살아 있는 신령님이 더 영험하다는 걸 아직도 모르는구나?"

"쳇."

뻔뻔하게도 제 코를 가리키며 하는 사부의 말에 운몽이 흰창이 드러나도록 눈을 흘겼다.

그는 자신의 사부가 영험한 신선이라고는 한 번도 여겨본 적이 없었던 것이다.

한 달에 한 번이나 두 번, 학정봉을 내려갔다가 얼큰하게 취해서는 콧노래를 흥얼거리며 돌아올 뿐, 그 외의 날들은 좁아터진 반정도관에 처박혀 꼼짝도 하지 않는 사부 아니던가.

폐인도 그런 폐인이 없을 터이다. 그런데 스스로를 학정봉의 살아 있는 신령이라고 하니 한심하다 못해 기가 막힐 지경이었다.

그 영험한 살아 있는 신령이 말했다.

"작은 여자 중의 처지가 안되었다만 네 일이 아니고 내 일도 아니니 상관없다. 그냥 그대로 두어라. 그게 순리라는 것이니라. 커흠."

"어찌, 어찌 그런 몰인정한 말씀을 하시옵니까, 신령님."

사부의 말에 운몽은 잔뜩 비위가 상했다. 그래서 평소에는 하지 않던 극히 존경하는 어투로 이야기하지만 그게 잔뜩 비꼬는 것임을 모를 광명존자가 아니었다.

그러나 존자는 개의치 않았다. 아무리 센 비바람이 닥쳐도 꿈쩍하지 않는 커다란 바위 같다.

"출가한 중들이야 화도 부처님의 뜻이고 복도 부처님의 뜻이니 너 같은 속인이 상관할 일이 아닌 게야."

"너무하시옵니다, 신령님. 운지가 불쌍하지도 않으시옵니까?"

"나는 네가 더 불쌍하다."

"신령님께옵서 이 못난 제자를 아끼고 사랑하시는 그 마음은 충분히 알겠사옵니다. 하오나 제자는 학정봉에 사는 불쌍한 운 아무개의 고약한 사부처럼……."

거기서 광명존자가 매섭게 바라보았지만 운몽은 개의치 않고 마저 말했다.

"…복호사의 부처님께옵서 그 작은 여자 중에게 못된 심

술을 부릴까 봐 걱정이 되옵니다. 그러니 허락하소서, 신령
님."

말끝에 꼬박꼬박 신령님을 찾으며 약을 올린다. 그러면 광
명존자가 화가 나서 '당장 꺼져 버려! 이 못된 놈!' 이라거나,
'입 닥치고 저리 가지 못해!' 하고 소리칠 것이라는 기대에서
였다.

그 말이 떨어지는 즉시 운대봉으로 달려가려는 속셈이다.
사부가 꺼지라고 해서 꺼졌고, 저리 가라고 해서 갔으니 죄
될 게 없다고 빡빡 우기면 되지 않겠는가. 그렇게 제멋대로
믿어버린 것이다.

하지만 광명존자는 속이 없는 사람 같았다. 운몽이 뭐라고
하든 빙글빙글 웃기만 했다. 그러면서 제 할 말은 다 하고 제
고집은 다 부렸다. 조금도 타협하거나 양보할 마음이 없다.
그러니 약을 올리던 운몽이 되레 약이 올라 미칠 지경이었다.

"부모가 매를 드는 것은 자식이 미워서가 아니니라. 부처
님이 그 작은 비구니에게 고난을 주신다면 그 비구니가 미워
서가 아닌 게야. 그러니 너는 괜한 걱정 할 필요 없느니라."

"정말 야속하시옵니다, 신령님. 그러면 이 부족한 제자는
도관에서 도망쳐서라도 그 작은 여자 중을 위해 기도하러 갈
까 하옵니다, 신령님."

"너에게 그럴 용기가 있었다면 여태까지 나와 이렇게 입씨
름하고 있지 않았겠지."

존자의 그 말에 운몽은 더 이상 참을 수 없게 되었다.

제가 여태까지 아무리 입 아프게 빈정거렸어도 상대에게 준 충격의 강도에 있어서는 사부가 던진 그 한마디의 십분지 일, 백분지 일도 되지 않을 거라는 생각이 든 것이다.

그가 '에잇!' 하고 소리치더니 사부를 밀치고 광명전 밖으로 뛰쳐나갔다.

그 즉시 몸을 날려 도관을 떠난다.

제 사부의 결정적인 빈정거림에 상처를 입었고, 그래서 무모한 용기를 낸 것이다. 사부가 허락하든 허락하지 않든 기어이 제 고집대로 하고야 말겠다는 의지가 충만하다.

하지만 운몽은 반정도관 밖으로 딱 열 걸음을 나갔을 뿐이다.

"네가 감히 사부의 명을 어겼으니, 다시는 도관으로 돌아오지 마라. 나는 너를 더 이상 제자로 여기지 않겠다."

뒤통수를 때리는 사부의 그 말에 운몽이 멈칫하더니 멈추어 섰다. 현기증이 난 듯 비틀거린다.

광명존자의 선언은 운몽에게 하늘이 무너지는 것과 다름없는 것이었다.

여태까지 제가 아무리 속상하게 했어도 한 번도 그런 말을 한 적이 없는 사부 아니던가.

운몽에게 광명존자는 저를 키워준 은인이면서, 이 넓은 천하에서 유일하게 의지하고 살아가는 사람이었다.

그런 사부가 사제의 연을 끊겠다는 선언을 했다.

'태어나자마자 버림받아 부모의 얼굴도 알지 못하는데, 이제는 사부로부터도 버림받는 신세가 되어야 한단 말인가?'

그런 생각에 눈앞이 캄캄해진다.

운몽이 망연자실해 있는데, 사부의 말이 뒤이어 들려왔다.

"거기서 한 발짝만 더 가면 그렇게 하겠다는 말이니라. 커흠."

*   *   *

석 달이 또 지났다.

산도 하얗고 땅도 하얗기만 하던 겨울이 어느덧 초록에게 자리를 내주었다.

학정봉 아래, 운지를 처음 만났던 이름없는 골짜기의 그 두 견화 나뭇가지에도 꽃망울들이 잔뜩 영글어 있을 것이다.

그 생각만 해도 애가 탄다.

하지만 운몽의 부글부글 끓어오르는 속이야 알 바 없다는 듯, 광명존자는 여전히 시간만 나면 난간에 기대서서 발아래 아득히 펼쳐져 있는 아미산의 푸르러가는 골짜기를 내려다보고, 먼 하늘에 있는 뜬구름을 바라보기만 했다.

운몽은 죽을 맛이었다.

운지를 생각하면 그녀와 떨어지던 그때의 일이 선연하게

떠올랐던 것이다. 일 년이 지난 지금도 조금 전의 일인 것처럼 비수가 되어 가슴을 후벼 파니 더욱 괴롭다.

매달 만나서 즐겁게 지내던 일이 기억에 생생한데 쉽게 잊을 수 있으랴.

그녀를 만날 수 있다는 설렘으로 한 달을 늘 가슴 두근거리며 살아오지 않았던가.

그런 세월이 무려 칠 년이었다. 그런데 일 년째 만나지 못하고 있다.

'그녀는 아직도 홀로 절연암에 갇혀 있을 것이다. 매일매일 눈물로 보내고 있을지도 모른다. 하지만 나는 그녀를 잊어야 한다. 그녀를 찾아가서는 안 된다. 내가 과연 언제까지 그렇게 결심을 지킬 수 있을까? 일 년 동안이나 꿋꿋하게 지켜왔으면 된 것 아닌가? 이만했으면 사내대장부라는 소리를 듣기에 충분하지 않을까?'

그런 생각들로 바작바작 속이 타 들어가지만 운몽은 사부의 충격적인 말을 들은 이후 한 걸음도 도관 밖으로 나갈 수가 없었다.

사부의 말이 반농담이었다 하더라도 그에게는 세상에서 가장 두렵고 싫은 말이었던 것이다.

만에 하나 정말 그런 상황이 벌어질까 봐 두려워서 자다가도 깜짝 놀라 일어나곤 한다. 그러니 더 죽을 맛이었다. 운지와 사부의 엄명 사이에서 이럴 수도 저럴 수도 없기 때문이다.

지난겨울, 사부에게 충격적인 말을 들은 후부터 운몽은 사부로부터 배운 절기를 수도 없이 반복해 수련했으며, 새로운 절기를 배우는 데에 더욱 몰입하기도 했다. 제 마음의 번민을 잊기 위한 처절한 몸부림이었던 것이다.

그리고 그것은 운몽을 날이 갈수록 달라지게 했다. 불과 석 달이 지났을 뿐인데, 그의 성취는 삼 년을 고된 수련한 것과 다름없었으니, 광명존자의 치밀한 지도와 운몽의 타고난 자질에 근성이 더해진 결과였다.

사부가 금족령을 내린 지 석 달이 지난 어느 날 운몽은 사부의 눈치를 보았다. 사부로부터 모처럼 잘한다는 칭찬을 받은 뒤였다.

第八章
절연암(絶緣庵)의 괴인

운몽의 눈부신 성취에 광명존자는 무덤덤하게, '잘했다. 그동안 노력한 보람이 있구나.' 겨우 이 한마디를, 그것도 마지못해 하는 듯이 해주었다.

하지만 존자는 내심 기쁨을 감추지 못하고 있었다. 운몽을 얻은 것이 말년에 만난 자신의 가장 큰 복이라고 생각한다.

헛기침만 해대는 사부를 힐끔힐끔 곁눈질하던 운몽이 이마에 흐르는 땀을 닦으며 넌지시 운을 떼었다.

"겨울을 보내고 나니 제 걸음도 많이 빨라졌지요?"

"비로소 신법의 틀이 잡혔다고 할 수 있겠지."

"손발도 제법 익숙해졌지요?"

"비로소 권법의 흉내를 낼 줄 안다고 할 수 있겠지."

"내공도 부쩍 높아진 것 같은데……."

"비로소 제대로 숨을 쉴 수 있게 되었다고 할 수 있지."

운몽이 찢어질 듯이 눈을 흘기고 나서 가슴을 불쑥 내밀며 말했다.

"이만하면 저도 고수 소리를 들을 수 있지 않을까요?"

"이놈아, 굼벵이의 탈을 벗고 이제 겨우 흉내 내는 원숭이 꼴이 되었는데 벌써 그런 생각을 하느냐?"

"쳇, 그럼 대체 얼마나 더 높아져야 한단 말이에요?"

"네가 나와 열 초식을 주고받을 수 있고, 나의 내력을 반의 반만큼만 따라와도 만족할 수 있겠다."

운몽은 사부의 말이 지독한 허풍이라고 생각했다.

지금의 성취는 그 자신이 생각해도 놀랍기만 하니 절로 자부심과 자만심이 싹텄던 것이다.

이때라는 듯 운몽이 본심을 꺼내놓았다.

"좋아요, 그렇다면 제가 사부님과 열 초식을 겨루고, 사부님의 내공을 사분지 일만 따라갈 수 있으면 반정도관 밖으로 나가도 되는 거지요?"

"흘흘, 네 녀석의 음흉한 속을 내가 모를 줄 아느냐?"

"자, 그럼 시작합니다."

사부가 허락한 걸 안 운몽이 방비할 시간을 주지 않겠다는 듯 즉각 공격해 들어갔다.

하지만 그는 꿈에도 알지 못하는 게 있었다.

과거에도, 그리고 지금도 강호에서 광명존자와 십 초를 나눌 만한 자가 드물다는 것을.

운몽의 손발이 매서운 바람 소리를 내며 어지럽게 들이치는데, 과연 석 달 전까지만 해도 폐인에 다름없었던 그와는 하늘과 땅만큼이나 차이가 있었다.

어느덧 그의 육보권과 연자십팔권은 본능적으로 공수가 이루어질 만큼 능숙해져 있었던 것이다.

거기에 광명존자만의 독특한 권법인 귀왕권 또한 가히 칠팔 성의 성취를 이루고 있다는 게 여실히 드러난다.

'이놈이 정말 물건은 물건이란 말이거든. 이대로 몇 년만 지나면 강호에 내놔도 충분하겠어. 적어도 내 망신은 시키지 않을 거야.'

광명존자는 속으로 그렇게 생각하며 흐뭇해했다.

하지만 겉으로는 여전히 비웃고 얕잡아본다.

"어이쿠, 아깝구나. 거기서 조금만 재빨리 내뻗었더라면 내 볼을 쥐어박을 뻔했어."

"이런, 이런. 왼쪽으로 두 푼만 더 꺾었으면 나를 잡았을 텐데 말이다."

"이크, 그 일장은 꽤 매서운걸? 하지만 어깨에 힘이 너무 들어가서 아쉽다. 조금 부드럽게 했으면 내가 꼼짝 못했을 거야."

"어이구, 이놈아. 그건 개발이야. 쇠말뚝도 걷어찰 수 없겠다."

매 초식마다 한마디씩 놀려대며 슬쩍슬쩍 피하거나 가볍게 손발을 뻗어 이를 악문 운몽의 주먹과 발길질을 걷어냈다.

시간이 지날수록 운몽에게 지독한 오기가 생기는 건 당연했다.

'빌어먹을! 잘도 놀려대는구나. 좋다, 사부고 뭐고 힘껏 때려주고 말 테다. 흥, 그때 가서는 또 뭐라고 이죽거리는지 봐야지.'

그런 마음을 먹자 오히려 손발이 더 뻣뻣해졌다. 몸에 힘이 잔뜩 들어가고 의욕이 생각보다 앞서는 까닭이다.

운몽은 아직 마음이 몸을 통제하고, 눈이 마음에 앞서며, 손발이 눈보다 먼저라는 정교한 이치에까지는 이르지 못했다.

마음이 지나치게 앞서고, 의욕이 지나치게 강하니 손발이 그것을 따라가지 못해 절로 허둥거리게 된다.

"이놈아, 대체 그게 무슨 수법이냐? 나는 너에게 그런 엉터리 초식을 가르쳐 준 적이 없으니 너는 어디서 도둑질해 배워 온 거지?"

광명존자가 운몽의 머리통을 두드리며 조롱했다. 그럴수록 운몽은 더욱 기를 쓰고 달려든다.

안 되겠다 싶었던지 존자가 불쑥 손을 내밀었다.

말아 쥐고 있던 손가락 한 개를 튕기자 운몽의 이마 복판에
서 딱! 하고 호두 깨지는 소리가 났다.

"어이쿠!"

눈앞에 별이 번쩍이고, 머릿속에 윙― 하는 공명음이 가득
차서 운몽은 털썩 주저앉고 말았다.

이마에 달걀만 한 혹이 불쑥 솟아 나온다.

장난기를 버리고 운몽 앞이 우뚝 선 존자가 근엄한 얼굴로
내려다보며 꾸짖듯 말했다.

"도대체 내 가르침은 몽땅 잊어버렸단 말이더냐? 내가 첫
날 무학에 대해 강론할 때 해주었던 말을 기억이나 하고 있는
게냐?"

"다 외우고 있어요."

운몽이 이마를 슬슬 문지르며 잔뜩 볼을 부풀리고 말했다.

"어디, 그럼 척발(擲發)의 묘법 중 동경(憧勁)에 관한 부분
을 말해보아라."

운몽이 즉시 구결을 읊어대기 시작했다.

"시시각각 마음속에 생각하고 한시도 떠나지 않아야 무공
을 연습한다고 말할 수 있다. 마음이 오면 정신이 따라야만
바른 동작을 할 수 있고, 그 가운데에서 척발을 자유롭게 할
수 있으면 비로소 시작하였다고 말할 수 있다. 반드시 마음과
손이 맞아야 하되 순수하고 자연적이어야 하며, 반응을 거짓
으로 하지 않아야 경력이 끊이지 않고 수발하니, 이를 동경(憧

勁)이라 한다.”

어디 한 구절 막히는 곳도 없고 머뭇거리는 곳도 없이 줄줄 흘러나온다.

광명존자는 자신의 구결이 이미 운몽의 뼛속에 깊이 각인되었다는 걸 알고 흐뭇했다.

하지만 여전히 그런 내색은 조금도 하지 않는다.

존자가 한층 엄한 얼굴로 꾸짖었다.

“미련한 놈! 그러면서 손발을 내뻗고 거두는 일은 그렇게 엉성하고, 강약과 완급의 조절에는 그렇게 아둔하더란 말이냐? 흥, 너는 삼 년을 더 머물러 있어야겠다.”

“아—”

운몽이 절망하여 비명을 터뜨렸다.

광명존자가 찬바람이 돌도록 옷자락을 펄럭이며 광명전 안으로 들어가 버리고, 운몽은 머리에 돌을 맞은 사람처럼 주저앉아 멍하니 마른 땅만 내려다보고 있었다.

그렇게 다시 봄과 여름이 지났고, 운몽은 여전히 오기와 고집으로 달려들지만 여전히 사부의 옷자락도 제대로 잡지 못했다.

달라진 게 있다면, 그동안은 광명존자가 빙글빙글 웃으며 이리저리 피하기만 했는데, 이제는 가끔씩 손을 내밀어 매서운 공격도 하게 되었다는 것이다.

그럴 때면 존자가 속으로 깜짝 놀라서 심각해지기도 한다
는 걸 운몽은 조금도 알지 못했다. 그저 열 초식이 다 지나도
록 여전히 사부를 때릴 수 없다는 게 화가 날 뿐이다.

쓸쓸한 가을날, 운몽은 낙심하여 광명전의 계단에 걸터앉
아 마당에 하나둘 떨어져 내리는 붉고 노란 나뭇잎을 바라보
고 있었다.

'나는 정말 한심한 놈이다. 십 초가 지나도록 사부님의 옷
자락 하나 건드리지 못하다니. 이러다가는 삼 년이 걸리기는
커녕, 삼십 년이 지나도 사부님을 때리는 건 고사하고 잡지도
못할 거다. 삼백 년쯤 지나면 비로소 가능할까? 쳇, 그러면 뭐
해? 그래 봐야 사부님이 공격하기 시작하면 다시 십 초를 버
티지 못할걸 뭐. 되지도 않는 일에 미련하게 매달리지 말고
그만둬 버릴까? 무공이라는 것이 애초에 나와는 맞지 않는 건
지도 모르지. 아니, 나라는 놈은 무공에 영 자질이 없는 멍청
이인지도 몰라. 그러니 몸 버리고 세월 버리기 전에 이쯤에서
그만두고 다른 할 일을 찾아볼까?'

그의 마음에는 어느덧 그런 생각이 깃들었다. 지독한 자기
비하이고 패배 의식이었다.

그런 생각이 쌓이면 저절로 그렇게 되고 마니, 어느덧 열여
덟 살 총각이 된 운몽에게는 그의 내면으로부터 가장 위험한
시기가 온 것이다.

그리고 그때, 오랫동안 잊고 있었던 작은 노란 새가 찾아

왔다.

뜰 구석에 유일하게 우뚝 서 있는 한 그루 매화나무 가지에 앉아 아름다운 노래를 불러준다.

"아!"

운몽이 번쩍, 머리를 들었다.

작은 노란 새는 고운 부리를 재빨리 움직여 제 깃털을 가다듬으며 한껏 치장을 하다가 문득 생각났다는 듯 맑고 높은 목청으로 노래를 불렀다. 그리고 다시 깃털을 고른다.

운몽은 넋을 잃고 그 작은 노란 새를 바라보았다.

그 새를 보면 절로 운지가 떠오르고, 그 노랫소리를 들으면 운지의 낭랑하고 높던 음성이 절로 귓전에 울리는 것이다.

"아니, 넌 누군데 이런 데에서 울고 있니?"

개울가에서 처음 들었던 음성.

그것이 운몽의 마음을, 정신을 사정없이 흔들고, 영혼에 깊은 떨림으로 울렸다.

깃털을 고르던 작은 노란 새가 다시 노래했다. 운몽은 운지의 음성을 다시 듣는다.

"쯧쯧, 눈이 퉁퉁 부었잖아. 그리고 이게 뭐니? 이리 와봐."

제 볼을 꼬집으며 개울가로 데려가던 운지의 작고 따뜻한 손길이 가슴 벅차게 느껴졌다.

운몽은 저도 모르게 제 볼을 어루만졌다.

벌써 언제던가, 십 년도 훌쩍 더 지나가 버린 세월의 저쪽에 남아 있는 기억이지만, 작은 노란 새의 노래를 듣고 그때를 떠올린 운몽에게 그것은 바로 지금의 일 같기만 했다.

차가운 개울물을 움켜 제 얼굴을 닦아주던 운지.

그 작은 여자 중의 풋풋한 냄새.

짜랑짜랑 귀에 울리던 맑은 음성.

그리고 눈이 부셔서 차마 똑바로 바라볼 수 없었던 그 투명한 얼굴.

그때 찾아와 노래했던 작은 노란 새가 바로 지금 저 나뭇가지에 앉아 노래하고 있는 새인지는 알 수 없지만, 그때의 운지는 영원히 그때의 운지일 뿐이다.

백 년이 지나고, 몸이 땅에 묻혀 썩어 없어지더라도 그 음성은 허공에 남아 영영 머물러 있을 것이다.

“어머, 귀여운 아이네?”

그 음성. 그것이 운몽을 미치게 했다.

그녀를 보지 못한 지 벌써 일 년이 훌쩍 지나 이 년이 되어오고 있다.

적막하고 쓸쓸해진 감정 위에 슬픔이 더해져 운몽은 저도 모르게 뜨거운 눈물을 흘렸다.

그것이 흘러내려 가슴 앞 옷자락을 적신다.

마지막 노래를 들려준 작은 노란 새가 포로롱, 하고 날아올라 저 멀리 사라졌다.

"에잇!"

운몽이 고함치듯 외치고 벌떡 일어섰다.

눈물을 닦을 생각도 잊은 채, 우르르 뜰로 내려가 미친 듯 주먹을 휘두르고 허공을 걷어찼다.

미친 듯이 몸을 움직여 이리저리 내닫는다.

언제부턴가 그는 알고 있었다. 운지에 대한 그리움으로 가슴이 뻑뻑해질 때는 이렇게 미친 듯이 무공을 수련하는 것만이 그 아픔을 잊게 해주는 유일한 길이라는 걸. 제 몸을 학대하듯이 괴롭히는 일만이 마음을 편하게 가라앉혀 준다는 걸……

2

산은 언제나 무심하다. 조바심 내는 일이 없다.

계절의 오고 감에도 무심하고, 유수와 같은 세월 앞에서도 무심하다.

애증도 없이, 노하고 기뻐하는 일도 없이, 싫어하고 좋아하는 일도 없이 묵묵히 수만 년, 수억 년을 침묵하며 그 자리에 서 있을 뿐이다.

도인은 그 산에 들어가 산을 닮으려 하고, 바람과 눈과 비도 그 산에 들어가 산을 닮으려 하지만 도인은 제 한숨을 주고 산수유 한 가지를 얻을 뿐이고, 바람과 눈과 비는 제 눈물을 주고 종달새의 노래 한 자락을 얻어 내려올 뿐이다.

그 산 중에서도 크고 높고 넓은 아미산에도 세월은 유수와 같이 흘러갔다.

수많은 도관이 암봉마다 박혀 있고, 수많은 사찰이 골짜기마다 들어서 있지만 누가 과연 그 산을 닮아가는 건지 알아낼 수는 없다.

운몽이 운지를 위해 그녀를 떠나겠다는 독한 마음을 먹은 지 이 년이 훌쩍 지나갔다.

계절이 두 번 바뀌고, 얼음이 두 번 얼고 녹았으니 사람들에게는 대단한 세월일 테지만 산에게는 그렇지 않다. 꽃이 피면 피는 대로, 눈비가 오면 오는 대로, 바람이 불면 부는 대로 산은 아무것도 가지려 하지 않고, 아무것도 놓아버리지 않는다. 사람도, 짐승도, 그리고 눈비와 바람도 제멋대로 오고 갈 뿐인 것이다.

사람들은 그 산을 말하지만 느구도 산의 마음을 말할 줄 아는 사람은 없다.

오고 가는 새들이 그 산을 지저귀지만 어떤 새도 그 산의 말을 들려줄 수는 없다.

그래서 어느덧 열여덟 살을 맞고 있는 운몽도 그 산의 말을 들을 수 없었다. 오직 귓가에 아직도 쟁쟁한 운지의 음성만 들려오고 들을 뿐이다.

무정한 세월은 그보다 더 무정한 산을 빠르게 스쳐 갔다.

산도 세월도 제 본색은 변하지 않았다. 하지만 광명존자는 변했다.

더욱 나이가 들었고, 그래서 몸과 마음이 약해진 건지도 모른다. 아니, 바윗덩이 같기만 하던 그것이 이 몇 년 사이에 부드럽게 변하여 구름이 된 것 같기도 하다.

"이제는 바깥나들이를 해도 좋다. 하지만 학정봉을 벗어나서는 안 된다."

가을이 깊을 대로 깊어져 겨울을 바라보는 어느 날 아침, 반정도관 밖으로는 한 걸음도 나가지 못하게 했던 존자가 그렇게 말했다.

"그동안 네가 꾀부리지 않고 열심히 무공을 연마한 대가니라."

운몽은 사부에게 진심으로 감사하고 펄쩍펄쩍 뛰면서 그 즉시 도관을 나왔다. 그리고 단숨에 찾아간 곳은 바로 운지를 처음 만났던 그 개울가였다.

나무도 바위도 모두 낙엽에 뒤덮여 쓸쓸해져 있었지만, 졸졸졸 흐르는 차가운 개울물소리를 들으며 운몽은 가슴이 터질 것처럼 벅찼다. 얼마 만에 찾아온 그리운 곳인가.

운몽은 빛바래 바삭거리는 잎을 매달고 있는 쓸쓸한 두견화 나무를 넋을 잃고 바라보았다. 그동안 더욱 커지고 굵어진 것 같다.

그로부터 매일 운몽은 그 개울에 찾아와 한나절을 혼자서 놀곤 했다.

그리고 도관으로 돌아가기 전에는 멍하니 서서 저 멀리 갈색의 가을빛에 젖어 바삭거리는 운대봉을 한참 동안이나 바라보았다.

답답한 도관에서는 풀려났으나, 여전히 학정봉에 묶여 있는 셈이니 반뿐의 자유였다. 그게 날이 갈수록 오히려 운몽을 더 괴롭게 했다.

가을이 그렇게 지나가고 있었다. 그리고 겨울이 성급하게 찾아왔다.

산도 하늘도, 나무도 바위도 흰 눈에 덮여 세상이 온통 하얗게 변했다.

한두 번 보는 풍경이 아니지만, 운몽에게는 모든 게 새로워 보였다. 가슴속에 열정이라는 생소한 불덩이 한 개를 담아둔 나이가 된 탓이다.

그날도 눈과 바람만 찾아와 머무는 개울가에서 한나절을 보내고 도관에 돌아오자 사부가 그를 기다리고 있었다는 듯 말했다.

“답답하지?”

“…….”

“네 의지가 기특하다는 생각이 드는구나.”

“예?”

운몽이 눈을 휘둥그레 뜨고 사부를 바라보았다.

좀체 이런 말을 하지 않는 사부 아닌가. 나를 골탕먹일 궁리를 하고 있는 건 아닐까? 하는 의심부터 든다.

“이 년 동안이나 꾹꾹 참았으니 그 의지가 대단하지. 나보다 낫다고 아니 할 수 없느니라.”

“사부님?”

“고집스런 망나니 녀석이 기특하게도 사부의 명령을 한 번도 어기지 않았으니 그것도 대견한 일이다. 암, 그렇고말고.”

“…….”

“이 녀석, 왜 그런 눈으로 쳐다보느냐?”

“그냥 시키실 일이 있으면 시키세요. 아무리 어려운 일이라고 해도 하나뿐인 제자가 해 드려야지요 뭐. 그냥 편하게 말씀하세요.”

“어허―”

광명존자가 쓴 입맛을 다셨다.

그러고 보니 눈앞에 앉아 있는 제자가 이제는 꼬맹이도 아니고 소년도 아니지 않은가. 다 큰 청년이 되었다.

그것을 처음 느꼈다는 듯 이제는 광명존자의 눈이 커졌다.

낯선 사람을 보듯 끔벅거린다.

그런 사부를 보며 운몽은 내심 큰일이라고 생각했다.

'이 고약한 사부님이 나를 단단히 골려먹으려고 작정한 모양인걸? 대체 무슨 일이기에 이렇게 뜸을 들이는 걸까?'

그런 생각으로 멀뚱거리며 마주 보는데, 광명존자가 빙그레 웃었다.

"이제 보니 네 녀석도 어느덧 다 큰 총각이 되었구나. 참 세월 빠르기도 하지. 강보에 싸인 핏덩이를 안고 이 험한 산속에 들어온 게 엊그제 같은데, 이제는 어엿한 청년이 되었으니…… 어허, 너는 젊게 하고 나는 늙게 하는 이 세월이 참으로 무상하고 무심하구나."

하려던 말은 어느덧 잊고, 무상감에 젖어 긴 탄식을 한다.

"그런데 사부님, 시키실 일이 뭔가요?"

"응?"

운몽의 묻는 말에 광명존자가 그를 불러 앉힌 이유를 다시 떠올렸다. 깜빡 잊었던 것이다.

"이런, 이런, 늙으니까 나도 어쩔 수 없나 보다. 자꾸만 깜빡거리니, 쯧쯧……."

"그러니까 어서 말씀하세요. 또 잊어버리기 전에."

"고얀 놈."

운몽의 인정머리없는 말에 광명존자가 서운하다는 듯 눈을 흘겼다.

“너의 의지가 그토록 대단하니 이제는 네가 하고 싶은 대로 놔두어도 별일은 없겠다 싶구나.”

“예?”

운몽은 제 귀를 의심했다.

“네 스스로를 잘 통제할 수 있을 게야. 어느 게 옳은 것이고, 어느 게 그른 것인지 스스로 분간할 나이가 된 거지. 옳은 것을 따르고, 그른 것을 버릴 줄 아는 자가 되었다고 나는 믿느니라. 커흠.”

“사부님, 그 말씀은…….”

“인석아, 몰라서 자꾸 묻는 게냐? 자유를 주겠다는 것이니라. 너 하고 싶은 대로 하고 살아. 이제는 이 늙은 사부의 눈치 볼 것 없다.”

“……!”

너무 의외의 말이라 운몽은 오히려 어리둥절해졌고 의심이 더욱 든다.

이제는 정말 사부님이 늙으신 건가? 하는 생각이 들어 슬퍼지기도 했다.

그런 운몽의 마음을 읽은 듯, 광명존자가 눈을 부릅떴다.

“하지만 사부가 늙었다고 깔보거나 구박한다면 그때는 용서 없어.”

“사부님은 제 부모 같으신 분입니다. 이날까지 저를 키워 주시고 모든 걸 가르쳐 주신 분인데 제가 어찌 그런 마음을 눈곱만큼이라도 먹겠습니까? 안심하소서. 저는 언제까지나 사부님을 존경하고 따를 것입니다. 언제까지나 이곳에서 사부님을 봉양하며 살겠습니다.”

늘 투덜거리기만 하던 운몽의 입에서 구구절절 진정이 배어난 말이 흘러나온다.

이제는 광명존자가 어리둥절해졌다.

‘이놈이 지금 늙은 사부라고 놀리는 게야. 암, 그렇고말고.’

그러나 운몽은 여전히 그 늙은 사부가 정해놓은 십 초식의 벽을 깨뜨리지 못했다.

달라진 게 있다면 이제는 광명존자도 사정 봐주지 않고 마구 공격해 댄다는 것이다.

처음에는 십 초 동안 운몽이 공격하고 사부는 슬슬 피하는 것에 불과했는데, 이제는 서로 치고 받고 하게 된 것이니 세상이 안다면 기겁을 할 일이었다.

하지만 운몽에게는 처음이나 지금이나 여전히 십 초를 써서 사부를 때릴 수 없었다.

때리기는커녕 사부가 공격하기 시작하면 오륙 초도 채 버티지 못했다. 그 안에 호되게 얻어터지거나 붙잡혀 나뒹굴었던 것이다.

그러니 사부와의 십 초 비무는 운몽에게 성취감을 느끼기보다 좌절을 확인하는 시간에 지나지 않았다.

광명존자는 하루에도 몇 번씩이나 운몽을 약올리기도 하고 충동질하기도 하여 제게 달려들게 했다.

실전의 묘용을 전수해 주겠다지만, 실은 운몽과 비무 아닌 비무를 하는 재미로 노년을 보내고 있는 것 같았다. 틀림없다.

사부와 그렇게 치고받는 날들을 거듭 보내면서 운몽의 감각과 수법은 더욱 능숙해지고 교묘해져 갔다. 광명존자를 상대로 하여 능히 칠팔 초를 겨룰 수 있게 된 것이다.

그것이 강호에서 어떤 의미인지 운몽은 전혀 짐작조차 하지 못했다.

사람은 늙어갈수록 아이가 된다더니 광명존자를 보면 그 말이 딱 맞는 것 같았다. 이제는 누가 아이이고 누가 어른인지, 하는 말과 하는 짓만으로는 잘 구분할 수 없게 되었던 것이다.

그 아이가 되어가는 노사부가 정색을 하고 말했다.

"나는 조만간 너를 강호로 내보낼 생각이다."

"예?"

"흘흘, 놀라기는……. 그럼 늙어 죽을 때까지 이 좁아터진 아미산에서 복닥거리며 살 생각이었느냐?"

"좁다니요? 이 세상에 아미산보다 크고 넓은 산이 어디 있다고……."

"흘흘, 네놈이 우물 안 개구리가 되어가는 것도 더 보고 있을 수가 없어. 그러니 더욱 산에서 내려가야 하는 게야."

"세상은 아미산보다 훨씬 크고 넓은가요?"

"그것뿐이겠느냐? 훨씬 사랑스럽고, 훨씬 고통스러우며, 훨씬 아름답고, 훨씬 혐오스럽기도 하지. 아미산 골짜기에 사슴이 있고 호랑이가 있듯이 세상에도 그렇단다. 선이 있고 악이 있으며, 사랑이 있고 증오가 있는데 어느 쪽을 택하느냐 하는 것은 전적으로 너의 판단에 달린 일이지. 그러니 책임이 막중하면서 부담도 크지만 그만큼 성취감도 크단다. 아미산의 골짜기에서 다람쥐를 쫓고 토끼를 잡는 것 따위와는 비교할 수도 없어."

사부의 말에 운몽은 입을 딱 벌릴 뿐이다. 여태까지는 잊고 살았는데, 갑자기 그 세상이라는 것에 대한 강렬한 호기심이 일었다.

"재미있는 곳이로군요, 세상이라는 곳은……. 아미산처럼 심심할 일은 없겠어요."

"흘흘, 재미있는 곳이라고? 그럴지도 모르지. 하지만 일각이 백 년인 것처럼 지긋지긋한 곳이기도 해. 물론 네가 어떻게 받아들이고 생각하느냐에 따라 다르겠지만 말이다."

"그럼 저는 언제 그 세상으로 나갈 수 있나요?"

"네가 나의 십 초를 견디면 돼. 지금처럼 그 안에 얻어터지거나 나뒹굴지 않고 거뜬히 버티던지, 나를 때릴 수 있게 된다면 당장이라도 내려보내마."

"쳇, 역시 날 놀린 거였어."

운몽이 실망감으로 눈을 흘겼다.

하지만 그는 마음속에 새로운 의욕이 충만해졌다. 사부의 말을 듣고 나자 어서 빨리 세상 구경을 하고 싶어졌기 때문이다. 그러자면 하루라도 빨리 사부를 이겨야 한다.

'지금은 칠팔 초를 버틴다. 조금만 더 버티면 되는데 그걸 못하겠어?'

그런 생각을 한 운몽이 옷소매를 둥둥 걷어올렸다.

"사부님, 그럼 지금 해보죠?"

"흘흘, 쇠뿔도 단김에 빼랬다고, 그럼 그래 볼까?"

광명존자가 실실 웃지만, 속으로는 아이처럼 좋아하며 잔설이 남아 있는 뜰로 내려섰다.

일곱 초식을 한 치의 양보도 없이 서로 주고받았는데, 여덟 초식째에 이르러 광명존자의 손에 딱 붙잡혔다.

존자는 자신의 무공의 근간 중 하나인 척발(擲發)과 질(跌)의 묘용이 어떤 것인지 운몽에게 확실히 보여주려는 것 같았다. 한순간에 팔과 가슴팍에 있는 다섯 개 대혈을 슬쩍 두드리고 허수아비를 던지듯 냅다 팽개쳐 버렸던 것이다.

그 어느 때보다 의욕에 넘쳐서 대들었던 운몽은 그 어느 때보다 더 호되게 나뒹굴고 말았다.

온몸이 부서질 것처럼 아팠지만 운몽은 하하, 웃었다. 시원했기 때문이다. 몸의 고통과는 상관없이 지난 이 년 동안 발을 묶어놓았던 사부의 금족령이 완전히 풀린 날 아닌가.

3

그렇게 겨울이 산을 넘어갔고, 오고 가는 세월처럼 피고 지는 꽃나무에 다시 봄이 찾아왔다. 열여덟 살에 맞는 봄은 운몽에게 더욱 특별한 것이었다.

이 년 전에 보았던 두견화와 지금 바라보는 두견화가 다르지 않은데, 그것을 보는 마음은 비교할 수 없이 달라져 있다.

이 년 전에 꽃을 볼 때처럼 안타깝고 애절하기는 하다. 그러나 지금은 그것에 불같은 그리움과 고통이 더해졌다.

견뎌낼 수가 없다.

하루가 다르게 활짝활짝 피어나는 두견화를 보면 왜 그녀의 얼굴이 자꾸 떠오르는 건지.

맑은 물소리를 듣는데 왜 그녀의 짜랑짜랑한 웃음소리가 자꾸 들리는 건지…….

그날도 종일 개울가에 나와 앉아서 멍하니 아름답고 소담스럽게 피어난 연분홍 두견화를 바라보던 운몽은 끓어오르는 그리움과, 그것이 불길 되어 가슴을 태우는 고통 때문에 퍽퍽 한숨만 쉬어대고 있었다.

'벌써 이 년이 되어간다. 운지는 여전히 절연암에 갇혀 있을까? 내가 사부님의 금족령에서 풀려난 것처럼 그녀도 혹시

풀려나 복호사로 돌아와 있는 건 아닐까?'

한 번 그녀를 떠올리자 그런 생각이 불같이 일었다.

'나는 운수 비구니에게 다시는 그녀를 찾아가지 않겠다고 말했다. 운지는 내가 벌써 저를 버리고 아미산을 떠난 줄 알겠지. 정말 그럴까?'

이 년이 지났을 뿐인데, 저는 이렇게 운지를 잊지 못하고 있는데, 그녀가 그새 저를 잊었다면 어떻게 하나, 하는 생각이 들자 마음이 조급해졌다.

'한번 확인해 보자. 살짝 가서 아무도 모르게 훔쳐보고 오는 건 괜찮겠지.'

이제는 그런 생각을 걷잡을 수 없게 되었다.

에잇, 하고 달려가려던 운몽이 몇 걸음 떼어놓았다가 우뚝 멈추어 섰다. 더럭 겁이 난 것이다.

'정말 그녀가 나를 잊어버리고 있다면? 그걸 확인한다면 어떻게 해야 하지?'

그게 두려웠다. 세상 사람 모두가 저를 잊어도 좋았다. 하지만 운지가 저를 잊었다면 견딜 수 없을 것이다.

마음속에 두려움과 '그렇지 않을 거야, 틀림없어' 라는 기대가 수시로 교차했다. 지독한 갈등으로 괴로워하던 운몽은 이대로는 살 수 없다고 생각했다. 어떤 쪽이 되었든 제 눈으로 직접 확인해야 만족할 수 있었다.

운몽은 그 길로 운대봉을 향해 미친 듯 내달렸다.

'그녀가 나를 잊었다고 해도 좋다. 그건 오히려 그녀를 위해 좋은 일 아닌가. 나는 그녀가 그렇게 되기를 바라야 하지 않는가. 그랬기에 운수 비구니에게 다시는 그녀를 찾아가지 않겠노라고 약속했던 것이다. 그러니 그녀가 나를 잊어버렸기를 바라야 한다.'

이성은 쉬지 않고 그렇게 말해주지만, 운몽의 감성은 그때의 고통을 어떻게 견딜 수 있을지 몰라 두려워하고 있었다.

취운곡을 지나 운대봉을 넘고 낙일봉을 넘어 복호사가 점점 가까워질수록 더욱 갈등이 커져서 입술이 바짝바짝 마르고 가슴이 터질 것처럼 방망이질쳤다.

그리고 기어이 복호사가 들어앉아 있는 삼나무 숲이 발아래 보였다. 그 큰 바위 위에 웅크리고 앉아서 운몽은 조마조마하고 두근거리는 제 가슴을 움켜쥐고 밤이 되기를 기다렸다.

당장이라도 운수 비구니가 툭, 튀어나와 '네 이놈! 사내 녀석에 제가 한 약속을 어기다니!' 하고 호통칠 것만 같아서 연신 주위를 두리번거린다.

시간이 왜 이렇게 더디기만 한지, 유수처럼 무심하게 흐르던 아미산의 시간이 삼나무 숲을 내려다보는 이 바위에서만큼은 좀체 흐르지 않고 고여 있는 것 같았다.

그런 초조한 시간 속에서 밤이 되었다. 그러나 운몽은 날을 잘못 택했다.

어둠이 온 세상을 뒤덮나 싶었는데, 저쪽 산마루가 훤해지더니 이내 둥근 금빛 달이 천천히 떠오르기 시작했던 것이다.

보름밤이었다.

어떻게 할까, 망설이던 운몽은 여기까지 와서 그대로 돌아갈 수가 없었다.

제 손금이 들여다보일 만큼 달빛이 환하지만 날이 더 깊으면 모두 잠들 것이다. 그때 살며시 가서 운지만 훔쳐보고 살며시 돌아간다면 아무도 모를 것이라고 멋대로 믿어버렸다.

조심스럽게 바위를 타고 내려온 운몽은 갈림길에서 잠시 망설였다.

똑바로 가면 호욕교가 나오고, 그것을 건너 조금만 더 가면 복호사에 이르는 것이다.

오른쪽 길을 택해 복호사 좌측의 골짜기를 타고 순양봉을 향해 반 시진쯤 가면 뇌음사가 있다.

운지는 그 뇌음사 뒤편의 절곡(絶谷)에 있는 절연암에 갇혀 있다고 했다.

운몽은 우선 그곳부터 찾아가 보기로 결정하고 밤 고양이처럼 소리없이 오른쪽 소로(小路) 위로 뛰어들었다.

콸콸거리며 개울물 흐르는 소리가 급하게 들린다. 달빛도 받아들이지 않는 음침하고 깊은 골짜기는 굽이굽이 위로 뻗어 있었다.

혹시라도 아미파 비구니의 눈에 뜨일까 봐 길을 버린 운몽은 그 골짜기를 따라 정신없이 치달려 올라갔다. 매일같이 사부를 쫓다 보니 그의 신법이 이제는 완숙한 경지에 이르러서 마치 한줄기 바람이 스쳐 가는 것 같았다.

그렇게 무사히 뇌음사의 낡은 돌담을 돌아 절연곡(絶緣谷)에 이를 수 있었다.

음침한 골짜기 깊은 곳에 우거진 대나무 숲이 있고, 그 속에 절연암이 있다.

운몽의 마음은 더 급해졌다.

앞뒤 가리지 않고 대나무 숲으로 냉큼 뛰어든 그가 바람처럼 이리저리 맴돌아 달려나갔다.

드디어 저 앞에 절연암이 보였다. 뒤에 깎아지른 절벽을 두고 호젓하게 서 있는 낡은 암자였다.

대숲에 둘러싸여 있는데 은은한 달빛을 받아 더욱 음침해 보인다.

괴괴한 적막만 가득할 뿐, 불빛 하나 보이지 않아 귀신들의 놀이터 같기만 했다.

운몽은 절연암이 보이는 곳에서 우뚝, 걸음을 멈추었다. 저렇게 낡고 외진 쓸쓸한 암자에 운지가 홀로 있다고 생각하니 가슴이 미어지는 것 같다.

밤이 이렇게 깊었는데 불빛도 없는 걸 보니 울다가 잠이 든 건지도 모른다.

운몽이 무거운 돌을 잔뜩 넣어둔 것 같은 가슴을 부둥켜안고 천천히 절연암을 향해 걸어갔다. 한 걸음 한 걸음이 제 뼈를 밟고 가는 것처럼 고통스럽기만 하다.

허리쯤 오는 돌 울타리가 둘려 있는데, 얼마나 오래되었는지 검푸른 이끼가 가득 덮여 있었다. 사람의 손이 닿지 않아서 군데군데 무너진 곳도 있다.

그 사이로 보이는 절연암의 낡은 문은 꼭꼭 닫혀 있었다. 창문도 대나무 덧창을 입혀놓아서 안을 들여다볼 수가 없다.

반쯤 무너진 돌담 너머에는 작은 뜰이 있는데, 어찌나 잡초가 무성하게 자랐는지 드문드문 박아놓은 디딤돌조차 보이지 않을 지경이었다.

아무리 살펴보아도 지키는 사람 하나 없는 외진 암자였다. 저 낡은 문은 한번 걷어차 버리면 와사삭 부서져 내릴 것이다.

잠시 망설이던 운몽은 성큼 돌담을 넘어 들어갔다.

도둑고양이처럼 발소리 하나 내지 않고 잡초 우거진 뜰을 건넌다.

창가에 바싹 붙어 서서 귀를 기울이지만 아무 소리도 들리지 않았다.

옆의 창문으로 이동하자 그곳은 쪼갠 대나무를 이어서 만든 덧창이 낡아 벌어져 있었다. 그 틈에 눈을 갖다 대니 원래 창문의 찢어진 창호 사이로 비로소 암자 안이 들여다보였다.

검은 마루가 깔려 있고, 북쪽 벽에 소나무를 깎아 만든 부

처님의 좌상(坐像)이 있었다. 어찌나 낡았는지 칠이 거의 다
벗겨지고, 검은 때가 가득 앉아서 윤곽만 남아 있을 뿐이다.

불당인 모양인데, 텅 비어 있어서 을씨년스럽기만 했다.

그 좌상 아래 향로가 있고, 아직 한줄기 향 연기가 피어오
르고 있으며, 그 앞에 귀퉁이가 너덜거리는 붉은 보료 한 장
이 깔려 있었다. 누군가 예불을 드리는 사람이 있다는 증거
다.

운몽은 그것이 운지일 것이라고 짐작했다. 그녀가 아니고
누가 이 귀기스러운 곳에서 살며 부처님께 불공을 드리겠는
가.

그 고운 비구니가 이런 곳에 이 년씩이나 홀로 갇혀 있다고
생각하자 절로 눈시울이 뜨거워졌다. 당장 뛰어들어 운지를
끌어내고 싶다.

그래서 손을 꼭 잡고 이 음침한 대나무 숲을 벗어나 세상
끝까지 달아나 버리면 누가 찾을 수 있을 것인가.

잠시 그런 엉뚱한 생각을 하는데, 안에서 인기척이 났다.

운몽은 숨을 멈추고 눈에 더욱 공력을 실어 훔쳐보았다.

여기저기 백 군데는 기운 것 같은 잿빛 헐렁한 승복을 입은
한 사람이 내당에서 천천히 걸어나오고 있었다.

검은 머리가 어깨를 덮도록 치렁하게 늘어져 있는데, 조금
도 손질을 하지 않아서 얼굴을 온통 가리다시피 했다.

그런 모습으로 느릿느릿 걸어나와 적막한 불당 안을 오락

가락하는 모습이 귀신같다. 은은한 달빛이 여기저기 갈라진 벽과 지붕의 서까래 사이로 스며들어 희뿌옇게 비치고 있으니 더욱 그랬다.

그 사람을 본 운몽은 절로 등줄기에 오싹, 소름이 돋았다.

비구니인지 아닌지 구분할 수도 없었다. 옷차림이 포대자루 같은 승복이라 몸매를 알아볼 수 없고, 머리가 길어 얼굴을 똑똑히 볼 수 없기 때문이다.

혹시나 하는 마음에서 두려움을 무릅쓰고 계속 지켜보고 있자니 그 괴인이 한숨을 호— 내쉬는 것 아닌가. 그리고 거의 타버린 향에 새 향을 대고 입김을 불어 불을 옮겨 붙였다. 그러느라고 앞으로 쏠리는 치렁한 머리를 쓸어 넘겼는데, 그것을 본 운몽이 속으로 '억!' 하고 놀란 소리를 터뜨렸다.

비록 옆모습을 얼핏 보았을 뿐이지만 그것이 운지의 얼굴이라는 걸 한눈에 알아볼 수 있었던 것이다.

운지였다.

그 곱던 비구니가 귀신같은 몰골이 되어서 향을 피우고 있는 것이다.

이 년의 세월이 그녀의 피부를 눈처럼 창백하게 만들었고, 그녀의 반짝이던 머리를 저렇게 치렁한 흑발로 뒤덮었다.

운몽은 그녀가 운지라는 걸 알고 나서 이제 더 이상 무섭지 않았다. 가슴이 쿵쾅거리며 뛰는 소리가 제 귀에 들린다.

운지는 잠시 멍하니 불당 한복판에 서 있다가 부드럽게 손발을 움직이기 시작했는데, 마치 춤을 추는 것 같았다.

운몽은 그녀가 오랫동안 홀로 이런 적막한 곳에 있다 보니 혹시 미친 건 아닐까, 하고 생각했다. 그녀에 대한 안타까움과 연민으로 가슴이 찢어지는 것 같다.

운지의 춤사위는 부드럽고 우아했다. 그렇게 시작한 것이 갈수록 빨라지고 맹렬해지더니 드디어 불당 안에 싸늘한 냉기가 가득 찼다. 그것들이 먼지를 어지럽게 말아 올리고, 수십 개의 회오리바람이 되어 불당 구석구석을 제멋대로 옮겨 다닌다.

그녀는 소령 사숙으로부터 전해 받은 구음신장을 수련하고 있었던 것이다.

본래 음한지기를 이끌어내는 것인데, 순결한 처녀의 음기로 그것을 펼치니 그 위력이 더욱 정순해서 순식간에 칙칙한 불당이 얼음굴로 변한 것처럼 싸늘해졌다.

그녀의 구음신장은 이미 칠팔 성의 성취를 이루고 있어서 능히 나무를 얼리고 바위를 부술 만했다.

이처럼 보름달이 뜬 한밤중에 수련을 하면 그 효과가 보통 때보다 배는 크다.

운지는 저의 신공 수련에 온 정신을 팔고 있어서 운몽이 덧창 사이로 훔쳐보고 있다는 걸 전혀 알지 못했다.

그가 찾아왔으리라고는 짐작조차 할 수 없는 일이기도 하다.

운몽은 운지의 춤사위에 넋을 잃었다. 그것이 아미파의 비전 절기 중 하나인 구음신장이라는 건 조금도 모르고, 알고 싶은 마음도 없었다. 오직 운지를 드디어 이렇게 제 눈으로 보고 있다는 생각에 사로잡혀 모든 걸 잊은 것이다.

그래서 그는 대나무 숲에 한 사람이 귀신처럼 우뚝 서서 저를 쏘아보고 있다는 것도 까맣게 몰랐다.

第九章
아미닝염(峨眉冷艶) 소령 사태(素翎師太)

“흥.”

낮은 코웃음소리가 운몽의 귀에 천둥치는 소리처럼 들렸다.

‘억!’

운몽이 운지를 보았을 때보다 더 놀라 즉시 몸을 웅크리고 휙, 돌아섰다.

무너진 돌담 사이로 저 건너 대나무 숲 속에 우뚝 서 있는 하얀 옷의 괴인이 보였다.

‘들켰구나!’

이곳에서 말썽을 일으키면 안 된다는 걸 잘 알고 있었기에 가슴이 철렁하고 내려앉는다.

하얀 옷의 괴인이 천천히 다가왔는데, 이십여 장 밖에 이르러서야 운몽은 그 사람이 늙은 비구니라는 걸 알아볼 수 있었다.

"겁도 없는 자로구나. 감히 이곳에 숨어들다니?"

늙은 비구니가 카랑카랑한 음성으로 말하며 성큼 돌담을 넘어 들어왔다.

운몽은 제가 온 것을 운지가 알게 될까 봐 좌불안석이었다. 달아날 곳을 찾느라고 두리번거리는데, 늙은 비구니가 다시 '흥!' 하고 코웃음을 쳤다.

"내 앞에서 감히 달아날 생각을 하다니?"

운몽은 그 늙은 비구니가 아미파에서도 까다롭기로 이름난 소령 사태라는 걸 전혀 모른다.

사태는 매월 보름 운지에게 찾아와 한 달 동안 이룬 그녀의 성취를 확인하고, 그녀가 궁금해하는 것들에 대하여 자세한 가르침을 내려주었는데, 오늘이 마침 보름이었던 것이다.

멀리서 절연암을 엿보고 있는 자를 발견하고 단단히 화가 났다.

"너는 누구이고 무엇 때문에 이곳에 온 거지? 여기서 뭘 하고 있었던 것이냐?"

"소생은, 소생은……."

운몽은 저를 밝힐 수 없으니 더욱 당황할 수밖에 없었다.

제 이름을 대면 운지가 놀랄 것이고, 제가 학정봉에 사는 낙 아무개라고 하기에는 떳떳하지 못한 면이 있지 않은가.

그가 우물쭈물하자 소령 사태는 더욱 화가 났다.

"정체를 밝힐 용기도 없는 녀석이 아미파의 중지에는 잘도 들어왔구나?"

절연암 안에서 사숙을 기다리고 있던 운지도 바깥의 소란을 알았다. 그녀가 감히 얼굴을 내밀지는 못하고 소리쳐 물었다.

"소령 사숙, 밖에 누가 있나요?"

"별것 아니다. 도둑고양이 한 마리를 잡아서 다그치고 있는 중이니 너는 그대로 있어라."

운몽은 운지의 말을 듣고 눈앞의 노비구니가 바로 아미산에서 가장 까다롭고 고약하다는 소령 사태라는 걸 알았다.

'이거 큰일 났구나. 하필이면 걸려도 더럽게 걸렸다는 말이 있더니, 내가 딱 그 꼴이구나.'

절로 그런 생각이 들었다. 어떻게 하던 이 아미산의 매정한 노사태의 손에서 빠져나가는 것만이 최선이다.

"저는 길을 잘못 들어 우연히 이곳에 오게 된 것뿐, 다른 아무 사심도 없습니다. 비켜주시면 이대로 조용히 물러가겠습니다."

정중히 포권하며 변명했다. 하지만 그것이 소령 사태를 더욱 화나게 했다.

"흐흐, 우연히 찾아오게 된 놈이 도둑처럼 안을 엿보다니?
사심이 있는지 없는지는 천천히 밝혀내면 될 일이고……."

소령 사태의 눈이 가늘어진다. 매서운 빛이 이글거렸다.

"내가 순순히 비켜주지 않으면 아미산을 한바탕 시끄럽게
하겠다는 거냐? 고얀 놈, 감히 나를 협박하다니……."

'다들 말하기를 아미산의 소령 사태가 독 오른 암고양이
같다더니 과연 그렇구나. 기어이 말꼬리를 잡고 몰아세울 모
양이니 이걸 어쩐다…….'

운몽은 난감하기만 했다. 아미삼소로 불리는 아미산의 세
늙은 비구니가 얼마나 대단한 존재인지는 이제 그도 잘 알고
있었다. 그중 한 명인 소령 사태와 이렇게 딱 맞닥뜨렸으니
눈앞이 깜깜해진다.

하지만 이대로 붙잡혀서 수모를 당할 수는 없었다. 운지 앞
에서 개처럼 벌벌 기는 모습을 보여서야 될 말인가. 아니, 운
지가 제 존재를 눈치 채기 전에 달아나야 한다. 그게 최선이
라는 생각이 운몽을 급하게 했다.

그가 억지로 목소리를 어눌하게 하고 잠기게 해서 말했다.

"사태께서 그러시니 소생에게는 선택의 여지가 없군요. 그
럼 실례하겠습니다."

꾸벅 머리를 숙여 보이기 무섭게 훌쩍 몸을 날렸다.

이제는 능숙해졌다고 자부하는 사문의 유운신법을 한껏
펼친 것이다.

그 즉시 운몽은 쏘아진 살처럼 옆으로 길게 날았다. 단숨에 돌담을 뛰어넘어 어둠 속으로 사라지려는 건데, 그의 생각처럼 되지는 않았다.

"홍!"

귓전에 소령 사태의 싸늘한 코웃음소리가 들렸다 싶은 순간 어느새 머리 위를 잿빛 그림자가 덮어온다.

깜짝 놀란 운몽이 급히 추풍동선(秋風東旋)의 수법으로 몸을 기울이며 맴돌았다.

쉿, 하는 가벼운 소리와 함께 장영이 아슬아슬하게 눈앞을 스쳐 지나갔는데, 늘어진 소맷자락이 이마를 쓸고 간 것이어서 운몽은 대경했다.

소맷자락에 실려 있던 한줄기 암경이 밀려들어 와 머리가 어질어질해지고 가슴이 울렁거렸던 것이다.

어느새 소령 사태는 운몽의 앞을 막아서고 있었다. 귀신이 바람을 따라 움직인 것 같다.

어금니를 악문 운몽이 다시 쾌속절륜한 일보추월(一步追月)의 신법을 발휘하여 이번에는 사태의 왼쪽을 향해 질풍처럼 달려갔다.

뒤편에서 언뜻 사태의 호리호리한 몸이 흔들리는 것 같았다. 그러더니 눈 깜짝할 사이에 다시 앞을 가로막혔다. 머리 위에 서늘한 바람이 있는 것이, 노사태가 훌쩍 저를 뛰어넘은 게 틀림없다.

'도대체 이 늙은 비구니는 귀신이 되었단 말인가?'

불쑥 그런 의심이 들었다. 그렇지 않고서야 어찌 이렇게 빨리 움직일 수 있을 것인가 해서이다.

"사숙, 거기 무슨 일인가요? 누가 왔나요?"

바깥의 동정이 심상치 않음을 느낀 듯, 운지가 떨리는 음성으로 물었다. 소령 사태가 운몽을 잡기 위해 원자사수(元子四手)로 이리저리 손을 휘두르면서 대답한다.

"별일 아니니 너는 꼼짝 말고 거기 있어라. 이 괘씸한 녀석을 붙잡은 다음에 너를 돌봐줄 테다."

운몽은 아무리 기를 써도 소령 사태를 따돌릴 수 없다는 걸 알았다. 그렇다면 맞서 싸우는 수밖에 없다. 사태 또한 그것을 유도하고 있었다. 그래야 때려눕히던지 붙잡던지 할 수 있기 때문이다.

"자꾸 이렇게 핍박하시면 소생도 더 참지 못하겠습니다."

운몽이 여전히 유운신법으로 이리저리 소령 사태의 움켜쥐고 낚아채려는 손길을 피하며 싸늘하게 말했다.

다급해서 제 목소리를 감추어야 한다는 것마저 잊었다.

절연암 안에서 그 소리를 들은 운지가 '아!' 하고 비명을 터뜨렸다. 잊을 수 없는 음성이었기 때문이다. 늘 귓전에 쟁쟁하고, 늘 꿈속에서 들었던 바로 그 음성 아닌가.

운지가 급히 갈라진 창문 틈에 눈을 붙였다. 흐릿한 달빛 아래 어지럽게 맴돌고 있는 두 사람의 모습이 보였다. 짙은 남색의 옷을 입고 머리를 뒤로 묶은 건장한 젊은이의 뒷모습.

얼굴을 확인할 필요도 없이 운지는 그것이 운몽이라는 걸 한눈에 알아볼 수 있었다. 그가 십 리 밖에 있다고 해도, 수많은 사람들 속에 섞여 있다고 해도 금방 알아볼 수 있다.

그의 그림자만 휙, 스쳐 지나가도 알 수 있는 것이다.

그를 확인한 운지의 가슴이 철렁, 내려앉았다. 그가 이곳에 찾아온 것은 뻔하지 않은가. 그리고 그것 때문에 소령 사태에게 저렇게 곤욕을 치르고 있다.

금방이라도 운몽이 노사태의 손에 붙잡혀 팔다리가 부러지거나 호되게 내동댕이쳐질 것만 같아 가슴이 조마조마했다.

"저 바보가, 저 바보가……."

입 안으로 계속 그 말만을 중얼거리며 운몽과 소령 사태의 움직임에서 눈을 떼지 못한다.

'어서 달아나, 제발…….'

마음속으로 간절히 빌지만 운몽은 소령 사태의 손 그물 안에서 좀체 벗어나지 못하고 있었다.

사태의 장영(掌影)은 그것이 미치는 사방의 공간을 완벽하게 차단하고 있었다. 물샐틈도 없다.

사실 사태의 그 아미산수 속에서 아직까지 버티고 있는 운몽이 대단하고 대견한 일이었다. 하지만 운지는 마음이 닳아서 미처 그런 걸 생각할 겨를이 없다.

놀라기는 그래서 그녀보다 소령 사태가 더 놀랐다.

‘이 못된 녀석의 재간이 제법이구나. 내 손에서 여태까지
버티다니. 좋다, 네 녀석이 얼마나 더 버틸 수 있는지 보자.’

운몽의 신법을 보면서 사태는 눈앞의 잘생긴 청년이 누구
인지 짐작했다. 그래서 더욱 미움이 생긴다. 그의 사부에 대
한 미움까지 더해져서 마음이 더 독해졌다.

펄럭이는 소맷자락에서 연신 웅장한 바람 소리가 쏟아지
고, 어둠을 이리저리 찢고 쪼개며 어지럽게 쓸고 떨어지는 작
은 손에서 매서운 암경이 뿜어진다.

운몽은 사부와의 비무를 떠올리면서 조심조심 응수를 하
고 있었다. 한 번 실수가 패배로 이어진다는 생각에 식은땀이
흐른다.

사부와의 비무에서는 패했다고 별일 있을 리 없었지만 소
령 사태와의 싸움은 그렇지 않은 것이다. 그래서 운몽은 제가
아미소령으로 이름 높은 노고수를 맞아 이처럼 씩씩하게 잘
싸우고 있다는 걸 생각할 새가 없었다.

획―

그의 소맷자락에서도 매서운 바람 소리가 토해졌다. 불쑥
내뻗은 손을 주먹에서 장으로 바꾸더니 이내 팡, 팡, 팡, 하며
세 번을 때리고 후려쳤다.

육보장권(六步掌拳) 중 위력이 강하고 굳센 호두삼격(虎頭
三擊)이다.

내뻗는 손을 따라 웅장한 장력이 암경이 되어 뻗어나갔다.

후끈한 열기가 주위의 싸늘한 밤기운을 물리친다. 삼양신공을 운기한 것이다.

그것을 본 소령 사태의 눈매가 더욱 매서워졌다.

"이런, 발칙한 놈이 감히 발악을 하는구나!"

매섭게 소리친 사태가 기어이 자신의 진산절예인 복호산수(伏虎散手)를 떨쳐 냈다. 무릎을 살짝 굽혀 몸을 안정시키더니 열 손가락을 활짝 폈는데, 왼발을 성큼 내딛어 운몽의 장력 속으로 두려움없이 뛰어든다.

운몽의 암경이 부딪쳐 온 즉시 왼손을 휘둘러 그것을 물리치는 한편, 오른손으로는 손가락을 굽혔다 펴며 비수 같은 지력을 쏟아냈다.

다섯 손가락이 마치 철침처럼 변하여 운몽의 가슴 앞 요혈을 노리고 무찔러 들어온다. 그 기세가 날카롭고 예리하기 짝이 없어서 그대로 맞으면 당장 가슴에 다섯 개의 구멍이 뚫리고 말 것 같았다.

자신의 굳센 장력을 대나무 쪼개듯 가르고 들어오는 사태의 손가락에 운몽은 더럭 겁을 먹었다.

그녀의 아미신공이 상상보다 훨씬 웅장하고 컸던 것이다. 거뜬히 운몽의 삼양신공을 물리쳐 버린다.

그때까지 운몽은 아미소령을 맞아 무려 이십여 초나 싸웠는데, 그에게는 처음 있는 일이고, 소령 사태 또한 아미산에 칩거한 후 처음으로 겪는 해괴한 일이었다.

운몽은 잔뜩 긴장한 데다가, 사태에게 잡혀서는 안 된다는
절박함이 더해져서 자신의 능력보다 이 할을 더 쏟아 부었다.
그에 비해 소령 사태는 운몽을 만만하게 보고 여유롭게 상대
했던 것이다. 그렇다고 해도 그건 확실히 사태를 놀라고 당황
하게 할 만한 괴변이었다.

소령 사태가 화가 나자 암자 안에서 창문 틈으로 바라보고
있던 운지는 더욱 조바심을 냈다.

지금은 운몽이 잘 버티고 있지만 언제까지 그럴지 알 수 없
는 일이고, 그가 소령 사숙의 손에서 빠져나갈 수 있다고 믿
지 않기 때문이다.

당장이라도 사숙의 무정한 손에 맞아 피를 토하며 거꾸러
질 것만 같아 더 조마조마하다.

그런 한편으로는 운몽이 어느덧 저렇게 성장했고, 제 사숙
과 당당히 맞서 겨룰 만큼 무공이 높아졌다는 게 대견스러웠
다. 더욱 사랑스런 마음이 우러나 눈시울마저 붉어진다.

2

운몽은 초수가 지날수록 처음의 당황함 대신 안정을 찾아
가고 있었다. 속으로는 여전히 입술이 탈 만큼 긴장했지만, 겉
으로 보기에는 침착하게 소령 사태와 싸우고 있었던 것이다.

제가 상대하고 있는 노사태가 얼마나 무섭고 매서운 사람인

지 잘 안다. 제가 그런 소령 사태를 맞아 이십여 초가 지나도록 당당하게 싸울 수 있다는 게 이제는 새로운 놀라움이었다.

사부의 절기를 풀어내는 데 있어서 조금도 막히거나 어색한 데가 없었는데, 특히 임기응변에 있어서는 어느새 저만의 틀과 품격을 갖출 정도가 되어 있었다.

그건 사부와 비무할 때도 드러나지 않았던 일이었다. 비무라는 게 워낙 서로의 진솔한 수법으로 겨루기 때문이기도 하지만, 사부가 다그치는 속도와 강력함이 다른 아무것도 떠올리거나 생각할 수 없게 만들었기 때문이다.

그런 사부를 겪었던 경험이 있는 운몽에게 소령 사태는 한결 여유가 있는 상대였다. 물론 그녀의 무서움 때문에 손발이 엇갈리는 매 순간마다 가슴이 저릿저릿해 오지만 제 사부를 상대할 때보다는 편했던 것이다.

그게 운몽의 느낌이었고, 제 사부와 소령 사태와의 차이에 대하여 생각할 수 있게 해주는 일이기도 했다.

소령 사태는 이십여 초가 넘도록 운몽이 미꾸라지처럼 빠져나가 잡을 수 없게 되자 자존심이 몹시 상했다. 그녀가 잔뜩 화가 나서 나이와 신분을 잊고 버럭 소리쳤다.

"이 녀석, 몸뚱이에 참기름을 바른 놈 같구나! 좋다. 네가 앞으로 나의 다섯 초식을 더 받아낸다면 오늘은 너를 무사히 보내줄 테다!"

"좋습니다! 기꺼이 모시지요!"

운몽도 이제는 한결 자신감을 갖고 마주 소리쳤다.

"흥!"

소령 사태가 차갑게 코웃음 치더니 와락 몸을 던지듯 부딪쳐 갔다.

운몽은 조금도 당황하지 않고 침착하게 사문의 추운미종보(追雲迷從步)를 밟아 나아가는 한편, 좌우쌍박(左右雙搏)의 수법으로 두 손을 동시에 휘둘러 대항했다.

처음과는 달리 침착하기 짝이 없고 장력의 굳셈과 공수의 어우러짐이 조화를 이룬 것이어서 소령 사태는 속으로 깜짝 놀랐다.

"합!"

그녀가 짧고 날카롭게 기합성을 터뜨리며 척발의 수법으로 잡아오는 운몽의 손을 뿌리치고 일장을 내뻗었다.

도향유운(桃香流雲)의 초식은 원래 흐르는 물처럼 부드럽고 질긴 것인데, 소령 사태의 그것은 마치 수천, 수만 개의 꽃송이가 하나하나 비수가 되어 날아드는 것처럼 맹렬하고 사납기 짝이 없었다.

거기에 사태의 막강한 신공이 실려 있으니 그 사나움이 가히 하늘을 놀라게 할 만하다.

펄럭이는 소맷자락에서 쇠를 긁어대는 것처럼 날카로운 바람 소리가 쏟아져 나오고, 넓은 승복 소매 속으로 하얀 손이 들락거리며 나오고 들어가는 게 눈부실 지경이다.

소매 속으로 손이 들어갔을 때는 용이 잿빛 구름 속에 숨은 것 같았다. 언제 어느 방위에서 다시 튀어나올지 몰라 상대는 절로 긴장하게 된다.

그것이 불쑥 튀어나올 때는 검집 속에서 보검이 빠져나오는 것 같았다. 그 예기와 일격필살의 기백이 상대를 놀라게 한다.

운몽은 불과 두어 초식을 막고 피했을 뿐, 곧 노사태의 기세와 재간에 눌려 기를 펴지 못하게 되었다.

"흥, 흥, 어린 녀석이 제법이구나? 그런데 언제까지 절기를 숨기고 있을 셈이지?"

사태가 번개처럼 손발을 놀리는 와중에도 여유를 갖고 이죽거렸다.

운몽은 속이 새까맣게 타 들어갔다. 마음 같아서는 이 얄미운 노사태를 냉큼 붙잡아 내팽개치고 싶은데, 손발이 전혀 뒷받침해 주지 못하니 애꿎은 제 손발에 화가 난다.

"이얏!"

그것에 화풀이를 하듯 매섭게 외친 운몽이 더욱 힘을 주어 주먹을 내뻗고 장을 밀어내며 팔꿈치를 들이밀었다.

이와 같이 험악한 박투의 수법은 아미파의 장기인데 운몽이 오히려 소령 사태보다 더 악착같이 달려든다.

사태가 말한 다섯 초식 중 눈 깜짝할 사이에 세 초식이 지나갔다. 그만큼 두 사람은 자기를 돌볼 새도 없이 벼락처럼 부딪쳤고, 번개처럼 손속을 나누었던 것이다.

이제는 사태의 마음이 급해졌다. 제 말을 지키지 못하면 망신이려니와, 장차 학정봉의 노괴를 대하는 데에 있어서도 큰 소리를 칠 수 없을 것이니 더욱 그렇다.

소령 사태는 물이 흐르듯 막힘없이 흘러나오는 운몽의 초식과 내력을 보면서 의아했다.

'이 어린 녀석이 정말 그 노괴의 진전을 고스란히 이어받았단 말일까?'

그런 생각이 들어 가슴이 서늘해지는 한편, 죽여 버려야 한다는 마음이 들었다.

'살려두면 장차 강호에 또 한 명의 마두가 될 것이다. 이 기회에 화근을 제거하는 게 낫겠다.'

독하게 마음을 먹은 소령 사태가 금강선공(金剛禪功)을 칠팔 성에 이르도록 끌어올렸다.

그리고 즉시 수법을 바꾸어 구음신장을 펼쳐 냈다. 강하던 것이 부드러워지고, 곧던 것이 굽어져 나오는 변화에 운몽은 어리둥절해지고 말았다.

갑자기 상대의 수법은 물론 그 기세와 기운까지 바뀌어 버렸으니 그렇다.

여태까지의 응대 방법으로는 통할 리가 없으므로 자신 또한 상대의 수법에 대응할 만한 무엇을 찾아내야 하는데, 마음과 의욕이 앞설 뿐 언뜻 어떤 초식을 구사해야 하는 건지 알 수 없게 되었다.

경험의 부족이라는 크나큰 단점이 여실히 드러난 것이다.

총망 중에도 운몽은 지금 소령 사태가 춤을 추듯 하늘거리며 흩뿌리는 장영이 조금 전 운지가 불당에서 홀로 수련하던 그것과 같다는 생각을 했다.

"아!"

절연암 안에서 운지의 놀란 탄성이 흘러나왔다. 그녀는 소령 사태가 운몽을 죽이기로 마음먹었다는 걸 안 것이다.

"사숙, 제발 손속에 자비를 남겨주소서!"

그녀가 운몽 대신 소령 사태에게 소리쳐 사정했다. 사태가 엄중하게 꾸짖는다.

"너는 상관할 것 없다. 이 녀석은 장차 무한한 화근이 될 뿐이니 더 크기 전에 잘라 버리는 게 세상을 편하게 하는 일이다. 부처님에게 괜히 사천왕이 있는 줄 아느냐?"

매정한 마음을 그대로 말에 실어 내면서 손속에도 담아낸다.

운지는 당장이라도 이 낡은 벽을 부수고 뛰어나가 운몽의 앞을 막아서야 한다고 생각했다. 하지만 그렇게 하면 사문의 대역죄인이 되어 영영 용서받을 수가 없다.

그 짧은 순간에 그녀는 서로 상반되는 두 가지 제 마음을 다스리지 못하고 발만 동동 굴렀다.

운지가 저를 대신해서 사정하는 소리를 들은 운몽은 눈앞의 노사태에 대하여 더욱 반감이 드는 한편 부쩍 오기가 치솟았다.

'좋다, 내가 오늘 너, 흉악한 노파 비구니의 손에 맞아 죽을 지언정 비굴한 모습은 보이지 않으리라.'

그렇게 단단히 각오한 그가 조금도 물러서지 않고 마주 달려들며 본능적으로 손을 뿌리고 내력을 뽑아 후려쳤다.

그가 불쑥 펼쳐 낸 수법은 연자십팔권(燕子十八拳)이었는데, 그중 금나의 절초인 금쇄봉운 초식이었다.

연자십팔권은 그 이름처럼 빠르고 경쾌하며 변화가 무궁무진한 권법이다.

그런 만큼 큰 위력을 가지고 있지는 못하지만 어떤 상황에서도 적절하게 대처할 수 있는 권법이기도 하다.

운몽은 저의 모든 내력을 다 쏟아내 왼손의 금쇄봉운(金鎖封雲)과 오른손의 항마철장(降魔鐵掌)에 실었다.

왼손으로는 겁도 없이 소령 사태의 손을 붙들려 하고, 오른손은 수도(手刀)로 바꾸어 무를 베듯 사태의 어깻죽지를 찍는다.

잡아채고 때리는 그 두 가지의 서로 다른 수법이 마치 두 사람이 동시에 펼치는 것처럼 절묘하게 조화를 이루었다.

사태가 조금도 방심하지 못하고 손에 더욱 힘을 실으며 원래의 초식 그대로 밀어붙였다. 운몽의 손과 접촉하려는 순간 재빨리 아미금적(峨眉擒狄)과 금화불륜(金火佛輪)의 초식으로 바꾼다.

운몽의 갈퀴 같은 왼손의 다섯 손가락이 사태의 옷소매를 움켜쥐었고, 오른손이 막 어깨에 떨어지려는 순간이었다.

펑!

운몽의 가슴에서 가죽 북이 터지는 것 같은 소리가 났다.

아미파의 금나수법 중 가장 사납다는 사태의 아미금적이 운몽의 금쇄봉운을 밀어내고 오히려 그의 엄지손가락을 꽉 틀어쥐었고, 동시에 좌장에 팔성에 이르도록 끌어올린 금강선공을 실어 그대로 운몽의 가슴을 먼저 두드려 버린 것이다.

"우욱!"

운몽이 줄 끊어진 연처럼 되로 훌훌 날려갔다. 허공에 그가 뿜어내는 붉은 선혈이 긴 궤적을 남긴다.

돌담을 무너뜨리며 처박힌 운몽은 꼼짝도 하지 않았다.

소령 사태는 깊고 길게 숨을 쉬어 아직 남아 있는 자신의 내력을 갈무리하는 한편, 이글거리는 눈으로 운몽을 뚫어져라 바라보았다.

저놈이 팔성 신공이 실린 자신의 장력에 제대로 맞았으니 죽었으리라고 믿지만 확인해야 마음이 놓일 것이기 때문이다.

"아, 사숙, 사숙, 기어이 그를……."

운지는 더 참지 못하고 절연암의 낡은 문가에 나와 서 있었다. 한 발만 더 밖으로 내딛으면 사문의 엄한 계율을 깨뜨리는 결과가 되어 돌이킬 수 없다.

그것을 본 소령 사태가 냉엄한 얼굴로 말했다.

"거기서 꼼짝하지 마라. 너는 설마 사문의 금령(禁令)을 범

하려는 건 아니겠지?"

"아—"

운지는 비로소 제가 문턱을 밟고 서 있다는 걸 깨닫고 절망적인 신음을 흘렸다.

운몽이 무너진 돌무더기에 반쯤 파묻혀 있는 걸 보면서도 아무것도 할 수 없다는 게 그녀의 가슴을 갈기갈기 찢어놓는다.

"저 녀석은 지독한 마두의 제자이니라. 어렸을 때는 서로 철이 없고 옳고 그름을 분간할 수 없었으므로 교류했다고 하더라도 지금은 그렇지 않다. 아미파는 오래도록 명문정파의 대들보 역할을 하면서 강호의 마두들을 불구대천의 원수처럼 여겨왔다. 너 또한 이제 머지않아 강호에 나가 경험을 쌓고 아미파의 명성을 더욱 높여야 할 텐데, 지금 마음을 다잡아두지 않는다면 오히려 화가 될 뿐이다."

운지는 소령 사태의 경고가 무엇을 의미하는 건지 잘 알았다.

만약 한 걸음만 더 내디딘다면 사태는 그 죄를 물어 당장 자기마저 죽여 버리려고 할 것이었다. 강호에서도 사마의 무리를 크나큰 원수처럼 여겼고, 추호의 자비심도 없이 척살해 버리곤 했던 소령 사태 아닌가.

운지가 넋이 나간 듯한 얼굴로 털썩, 그 자리에 무너지고 말았다. 정신을 잃어버리지 않는 게 이상할 지경이다.

그때, 버려진 인형처럼 늘어져 있던 운몽의 몸이 꿈틀, 하고 경련을 일으켰다. 그러더니 이내 손발을 조금씩 움직이기 시작한다.

그를 덮어 눌렀던 돌덩이들이 와글바글 소리를 내며 굴러떨어지고, 운몽이 천천히 일어나 앉았다.

그것을 본 소령 사태가 너무 놀라 입을 딱 벌렸고, 운지 또한 그렇다.

운몽의 몰골은 저게 과연 사람의 그것인가 싶을 만큼 참혹했다.

울컥울컥, 토해내는 피로 옷이 붉게 물들었으며, 돌덩이에 깔리는 통에 여기저기 찢기고 긁히고 깨져서 제대로 얼굴을 알아볼 수 없을 지경이었던 것이다.

그래도 그는 죽지 않았다. 블사조 같았다.

"허—"

부스스 일어서는 그를 보며 소령 사태가 부르르 몸을 떨었다. 지옥의 악귀나찰이 있다면 바로 저런 모습일 거라는 생각이 든다.

운몽이 상처투성이, 피투성이인 몸을 기어이 똑바로 일으켜 세웠다. 그 얼굴로 소령 사태를 노려본다. 이글거리는 눈빛이 더욱 끔찍했다.

그가 부들부들 떨리는 손을 간신히 모아 포권했다.

"사태께서는 약속을 지킬 것이라고 믿소."

더 이상 공대하지 않는다.

"나는 당신의 다섯 초식을 받아냈고, 죽지 않았소. 그러니 갈 것이오. 하지만 언제든 다시 만나게 될 터인데, 그때는 내가 당신에게 다섯 초식을 양보해 드리지."

"저, 저, 저런……."

소령 사태가 지독한 모멸감으로 부들부들 어깨를 떨었다. 하지만 제 입으로 한 말을, 그것도 새까만 후배에게 한 약속을 깨뜨릴 수는 없다.

운몽이 운지에게로 눈길을 돌렸다. 그 끔찍한 얼굴에 어울리지 않게 부드럽고 안타까우며 간절한 빛이 일렁인다.

"나는 갈 거야. 당신이 무사한 걸 보았으니 됐어. 악착같이 견뎌. 그래서 강호에 나와야 해. 그러면 우리가 귀신이 되었다고 해도 다시 만날 수 있어. 잘 있어. 나는 갈 거야."

운지는 아무 말도 하지 못했다. 그의 끔찍하게 변해 버린 모습에 놀라고 두려워하지만 떠나는 그를 붙잡을 수 없는 제 처지가 더욱 무섭다.

비틀비틀 멀어지는 운몽의 뒷모습을 보면서 그녀는 뜨거운 눈물만 하염없이 흘리고 있었다.

3

"흘흘, 소령 사태와 스물다섯 초식이나 주고받았단 말이지?"

“못 믿겠으면 가서 물어보세요.”

“히히, 물어보고 자시고 할 것도 없느니라. 곧 알게 될 테니까.”

“예?”

“어쨌든 그렇게 얻어터지고도 살아서 돌아왔으니 이걸 잘했다고 해야 할지, 바보같이 맞고만 다니는 놈이라고 혼내줘야 할지 모르겠구나. 어떻게 하랴?”

“쳇, 사부님 마음대로 하세요.”

운몽이 눈을 흘기고 휙, 돌아누워 버린다. 그 곁에서 광명존자는 흐뭇한 웃음을 짓고 있었다.

‘이놈이 정말 많이 큰 거야. 그 앙칼진 노파 마귀를 상대로 그렇게 잘 싸웠다니 당장 강호에 내놔도 큰 손색은 없겠어. 하지만 아직은 때가 아니지.’

운몽이 그 지경이 된 몸을 궁케 이끌고 반정도관으로 돌아온 건 거의 기적에 가까운 일이었다.

그의 참혹한 몰골을 본 광명존자는 처음으로 크게 놀라 ‘이게 뭐야!’ 하고 냅다 소리쳤다.

하지만 운몽은 사부의 그 소리를 듣지 못했다. 반정도관의 문지방을 겨우 넘어서자마자 그대로 풀썩, 엎어졌던 것이다.

그리고 무려 한 달이나 이렇게 누워서 끙끙 앓고 있는 중이었다.

광명존자는 매일 시커멓고 쓰디쓴 약만 한 사발씩 억지로 퍼먹일 뿐, 아무것도 덕이지 않았다. 물 한 모금 마시지 못하게 하는 통에 운몽은 제가 부상을 입었을 때보다 안전하게 된 지금이 더 고통스러웠다.

"이놈아, 네놈의 삭정이 같은 체질을 철근강골로 바꿔주려는 거다. 그러니 참아. 그렇게 두드려 맞아도 꾹꾹 참는 곰 같은 놈이 그래, 석 달을 못 참지는 않겠지?"

운몽은 앞으로도 두 달 동안이나 더 이 끔찍한 약만 먹고 살아야 한다는 생각에 암담해졌다.

그런 운몽의 마음에 한 가지 위안이 있다면 사부가 뒤이어 들려준 말이었다.

"네가 소령 사태의 늙어빠진 몸뚱이에 땀이 나게 했다는 건 정말 잘한 거야. 놀랄 만한 일이기도 하고. 내가 장담하건대, 앞으로 이 년만 더 있으면 이제는 소령 사태가 네 꼴이 될 거다. 헛소리가 아니야, 인석아."

"똑같은 걸 이 년 동안이나 더 연마하라고요?"

"흘흘, 네가 지금까지 배운 건 나의 정심박대한 공부를 수박 겉핥기처럼 훑고 지나간 것에 불과해. 석 달 뒤에 네놈의 체질이 싹 바뀌고 나면 그때부터는 진짜 무공을 가르쳐 주마. 기대해 봐."

그리고는 휑 하니 방을 나가 버렸던 것이다.

운몽은 이제 소령 사태를 능가하는 고수가 되기를 갈망했다. 불길처럼 타오르는 복수심이고, 다시는 이렇게 죽도록 두드려 맞고 다니는 못난 꼴이 되지 않겠다는 각오였다.

'무공을 더 많이, 더 높은 경지까지 배우고 끌어올리겠어. 그래서 나를 얕보고 핍박하는 놈들을 떡이 되게 패주고 말 테다. 홍, 늙다리 비구니라고 봐주지 않을 테야.'

그런 생각 끝에 불쑥 잊을 수 없는 한 사람의 얼굴이 떠오르기도 했다.

아홉 살 때 복호사에서 마주쳤던 영준한 소년, 화운평(華雲平)이었다. 운지보다 한 살 위라고 했으니 그는 지금 스물세 살의 당당한 청년이 되어 있을 것이다.

낙산 화가의 무공이 강호어 위진한다지 않았던가. 그는 제 가문의 무공을 대성해서 강호에 나가 지금쯤 쟁쟁한 명성을 얻고 있을지도 모른다.

'그놈도 운지가 절연암에 갇혀 있다는걸 알까? 지금도 매년 제 아비나 숙부를 따라 복호사에 올까?'

그런 생각이 들면서 그때의 일들이 생생하게 떠올랐다.

운지 앞에서 저를 이웃집 못된 개새끼 패듯이 때리고 희롱하던 그자의 얼굴이 커다랗게 떠오른다.

운몽은 주먹을 꽉, 움켜쥐고 허공에 흔들었다.

"기다려, 네놈에게도 반드시 그때의 한을 풀고야 말 테다."

그런 독한 마음으로 사부가 달여주는 쓰디쓴 시커먼 약을 꼬박꼬박, 하루에 두 번씩 받아 마셨다.

그렇게 한 달을 버티자 더는 못 버틸 지경에 이르렀다.

대체 무슨 약재를 어떻게 달인 건지 알 수가 없었다. 사부가 몸소 아미산 이 골짜기 저 골짜기를 돌아다니며 채집해 온 것들이라는 걸 알 뿐이다.

늙은 사부가 자신을 위해 수고를 마다하지 않는 게 고맙고 미안해서 다시 한 달을 버텼다.

그동안 운몽의 몸은 부상에서 완전히 회복했는데, 얼굴이며 몸뚱이에 생겼던 그 끔찍한 상처들도 아물어 딱지가 벗겨졌다.

희한한 일은, 한 번만 딱지가 앉고 벗겨지는 게 아니라는 것이었다. 딱지가 떨어진 흉한 자리에 다시 딱지가 생기고 또 떨어지기를 무려 세 번이나 거듭했다.

그리고 더 희한한 건, 얼굴에 남을까 봐 은근히 걱정했던 상처 자국이 대패로 깎아내기라도 한 것처럼 깨끗이 사라져 버렸다는 것이다.

새 살이 돋아 나오기를 세 번이나 했는데, 그건 상처 자국에만 국한된 게 아니었다. 마치 뱀이 허물을 벗듯이, 온몸이 근질거리면서 각질처럼 변해 버린 피부 조각이 훌렁훌렁 벗겨지곤 했던 것이다. 그것 역시 세 번이나 그렇게 벗겨지고 새 살이 나오고 또 벗겨졌다.

그래서 운몽은 갓 태어난 아기처럼 맑고 투명한 피부를 갖게 되었다. 두 달 동안이나 곡기를 끊었는데도 자르르 윤기가 돌고, 오히려 그전보다 더 탱탱해졌으며 부드러워졌다.

운몽은 나이 들고 머리가 커져 가면서 제 사부 광명존자가 대단한 이인이라는 걸 짐작하고 있었지만, 두 달이 지나고 나서는 정말 학정봉의 살아 있는 신령이 아닐까? 하는 엉뚱한 생각마저 하게 되었다.

그건 자신의 몸에 생긴 희한한 일 때문이었다. 상처가 아물면서 내공 또한 부쩍부쩍 높아져 갔던 것이다.

약을 장복하자 생긴 또 하나의 기적 같은 일이기도 했다.

운몽은 하루에 세 번씩 정좌하고 앉아 조용히 운기삼매에 들었다. 그리고 본격적으로 사부의 신공인 삼양신공을 수련했는데, 그때마다 마치 장맛비에 개울물이 불어나듯이 불어나는 내공을 느낄 수 있었던 것이다.

어느 날 운몽은 그런 현상에 대해 사부에게 물은 적이 있었다. 광명존자가 흘흘, 웃었다.

"이놈아, 우선 약부터 한 사발 들이켜라."

운몽은 오만상을 썼지만 마다하지 않고 약 그릇을 깨끗이 비웠다.

"커흠, 잘 들어라. 무슨 일이든지 더 높은 성취를 이루기 직전에는 반드시 장애에 부딪치느니라. 성장하는 아이들이 성장통을 겪는 것과 같지. 그래야만 뼈마디가 굵어지고 커지니 말이다. 그것과 같은 게야."

"무슨 말인지 알아듣게 해주세요."

"너의 삼양신공이 드디어 그 벽에 다다랐단 말이다. 기를

쓰고 그것을 깨뜨리려고 하는데, 네 힘만으로는 불가능한 일
이었지.”

“······?”

“내가 해줄 작정이었다. 나의 내공으로 너의 운기를 도와
단번에 벽을 깨뜨리고 상승의 경지로 나아갈 수 있도록 인도
해 줄 생각이었어. 그렇지 않으면 십 년이 걸려야 할 테니 얼
마나 갑갑한 일이냐, 안 그래?”

“그런데요?”

“그래서 누구든 공력을 수련하는 자는 그것이 어느 정도
성취를 보이면 그때는 곁에 인도해 줄 사람이 있어야 하는 거
다. 그렇지 않으면 주화입마에 빠져 허덕이게 되지. 다행히
너에게는 이 사부가 있으니 걱정없어. 어때? 사부가 고마운
존재 아니냐?”

“그런데 사부님은 아무것도 하지 않았잖아요?”

“흘흘, 그럴 필요가 없어졌지.”

역시 알 수 없는 말이다.

“기특하게도 그 못된 소령 사태가 그 일을 해주었거든.”

“예?”

운몽이 어리둥절해서 멍청한 얼굴을 하고 제 사부를 바라
본다. 광명존자가 수염을 쓸며 벙긋벙긋 웃었다.

“너에게 지독한 아미 금강선공을 때려대지 않았느냔 말이
다. 흘흘, 그때 그 망할 늙은 비구니는 너를 당장 때려죽이려

는 심보에서 그랬을 거야. 하지만 복이 변하여 화가 되고, 화가 변하여 복이 되는 세상사의 이치를 어찌 고집 센 늙은 비구니가 다 알 수 있으랴.”

“그럼 그 일장이 저에게 오히려 약이 되었다는 건가요?”

“흘흘, 바로 그거야.”

“저는 여전히 알 수 없군요.”

“그거야 네가 멍청한 놈이라 그렇지. 잘 생각해 봐라. 가죽 부대 속에 물이 잔뜩 들어 있어. 하지만 부대의 주둥이가 꽉 막혀 있으니 쏟아져 나올 수가 없다. 그런데 누가 자꾸 물을 부어 넣어준다고 해봐. 그럼 어떻게 되겠느냐?”

“결국 물의 압력을 견디지 못하고 부대가 터져 버리겠지요.”

“호호, 이제 알겠느냐?”

“아!”

운몽이 놀란 외침을 터뜨렸다.

비로소 제 몸의 변화에 대한 한 가지 해답을 찾은 것이다.

소령 사태의 막중한 내력이 그대로 가슴을 통해 온몸의 기혈에 쏟아져 들어오지 않았던가. 자신의 삼양신공으로는 그것에 대항할 수 없어서 크나큰 내상을 입고 거의 죽음 직전까지 내몰렸다.

그런데 그렇게 갑자기 쏟아져 들어온 소령 사태의 금강선공은 공교롭게도 운몽의 자생적인 반발력을 촉발시킬 만큼만 되었던 것이다. 그보다 조금이라도 더 강했더라면 운몽은 내상에서 회복하지 못하고 죽었을 것이다. 부족했더라면 그처럼 심각한 내상은 입지 않았을 테지만, 저의 공력만으로는 뚫지 못했던 폐혈들을 일시에 뚫어버리지도 못했을 것이다.

사태의 금강선공에 의해 촉발되어 강력하게 일어난 자생적인 반발력은 운몽의 세맥 속에 흩어져 있던 모든 기운이었다. 그것들이 성을 내며 노도처럼 기해로 모여들었고, 갑작스런 소나기를 만난 것처럼 삼양신공의 기운이 급격히 불어나 폭발을 일으켰다.

그 힘이 단번에 폐혈을 뚫어버렸다.

운몽으로서는 뜻하지 않게 대성의 기틀을 갖추게 된 것이다. 임독양맥을 타통할 근거가 마련된 셈이니 그렇다.

그 공교로운 일에 운몽은 거듭 감탄성을 터뜨렸다.

"흘흘, 네 명줄이 길었던 게야. 하늘이 아직 네놈을 데려갈 때가 안 되었다고 여긴 거지. 그러니 부지런히 약이나 처먹고 버텨라. 이제 한 달만 견디면 된다. 그러면 내가 조금 도와주도록 하지. 임독양맥은 들끓어오르는 네놈의 공력을 이끌어주는 것만으로도 가볍게 타통될 것이고, 생사현관은…… 모르겠다. 그거야 네놈의 운이 닿으면 언제고 뻥, 뚫려 버리겠지 뭐."

第十章
아미산을 떠나다

1

사부가 말한 석 달이 지났을 때, 운몽은 과연 제 몸에 커다란 변화가 생겼다는 걸 알았다.

곡기를 끊은 지 석 달이 되었지만 기력은 오히려 더욱 충실해졌고, 정신도 비교할 수 없이 맑아졌다.

몸이 날아갈 듯해서 걸음 걷기가 두려울 지경이다.

운기를 하면 공력이 마구 샘솟아 올라 주체하기 힘들어하기도 했는데, 그럴 때마다 광명존자는 용케 알고 운몽의 명문에 장심을 붙였다. 그러면 사부의 무궁무진한 내력이 불덩이처럼 쏟아져 들어와 운몽의 날뛰는 공력을 잘 이끌어주곤 했다.

운몽은 그동안 자신의 공력을 제대로 다스리지 못해 자칫 주화입마에 빠질 뻔한 위기를 두 번 맞았고, 매번 사부의 도움으로 벗어날 수 있었던 것이다.

그리고 한 번 그렇게 위기에서 벗어나면 공력은 봄비에 죽순 자라듯 쑥쑥 커져만 갔다.

그렇게 석 달이 지난 어느 날, 사부가 운몽을 앉혀놓고 말했다. 조금의 장난기도 없다.

"이제는 나도 너를 통제할 수 없게 되었다."

"무슨 말씀이십니까?"

"너의 공력이 무섭게 증진해서 내 힘으로도 제어할 수 없게 되었단 말이다."

겨우 석 달이 지났을 뿐인데 자신이 그렇게 변했다니 어리둥절하다. 운몽은, '이러다가 석 달이 더 지나면 내가 혹시 괴물로 변해 버리는 건 아닐까?' 하는 엉뚱한 생각마저 했다.

사부가 다시 말했다.

"너의 내공의 증진 속도는 내 예측을 훨씬 뛰어넘는 것이었다. 나도 이해할 수 없어."

머리를 갸웃거리더니 혼잣말처럼 중얼거린다.

"나의 영약 제조술이 언제 이렇게 높아졌을꼬? 내가 이제는 정말 지단법(地丹法)을 이루었단 말인가? 그럼 다음은 인단법(人丹法)을 실행해야 하는데…… 어허, 이 나이에 그거야 불가능한 일이고……."

제가 생각하고 말해놓고도 어처구니없었던 듯 광명존자가 커흠커흠, 하고 거푸 바튼기침을 했다.

선도(仙道)에 전해지는 연단법(鍊丹法)에는 천단과 지단, 인단의 세 가지 방법이 있는데, 그중 인단법이란 남녀의 음양교접을 통해 양기를 또는 음기를 축기하여 공력을 이루는 것을 말한다. 그러니 광명존자가 제 말에 실소를 흘릴 수밖에 없었던 것이다.

"……그건 건너뛰고, 이제는 선단(仙丹)을 조제하는 천단법을 시행해야 할 때가 되었나보다. 어허, 그렇다면 연단로(鍊丹爐)부터 장만해야 하는데…… 돈이 없구나, 빌어먹을. 이제는 신선이 되려 해도 돈이 없으면 안 되는 세상이니…… 대체 언제부터 이런 빌어먹을 세상이 되었을꼬?"

횡설수설이다.

운몽은 사부가 대체 무슨 말을 하는 건지 이해할 수 없었다. 팔십을 넘긴 연세가 되시더니 정신이 오락가락하는 모양이라고 짐작할 뿐이다. 그래서 사부를 바라보는 눈길에 안타까움과 연민지정이 가득했다.

"뭘 그렇게 보는 게냐?"

광명존자가 즉각 눈을 흘긴다.

그날부터 운몽은 존자의 비전 절학들을 전수받기 시작했다. 존자의 모든 것을 비로소 배우고 받아들이게 된 것이다.

　십 년 동안이나 닦아온 운몽의 기초는 워낙 단단해서 존자는 두 번 말하고 시범 보일 필요가 없었다. 한 가지를 보여주면 벌써 제 나름대로 파악하고 궁리해서 새로운 열 가지를 만들어낼 지경이니, 가르쳐 주는 존자가 머쓱해질 때가 한두 번이 아니었다.

　그대서 존자는, '이거 내가 고수가 아니라 괴물을 하나 만들어낸 건 아닐까? 그렇다면 그게 강호의 복이 될까, 화가 될까? 영 헷갈리는걸?' 하는 엉뚱한 생각마저 하게 되었다.

　하지만 운몽의 심성이 곧고 꿋꿋하다는 걸 잘 아는지라 크게 걱정하지는 않았다.

　"다 타고난 팔자대로 가는 건데, 나의 신통력으로 봤을 때 저놈은 장차……."

　손가락을 꼼지락거리더니 머리를 흔든다.

　"에이, 모르겠다. 제가 알아서 잘살아야 하는 거지 뭘."

　운몽이 땀을 뻘뻘 흘리며 신공절초를 수련하는 모습을 물끄러미 바라보던 존자는 그렇게 중얼거렸다.

　운몽의 수준이 그만하면 되었다고 여긴 광명존자는 비로소 자신의 성명절학이라고 할 수 있는 분광십이검(分光十二劍)과 뇌정신장(雷精神掌), 그리고 경공신법의 정화라고 할 수 있는 유성구천(流星九天)을 전해주었는데, 운몽은 마치 마른 솜이 물을 빨아들이듯 사부의 신공절학들을 무섭게 흡수하고 있었다.

그날도 땀을 뻘뻘 흘리며 열심히 수련하던 운몽이 문득 사부를 바라보더니 불쑥 물었다.

"이게 다예요? 다른 건 없나요?"

"뭘 더 원하는데?"

"이것저것 다양하게 배워두면 더 좋을 것 같은데……."

운몽은 사부가 고작 세 가지의 절기를 가르쳐 주고 그걸로 끝내려는 것 같아 불만이었던 것이다.

광명존자가 한심한 놈을 본다는 듯이 물끄러미 바라보다가 쯧쯧, 혀를 차고 말했다.

"이놈아, 너는 손이 두 개지?"

"예?"

"밥 퍼먹을 때 한 손만 쓰지?"

"……?"

"어째서 두 손 다 쓰지 않느냐?"

"그렇게 하는 건 가정교육이 형편없는 후레자식들이나 하는 거라고 하셨잖아요."

어렸을 때부터 들어온 말이었다.

"젓가락질은 한 손으로 충분하거든. 아무리 많은 음식도 젓가락 하나로 다 집어 먹느니라."

도대체 무슨 말을 하려는 건지 알 수 없다. 광명존자는 늘 그랬다. 말을 이리 돌리고 저리 돌려서 하니, 정신 차리고 듣지 않으면 핵심을 놓치기 십상이다.

“마찬가지로 백 가지 무공을 알고 있다고 해도 다 소용없다는 것이니라.”

“왜요?”

또 그 ‘왜요?’ 하고 묻는 말버릇이 나왔다. 어렸을 때부터 몸에 배었던 것이 자라면서 점차 사라졌는데, 다시 불쑥 튀어나온 것이다.

광명존자가 인상을 쓰고 노려본다.

“나무꾼이 나무를 찍는데 도끼 하나면 충분하지, 번거롭게 이것저것을 찔끔찔끔 써대는 것 보았느냐?”

“나무꾼도 못 보았습니다.”

운몽이 심통이 나서 대꾸했다. 광명존자가 할 수 없는 놈이라는 듯 한숨을 쉬고 말한다.

“그와 같이 싸우는 데는 검이면 검, 장이면 장 하나면 충분한 거야. 적을 거꾸러뜨리는 데는 결국 익숙한 한 가지 수법이 필요할 뿐이니라. 다른 건 백 가지가 있어도 다 들러리에 지나지 않아.”

“그러니까 하나만 확실하게 잘 연마해 두면 그걸로 된다는 거로군요?”

“그렇지. 이제야 말귀를 알아듣는구먼.”

“그럼 그동안 가르쳐 주신 이것저것들은 뭐죠? 왜 처음부터 한 가지 절기만 가르쳐 주시지 않고.”

그랬더라면 훨씬 시간도 절약되었을 것이고, 제 수고도 덜

했을 거라는 생각이다. 광명존자가 푹푹, 한숨을 쉬어댔다.

"에휴, 이놈아. 그 한 가지 절기를 위해서 나머지가 필요한 거야. 나면서부터 젓가락질을 하고 도끼질을 할 줄 안다더냐? 익숙해지기까지 세월이 필요하듯이, 나의 그 세 가지 절기를 익히기 위해서는 그 밖의 것들이 필요했던 거야. 이제 알아듣겠지?"

운몽이 '아하, 그렇구나' 하는 얼굴로 고개를 끄덕거렸다.

결국 연자십팔권이며 육보장권, 유운신법 등 그 밖의 여러 가지 수법들은 지금 자신이 익히고 있는 이 세 가지 절기를 위한 초석에 지나지 않았던 것이다.

광명존자가 친절하게도 설명을 덧붙였다. 이왕 줄 것, 확실하게 주자는 마음인 것 같다.

"눈치 챘겠지만, 분광십이검은 세상에서 가장 빠른 쾌검법이니라. 원래 쾌검법이란 단순해서 초식이 그리 많지 않은 법이야. 하지만 나의 분광십이검은 무려 열두 초식이나 된다. 그게 무슨 뜻이겠느냐?"

"저야 모르죠."

"쯧쯧, 어떤 상황, 어떤 방위에도 구애받지 않고 펼칠 수 있는 쾌검법이라는 거다. 이 세상에 존재하는 쾌검법의 모든 것을 모아놓은 것이라 할 수 있고, 모든 쾌검법의 궁극이라 할 수 있는 검법인 게야."

"아하, 그렇군요."

　반응이 심드렁하다. 운몽은 번쩍, 하는 순간에 승부를 내버리는 쾌검법보다 무언가 화려해서 보는 사람의 눈도 즐겁고, 절로 감탄하게 되는 그런 검법을 원했던 것이다. 절연암에서 운지가 추었던 춤사위처럼 멋지고 우아하며 화려한 동작 속에 절묘한 수단이 감추어져 있다면, 패배하는 자도 탄복하고 즐거워할 것 아니겠는가. 싸우는 것도 멋있을 것이다.

　그런 운몽의 마음속을 들여다보기라도 한 듯이 광명존자가 타이르듯 말했다.

　"이놈아, 이 겉멋만 잔뜩 든 바람둥이 같은 놈아. 내 말을 잘 들어라. 목숨을 걸고 하는 싸움은 이기는 것이 중요하지 보여주는 게 중요한 게 아니다. 죽여야 할 자의 가슴을 찌르는 데는 딱 한 가지 방법이 있을 뿐이니라. 검을 곧게 뻗어 그냥 찌르는 거지. 아무리 그 동작이 화려하고 요란해도 결국 찌르는 순간에는 다 소용없는 거야. 괜히 힘만 낭비할 필요 없지. 열 놈, 스무 놈을 상대해서 싸운다고 생각해 봐라. 검무를 추듯이 했다가는 몇 놈 찌르지도 못하고 제풀에 지쳐서 주저앉고 말 것이다. 그러면 죽게 되는 거야. 너는 그걸 원하는 것이냐?"

　"아니요."

　운몽은 비로소 존자의 검법에 깃든 의미와 원리를 어렴풋이나마 짐작할 수 있게 되었다. 오직 상대를 찌르고 이기기 위한 검법이었던 것이다. 그러므로 무적, 무패의 검법이라고 해야 하리라.

존자가 다시 말했다.

"나는 과거에 분광십이검 하나로도 검정중원(劍征中原)을 이루었더니라. 나의 쾌검법 삼 초식을 제대로 받아내는 자가 드물었지. 내가 검을 뽑지 않아도 상대는 벌써 기가 질려 스스로 물러났더니라."

"아, 사부님은 무시무시한 쾌검수였군요?"

"흐흐흐, 그 말은 너무 약하지. 천하제일의 검협이라고 해야 하느니라. 나의 검이 울면 천하가 두려움에 몸을 사렸으니까."

운몽은 그런 사부의 모습을 도대체 상상할 수 없었다. 지금 저렇게 광명전의 돌계단에 쪼그리고 앉아 있는 꾀죄죄한 늙은이의 모습에서 위진천하(威振天下)하던 한 사람의 늠름한 검협을 떠올리기란 불가능했던 것이다.

"그래도 다른 걸 더 가르쳐 주세요."

"왜?"

"강호에 나가서 죽으나 사나 분광검법 하나만 쓰다 보면 질릴지도 모르잖아요. 사람들도 금방 알아챌 거고."

"하긴 그렇다."

머리를 끄덕여 동의했지만 광명존자는 운몽의 본심은 그게 아니라는 걸 잘 알고 있었다.

그는 무언가 멋들어진 걸 원하는 것이다.

잠시 생각하던 광명존자는 운몽이 원하는 걸 한 가지 더 가르쳐 주기로 마음먹었다.

그날부터 운몽은 새로운 검법 하나를 더 배우게 되었는데, 구곡유수검(九谷流水劍)이라는 것이었다.

운몽은 그 이름의 우스꽝스러움 때문에 심드렁했지만 막상 검법을 배우기 시작하자 연신 싱글벙글하며 그것에 빠져들어갔다.

그것은 마치 아홉 골짜기를 흘러내리는 물처럼 막힘이 없고 자유로운 검법이었다.

천만 가지의 초식과 변화가 오직 한 가지 원리에서 비롯되듯이, 한 가지 원리로 귀결되듯이, 구곡유수검은 변화와 흐름을 중시하는 화려한 검법이었던 것이다.

수많은 변화가 결국 일기만천(一氣滿天)이라는 한마디 말로 귀결되었다. 그건 아홉 골짜기를 흘러내려 온 개울이 모여서 강이 되고 그 강물이 바다로 흘러드는 것과 같은 이치였다.

"이 검법에는 세상 모든 검법의 변화가 다 깃들어 있느니라."

광명존자가 그렇게 큰소리쳤을 때는 속으로 비웃기만 했는데, 점차 구곡유수검에 익숙해지면서 운몽은 제 스스로 그런 생각을 하게 되었다.

과연 그 검법은 흐름이 부드럽고 질겨서 어느 한 곳 끊기거나 막히는 곳이 없었고, 도도한 흐름 속에는 무한한 자유가 깃들어 있었던 것이다. 그것이 곧 무한한 변화가 되고 변식이 된다.

원리는 하나인데 그것에서 갈라져 나오는 것이 이리저리 얽힌 나무뿌리처럼 끝이 없었다.

그러므로 구곡유수검은 초식이 없는 검법이면서 수없이 많은 초식을 가진 검법이기도 했다.

광명존자가 자신의 삶과 도(道)를 통해 깨우친 인생의 원리를, 세상과 우주의 원리를 매우 잘 살려서 만들어낸 검법이었던 것이다.

운몽은 그것이 꼭 제 마음에 들었다. 저의 타고난 자유분방한 성질과 잘 맞았기 때문이다.

그가 검법의 수련에 세월 가는 걸 잊고 살던 어느 날, 광명존자가 그를 불러 앉히고 말했다.

"검이란 뽑으면 사람을 죽거나 다치게 하는 불길한 물건이니라. 그러니 꼭 필요한 때가 아니면 함부로 뽑아서는 안 된다. 대저 검 뽑기를 마치 젓가락 통에서 젓가락 뽑듯 하는 자 치고 제대로 검을 아는 자는 없느니라. 겉으로는 잔뜩 위엄을 부려도 하수일 뿐이지. 진정으로 검을 아는 검객이라면 언제나 검 뽑기를 망설이고 주저하느니라. 그런 사람은 겁쟁이, 하수인 것처럼 보여도 가장 위험한 검객인 거야."

"잘 알겠습니다."

“검을 수련한 자는 언제나 검의(劍意)를 깊이 생각해야 하느니라. 그것이 무엇이겠느냐?”

“저야 아직 모르죠. 검을 쥐어본 적도 없는걸요?”

운몽은 아직 검을 손에 들어보지 못했다. 사부가 결코 허락하지 않았던 것이다. 그래서 검법을 연마하는 데도 적당한 무게의 나무토막을 들고 했을 뿐이다.

운몽의 퉁명스런 대답에 광명존자가 빙긋 웃고 말해주었다.

“검의란 검의 궁극에 이르기를 원하는 높고 장한 뜻인데, 그것은 바로 활검(活劍)이니라.”

“조금 전에는 검이란 뽑으면 반드시 사람을 죽거나 다치게 하는 불길한 물건이라고 하셨는데요?”

“그건 검의를 얻지 못한 자들의 검이고 하수의 검이지. 살검인 게야. 하지만 진정한 고수의 검은 사람을 살리고 이롭게 하는 활검이니라. 그 뜻을 알아야 비로소 검을 알았다고 말할 수 있다.”

운몽이 고개를 갸웃거렸다. 검이 의원의 침도 아니고 주방에서 쓰는 칼도 아닌데 어찌 사람을 살리거나 이롭게 하는 물건이 될 수 있단 말인가? 하는 의문이 화두처럼 가슴에 남은 순간이었다.

그런 운몽의 가슴에 사부의 마지막 말이 풍덩, 하고 떨어졌다.

"죽여야 살리고, 죽어야 다시 사는 이치를 궁리해 보거라."

2

하루가 다르게 운몽이 멋진 청년으로 변모해 갈 때, 그의 사부는 더 많은 주름살에 뒤덮인 볼썽사나운 노인으로 변해 갔다.

젊었을 때는 남달랐을 호기도 어느덧 사라져 게으름으로 남았고, 정기가 번쩍였을 눈가는 짓물러 늘 눈곱이 낀다.

탄력있던 피부도 나무껍질처럼 변해가 이제는 어디에서도 젊고 영준한 모습의 흔적조차 찾아볼 수 없는 상노인이 된 것이다.

그런 광명존자에게 손님이 찾아왔다.

밤 짐승들만 눈을 뜨고 있을 한밤중이었다.

침침한 눈을 비벼가며 도경(道經)을 읽고 있던 광명존자가 숨을 삼켰다.

어느덧 아미산에 틀어박혀 보낸 세월이 오십 년이었다. 이제는 도에 통해서 보지 않아도 보이고 듣지 않아도 들린다더니, 정말 그렇게 되기라도 한 건지 모른다.

존자가 무엇을 생각하는지 어두워진 얼굴을 숙이고 있더니 길게 탄식했다.

"참으로 지난 세월들이 덧없어지는 때로구나."

알아들을 수 없는 말을 중얼거리고 나서 조심스럽게 방문 밖으로 나간다.

운몽의 방에는 불이 꺼져 있었다.

존자는 그가 깨어날까 봐 두려운 듯 극히 조심스럽고 은밀하게 움직였다.

달빛이 은은한 뜰에 내려서서 잠시 하늘을 보고 땅을 보더니 훌쩍 몸을 솟구친다.

밥 먹는 것도 귀찮아할 정도로 게으르고 굼뜨기만 하던 존자가 아니었다.

번쩍, 하고 그의 그림자가 사라져 버렸다.

달빛을 뚫고 솟구친 존자가 광명전의 지붕을 한 번 찍더니 그대로 깎아지른 절벽을 차며 훌훌 솟구쳐 올라갔다.

절벽을 딛고 달리는 것이 마치 날개 달린 새가 훌훌 날아오르는 것 같았다. 존자는 변신의 도술을 써서 커다란 밤 부엉이로 변해 버린 건지도 모른다. 그렇게 눈 깜짝할 사이에 높은 풍소애 꼭대기로 사라져 버렸다.

그리고 존자는 그곳에서 한 사람을 보았다.

밤바람에 표표히 승복 자락을 휘날리며 등지고 서 있는 비구니였다.

"아미타불—"

기척도 없이 그림자처럼 풍소에 꼭대기에 올라선 존자의

존재를 벌써 느낀 듯, 비구니가 떨리는 음성으로 낮게 불호를 외웠다.

두 사람은 그렇게 시간이 흐르는 걸 잊고 서 있기만 했다.

존자는 깎아지른 듯한 풍소어를 등지고 서서 한 그루 고목처럼 말이 없고, 존자를 등지고 서 있는 비구니 또한 그대로 돌부처가 된 것처럼 말이 없다.

두 사람의 옷자락 날리는 소리만 적막한 밤하늘로 울려 퍼졌다.

얼마나 시간이 지났을까. 비구니가 들릴 듯 말 듯한 낮은 음성으로 말했는데, 마음의 격동을 가까스로 참는 듯 목소리가 사뭇 떨려 나왔다.

"나는 당신에게 내 얼굴을 보이고 싶지 않군요."

"하―"

존자가 길고 길게 탄식했다.

"나는 그대가 지금쯤은 나무 같고 돌 같아진 줄 알았는데 그렇지 않은 모양이구려?"

"당신은 나무 같고 돌 같아졌나요?"

"나도 그렇지 못하다오."

두 사람 사이에 다시 말이 끊어졌다. 한동안의 적막이 흐른다. 귓전을 스치는 매서운 바람 소리를 듣기 얼마 동안이었을까. 비구니가 다시 말했다.

"벌써 오십 년이 지났어요."

"그렇군. 벌써 세월이 그렇게 흘렀어."

"나는 이제 당신이 그만 아미산을 떠났으면 좋겠어요."

"어디에 있든 무슨 상관이란 말이오?"

"천하는 넓으니 아미산이 아니더라도 당신의 몸 하나 숨길 곳은 많을 거예요."

"그렇겠지. 하지만 아미산에서조차 내가 앉을 손바닥만 한 땅을 가질 수 없다면 아무리 넓은 천하라고 해도 역시 그럴 것이오."

"당신은 정말 뻔뻔하군요."

비구니가 잔뜩 화난 듯 말하고 비로소 몸을 돌이켜 광명존자를 마주 보고 섰다.

은은한 달빛 아래 주름진 얼굴이 드러난다. 복호사의 소정 사태였다.

"당신 때문에 이미 아미산이 한차례 풍파에 휩쓸리고, 많은 사람들이 고통을 겪었어요. 다시 그런 일이 되풀이되기를 바라는 건가요?"

"천만에, 천만에."

광명존자가 두 손을 마구 흔들었다.

"나는 다만 그대가 있는 곳에 조금이라도 가까이 다가가 속죄하고 싶었을 뿐이라오. 그 세월이 무려 오십 년이나 지났지. 매일매일 속죄하고, 매일매일 후회하는 삶을 살아왔단 말이오. 그런데 아직도 부족하다는 거요?"

“하―”

소정 사태가 긴 한숨을 쉬었다. 그녀의 노안에 짙은 어둠이 드리운 건 달 그림자 때문만이 아니다.

“석 달 전에 당신의 제자가 이미 한차례 분란을 일으켰답니다.”

조심스럽게 말하며 광명존자의 눈치를 본다. 존자는 묵묵히 침묵할 뿐, 거기에 대해서 아무 말도 하지 않았다.

“그 일로 막내의 화가 다시 폭발했어요. 길길이 날뛰는 걸 그동안 억지로 붙들어두었지만 이제는 더 이상 그 아이를 막을 수 없을 거예요.”

“소령의 성미는 젊어서나 늙어서나 변하지 않았으니 그런 사람도 드물지.”

“당신은 그 아이를 탓할 자격이 없다는 걸 모르나요?”

소정 사태는 칠십을 넘긴 소령 사태를 아이라고 불렀다. 까마득한 과거의 일을 떠올린 때문인데, 광명존자 역시 그때의 우울했던 시절로 돌아간 듯, 전혀 어울리지 않는 그 호칭을 아무렇지 않게 들었다.

쏘아보듯 존자를 흘겨본 소정 사태가 다시 말했다.

“그 아이가 당신의 존재를 알고서도 이 년 동안이나 참아준 건 대단한 거였어요.”

“인정하오.”

“그 아이 또한 마음속에 당신에 대한 한 가닥 연민이 있기 때문인데, 이제는 그렇지 않답니다.”

“그래도 나는 떠나지 않겠소.”

“계속 고집을 부릴 건가요?”

“학정봉은 아미파와 멀리 떨어진 곳이라오. 아미산이 얼마나 크고 넓은 산이오? 설마 아미파의 비구니들이 그 산 모두를 독차지하고 있는 건 아니겠지?”

“당신, 그 말은…….”

“학정봉에 사는 내가 가까워서 싫다고 한다면 천하 어디에 있더라도 가깝다고 할 것이오. 결국 죽어서 저승으로 떠나 버려야 비로소 멀리 갔다고 하겠지. 그렇다면 당신들 괴팍한 비구니들은 조금만 더 기다리도록 하시오. 머지않아 그렇게 될 테니까.”

광명존자의 말에 쓸쓸한 감정이 묻어났다. 그걸 느낀 소정 사태가 낮은 음성으로 거듭 불호를 중얼거렸다. 염주를 굴리는 손이 가늘게 떨린다.

잠시 침묵했던 광명존자가 다시 말했다.

“그놈은 반드시 아미산으로 찾아올 텐데, 그때까지는 내가 학정봉에 있는 게 낫지 않겠소?”

“아미타불…….”

존자의 말에 소정 사태가 큰 소리로 불호를 외웠다. 음성이 사뭇 떨려 나온다.

“그때, 그놈을 확실히 죽여 없앴어야 했는데, 당신의 자비심이 그렇게 하지 못하도록 방해했지. 그렇지 않았다면 오십 년이 넘도록 늘 후환을 걱정하며 살아올 필요가 없었을 것이고, 나 또한 굳이 학정봉을 고집하며 구차하게 살아오지 않았을 것이오.”

“아미타불…….”

“그놈은 지금쯤 아미산 아래에 와 있을지도 모르지. 턱 밑에서 원한의 칼을 갈고 있을지도 모르는 일이야. 그놈의 이 가는 소리가 들리지 않소?”

“절대로 그런 일은 없을 거계요. 그 사람은 벌써 죽어 저승으로 가 있는지도 몰라요.”

“흥, 그놈에 대해서는 내가 더 잘 알아. 그때나 지금이나 당신은 그놈에게 한 가닥 연민지정을 품고 있는데, 다 쓸데없는 짓이오. 조금 더 솔직히 말해볼까?”

“…….”

“그대는 아미파의 분란이 나 때문인 것처럼 말하지만 실은 그대의 쓸데없는 자비심 때문이었소. 그걸 인정해야 하오.”

“아미타불, 아미타불…….”

“그대뿐만 아니라 소령, 그 깜찍한 것도 한몫을 했지. 내가 그놈을 죽이지 못하도록 끝까지 훼방 놓았으니까. 그 결과 나는 오십 년을 학정봉에 숨어 살아야 했고, 당신은 오십 년 동안이나 가슴속에 하고 싶은 말을 숨긴 채 복호사에 틀어박혀 살아야 했지. 소령은 또 어떻소? 듣자 하니 그 아이는 뇌음사에 죽은 듯 처박혀서 꼼짝하지 않는다던데? 그 세월 또한 오십 년이오. 그런데도 나에게 모든 잘못을 떠넘길 셈이오?"

울분을 터뜨리듯 거침없이 쏟아내는 광명존자의 말에 소정 사태는 아무 말도 하지 못했다.

"그리고……."

잠시 머뭇거리던 광명존자가 작심한 듯 말했다.

"당신들 아미사소(峨眉四素)의 막내 소양은 또 어떻소?"

"그만, 그만 하세요!"

오래전에 죽은 걸로 알려진 소양의 이름을 광명존자에 의해 듣게 되자 소정 사태가 평정심을 잃고 소리쳤다.

"다시는 그 아이의 이름을 꺼내지 마세요!"

"흥! 솔직히 말해보시오. 그 모든 게 다 나 때문이란 말이오? 그렇다면 당장 당신 앞에서 스스로 목숨을 끊어 속죄하리다."

"아, 도대체 이 질기고 질긴 악업은 얼마나 더 참고 견뎌야 끝난단 말인가……."

소정 사태의 한숨에 풍소애가 무너질 듯하다.

한참 동안 떨리는 음성으로 중얼중얼 진언을 외고 난 소정 사태가 겨우 마음을 안정시키고 말했다.

"좋아요, 그건 당신과 나, 그리고 소령의 공동 책임이라고 해요. 당신의 고집이 예나 지금이나 다르지 않으니 더 이상 말하지 않겠어요. 하지만 운몽은 멀리 떠나도록 하세요. 다시는 아미산 근처에도 얼씬거려서는 안 돼요."

"어째서?"

"당신은 우리의 악업을 그 아이에게까지 물려주고 싶은 건가요? 당신이 사랑하는 하나뿐인 제자에게?"

"으음—"

이번에는 광명존자가 깊은 탄식을 불어냈다. 소정 사태가 그런 존자를 지그시 바라보며 타이르듯 말했다.

"그 아이는 천성이 순박하고 온후한데, 당신을 닮아 고집이 센 게 탈이에요. 하지만 당신이 그동안 잘 가르치고 지도해서 나무랄 데가 없지요."

제자의 칭찬에 기분이 한결 나아진 듯 광명존자가 빙긋 웃었다.

"그러나 단단히 소령의 눈 밖에 났으니, 이곳에 오래 있다가는 더 큰 봉변을 당하게 될지도 몰라요. 그때 가서 후회해도 소용없어요."

"흥, 나는 소령이 그렇게 할 수 있다고 믿지 않소. 지금이야 그 녀석을 죽이고 살리는 일을 제 마음대로 할 수 있겠지만, 과연 이 년 뒤에도 그럴까?"

"그 말은? 당신은 설마 이 년 뒤에는 운몽이 소령보다 뛰어나게 될 거라고 말하는 건가요?"

"그렇소, 그 녀석이라면 충분히 그렇게 되고도 남지. 내기를 해도 좋소."

“아!”

광명존자의 자신만만한 말에 소정 사태가 충격을 받고 움찔했다.

아미소령의 존재는 아미파에서는 물론 강호에서도 그 비중이 무겁기 짝이 없다. 그런데 약관에 불과한 운몽이 이 년 뒤에는 그녀를 뛰어넘게 될 것이라니…….

소정 사태는 광명존자의 그 말을 믿을 수 없었다. 그러나 존자는 자신만만했다. 때문에 소정 사태는 뭐가 뭔지 어리둥절해지고 말았다.

광명존자가 단언하듯 말했다.

“이 년 뒤에는 그 녀석을 아미산에서 내려보내지. 그때까지는 그대가 양보해 주는 게 좋겠소.”

존자의 고집이 어떤지는 젊었을 때부터 충분히 겪어 잘 알고 있는 소정 사태였다. 그가 이렇게까지 완강하게 나온다면 타협하는 수밖에 없다.

머뭇거리던 소정 사태가 한숨을 쉬고 마지못한 듯 말했다.

“그렇다면 한 가지 약속을 해주세요.”

“말해보시오.”

“그동안 운몽이 절대로 절연암에 찾아와서는 안 되고, 아미파에 분란을 일으켜서도 안 돼요.”

“알겠소. 약속하지.”

“좋아요, 당신의 말을 믿겠어요.”

소정 사태가 지그시 광명존자를 바라보더니 가볍게 머리 숙이고 그 자리를 떴다.

밤바람에 잿빛 옷자락을 펄럭이며 멀어지는 그녀의 모습을 광명존자는 언제까지고 바라보았다. 드디어 그녀의 모습이 우거진 송림 속으로 들어가 보이지 않게 되자 땅이 꺼져라고 탄식한다.

"휴— 오십 년이라면 바위라도 갈고 갈아서 조약돌로 만들기에 충분한 시간이련만 나와 그녀들 사이의 악연은 조금도 엷어지지 않았구나."

3

운몽은 사부가 저를 그렇게 다그치는 이유를 알지 못했다.

광명존자는 그 어느 때보다 엄격하고 호되게 운몽을 가르쳤고, 그의 초식이 조금만 틀리거나 어색해도 정색을 하고 꾸짖었다.

먹고 자는 일 외에 운몽은 오직 사부의 세 가지 절기를 수련하는 데에 저의 모든 것을 쏟아 부었다.

일 년이 지났을 때 광명존자는 그동안 쌓인 운몽의 내력을 촉발시켜 임독양맥을 뚫어주었다. 그 일로 인해 운몽의 공력은 배는 더 증진되었으니, 이제는 광명존자가 그에게 십 초의 승부를 가려보자는 말을 할 수 없게 되었다.

그리고 다시 일 년이 지나자 운몽의 눈에는 정기가 충만해지고, 안색 또한 밝게 빛났다. 이 년 동안의 숨 돌릴 새 없는 수련 기간이 그를 확실히 그전과는 전혀 다른 사람처럼 만들어주었던 것이다.

그런 그를 지켜보던 광명존자는 날이 갈수록 마음속에 서운함과 안타까움이 커져만 갔다. 운몽과 헤어져야 하는 날이 다가왔다는 걸 알기 때문이다.

이십 년 동안이나 늘 곁에 두고 있었는데, 갑자기 떠나보내고 나면 홀로 허전해서 어찌 살 수 있을 것인가 하고 생각하니 더욱 한숨만 나온다.

운몽이 과연 강호에 나가 잘 적응할 수 있을지도 걱정되었다. 하지만 그는 붙임성이 있고 성격이 밝으니 사람들을 잘 사귀고 사랑을 받을 거라고 믿었다.

햇빛이 잔잔한 오월 어느 날 아침, 광명존자가 운몽을 불렀다.

모처럼 오늘 하루 무공 수련을 쉬어도 된다는 사부의 말에 운몽은 잔뜩 들떠 있었다. 서둘러 설거지를 마치고 곧장 개울가로 내려가 볼 작정을 하고 있었는데 사부가 부른 것이다.

사부에게로 가면서 운몽은, '이 노인네가 그새 마음이 변해서 오늘도 꼼짝 못하게 하려는 건 아닐까?' 하는 불안을 떨쳐 버릴 수 없었다.

존자의 방문을 열고 들어간 운몽은 깜짝 놀라고 말았다.

다른 때와는 달리 사부가 깨끗한 옷으로 갈아입었고, 늘 부스스하던 머리마저 정갈하게 손질한 채 엄숙하고 근엄한 얼굴로 앉아 있었던 것이다.

"어? 어디 가시려고요?"

운몽이 어리둥절해서 묻자 광명존자가 착 가라앉은 음성으로 말했다.

"게 앉아라. 너에게 할 말이 있느니라."

운몽은 갑자기 가슴이 심하게 뛰었다. 불안한 마음이 불쑥 들더니 걷잡을 수 없어진 것이다. 그가 눈치를 보며 사부와 마주 앉았다.

핏덩일 때부터 제 손으로 오늘까지 키워온 사랑하는 제자를 바라보는 광명존자의 눈빛이 그윽하게 깊어졌다.

"내가 너에게 다시 자유를 주었을 때 너는 제일 먼저 무엇을 했었지?"

"예?"

"너는 그 즉시 도관을 나가 곧장 절연암으로 갔더구나."

이 년 전 운지를 찾아갔던 때를 말하는 것이다. 운몽은 사부의 의중을 짐작할 수가 없었다. 대체 무엇 때문에 갑자기 그때의 일을 들먹이는 건지…….

"떠나거라."

"예?"

"절연암 따위에 연연해하지 말고 이제는 더 넓은 세상을 보란 말이다. 세상에 비하면 아미산은 좁아서 쌀뒤주만 하다. 하물며 그 속에 있는 낡아빠진 절연암이야 더 말할 게 있으랴. 너는 좁쌀만 한 그것에 집착하고 싶으냐?"

"사부님, 제가 어찌 절연암에 집착해서 그러겠습니까? 다만 그 안에 갇혀 있는……."

운몽이 반박하려 하자 광명존자가 손을 쌀쌀 내둘렀다.

"안다, 알아. 네 마음이 어떤지 다 아느니라. 하지만 내 말뜻을 너는 아직 모르는구나."

"예?"

"좁쌀만 한 절연암 속에 네 마음마저 가두어 버리지 말란 말이다. 그곳에 갇혀 있는 건 작은 비구니 한 명으로 족하다. 너는 넓은 세상에 나가 큰일을 해야만 한다. 대저, 정을 끊지 못하는 사내치고 큰일을 한 자가 없느니라. 그 말은 곧, 대장부의 웅지를 시들게 하는 가장 큰 적은 바로 여자라는 것이야. 모름지기 사내는 큰 뜻을 이루기 위해서 기꺼이 매정하고 무정하다는 말을 들어야 하느니라."

"사부님?"

"이제부터 너의 세상은 좁아터진 이 아미산이 아니다."

"사부님!"

"시끄럽다! 사부가 말하면 공손히 듣고 따르면 되는 거야! 버릇없이 굴지 마라!"

버럭 소리쳐 운몽의 입을 막은 광명존자가 마구 다그쳤다.

운몽이 생각할 틈을 주지 않으려는 것이다.

"너는 강호에 나가 웅지를 한껏 펼치고, 영웅호한으로서의 아름다운 이름을 얻고 싶지 않느냐? 너는 구름을 깔고 우뚝 선 저 학정봉처럼 오만하고 도도하게 강호의 복판에 홀로 서서 뭇 고수들을 내려다보며 껄껄 웃어주고 싶지 않느냐? 너는 호협한 기상을 한껏 떨치며 군마(群魔)들을 네 발아래 엎드리게 하고 싶지 않느냐? 너는 너의 검 한 자루로 종횡천하고 싶지 않느냐? 그 쓸쓸하고 고독한 행로가 장차 영웅지로로 불리기를 원치 않느냐?"

"원합니다!"

대웅심(大雄心)을 한껏 고양시키는 사부의 말에 어느덧 동화된 운몽이 버럭 소리쳐 대답했다. 그는 스무 살의 뜨거운 가슴을 가진 사내가 된 것이다. 그런 운몽에게 사부의 말은 호연지기를 불러일으키고 영웅심을 일깨워 주기에 충분했다.

"사랑을 다투는 건 작은 일이고 영웅의 기개를 높이는 건 큰일이다. 어리석은 자가 아닌 다음에야 어찌 작은 일을 위해 대장부의 큰 뜻을 버리랴."

운몽이 주먹을 불끈 쥐었다. 두 눈에서 불길이 토해질 듯하다.

이때라는 듯, 광명존자가 더 급하게 다그쳤다.

"사부에게 약속해라. 강호에 내딛는 첫 걸음을 고작 절연암으로 향하게 하지 않겠다고."

"그건……."

머뭇거리는 운몽의 가슴에 꽂아버리려는 듯 광명존자가 품 안에서 둘둘 말려 있는 작은 깃발 한 개를 꺼냈다.

그동안 사부 슬하에 있었으면서도 한 번도 보지 못한 물건이었다. 운몽이 의아해서 바라보는데, 광명존자가 그것을 활짝 펼쳤다.

한 뼘쯤 되는 깃대에 손바닥만 한 작은 깃발이 달려 있었다. 온통 피처럼 붉은색이라 절로 눈살이 찌푸려진다.

깃발 주위에 금사(金絲)로 알 수 없는 문양을 빙 둘러 수놓았는데, 복잡하기 짝이 없었다. 어찌 보면 그림 같기도 하고, 어찌 보면 고대 문자 같기도 했으며, 또 어딘가를 표시한 지도 같기도 했다.

그 복판에 검은색의 수인(手印)이 박혀 있었다. 왼 손바닥을 활짝 펴서 찍어놓은 것인데, 특이하게도 손가락이 여섯 개였다. 새끼손가락 곁에 또 하나의 작은 손가락이 붙어 있었던 것이다.

손금이 뚜렷하게 보일 정도로 선명하게 새겨진 수인이라 단번에 머릿속에 박혔다. 잊을 수 없을 것이다.

"잘 봐두어라."

"이미 똑똑히 기억했습니다. 그런데 그게 뭐지요? 어째서 저는 여태까지 한 번도 보지 못했을까요?"

"혈사기(血師旗)라는 것이다."

"혈사기?"

"강호에 나가 네가 찾아야 할 것이기도 하니 다시 똑똑히 보아두어라."

운몽은 사부가 갑자기 정색을 한 것도 이상하지만, 사부의 말도 이해할 수 없었다.

"나는 너에게 네가 반드시 해야 할 한 가지 일을 맡기려고 한다. 이제는 그럴 때가 된 거야."

"……."

"너는 한 사람을 찾아 죽여야 한다. 오 년 안에 그 일을 해내야만 해. 그렇지 못하면 세상이 피로 뒤덮이고, 아미산이 모두 불타 버릴 것이다. 절연암에 미련을 두고 미적거리는 일보다 그 일이 더 크지 않으냐?"

"아!"

너무 끔찍하고 무서운 말이라 운몽이 놀란 외침을 터뜨렸다.

그에게 세상은 생소한 곳이기만 하고, 조금의 정도 깃들어 있는 곳이 아니었다. 그래서 그것이 피로 뒤덮인다는 말을 들었을 때는 담담했는데, 아미산이 모두 불타 버린다는 말에는 깜짝 놀라고 몸서리가 쳐졌다.

게다가 누구를 죽인다는 건 상상조차 해보지 않은 일 아니던가. 사부가 그 말을 했다는 것조차 믿어지지 않았다. 정말

사부가 저에게 사람을 죽이라고 명했단 말인가? 하고 제 귀를
의심한다.

"대체, 대체 그게 무슨 말씀이십니까?"

"이 깃발의 주인은 혈영자(血影子)라고 하는 자다."

"혈영자……."

운몽이 부르르 몸을 떨었다.

핏빛 그림자라는 이름이니 듣기만 해도 끔찍해서 소름이
돋는다. 세상에 하고많은 이름 중에서 지을 게 없어 그따위
섬뜩하고 징그러운 이름을 지어 갖는단 말인가? 하는 생각이
든다. 그런 이름을 지어 가진 자는 악귀나 나찰일 게 틀림없
다.

"명심해라. 너는 오 년 안에 반드시 그자를 찾아야 한다.
세상은 바다처럼 넓고 사람들은 모래알처럼 많으니 지금부터
서두른다고 해도 과연 기한 안에 그자를 찾을 수 있을
지……."

광명존자가 말끝을 흐렸다. 너무 늦었다고 생각하는지도
모른다.

잠시 허공을 응시하던 존자가 천천히 말했다.

"내가 그자를 마지막으로 본 곳이 숭산(崇山)의 소림사(少
林寺)였느니라. 벌써 오십 년 전의 일이구나."

광명존자는 어제의 일처럼 기억하지만 운몽에게는 까마득
히 먼 옛날의 일이었다.

"그놈은 나보다 다섯 살이 아래였으니 지금쯤 칠십을 넘긴 늙은이가 되었겠지. 하, 세월을 당할 자가 아무도 없는데, 살면 얼마나 살겠다고 그처럼 서로를 미워하고 증오하여 지독한 원한을 품어야 한단 말인가.'

존자의 말에 비감이 어렸다. 운몽은 사부가 혈영자를 말하는 건지, 자기 자신을 두고 말하는 건지 언뜻 판단할 수 없었다.

한번 깃발을 펄럭여 보인 존자가 그것을 둘둘 말아 다시 품 속에 소중히 간직했다.

"가라."

그 말을 마지막으로 입을 꾹 다물어 버린다.

"사부님!"

운몽이 놀랍고 믿어지지 않아 소리치지만 아예 눈마저 감아버렸다. 그대로 바윗덩이가 된 것처럼 꿈쩍도 하지 않을 태세였다.

운몽은 울면서 사부 앞에 엎드려 밤이 될 때까지 애원했다. 하지만 한번 감긴 광명존자의 눈은 영영 떠지지 않았고, 한번 다물어진 그 입은 영영 열리지 않았다.

새벽이 되었다.

운몽은 이제 제가 떠나야 할 때라는 걸 알았다. 사부의 마음을 되돌려놓을 수 없는 것이다.

가슴이 미어지고, 걱정과 안타까움과 두려움으로 손발이

덜덜 떨려왔다. 하지만 사부의 눈과 입은 여전히 닫혀 있기만
했다.

"옥체 보중하십시오. 제자는 반드시 사부님의 명을 수행하
겠습니다. 오 년 안에 혈영자를 찾아내 그를, 그를……."

차마 제 입으로 죽이겠다는 말을 할 수가 없다. 한동안 미
적거리며 우물쭈물하자 광명자가 여전히 눈을 굳게 감은 채
입술만 달싹여서 말했다.

"반드시 죽여야 한다. 그렇지 않으면 사부가 대신 죽게 될
것이고, 아미산은 불타 없어져 버릴 것이다."

"아!"

운몽은 낙심과 두려움과 놀람으로 정신이 멍해졌다.

"소림사에 가서 혜원 선사(慧元禪師)를 찾아라. 그가 불법
무변(佛法無變)이라고 하거든 너는 '돌중의 웃기는 개소리' 라
고 하거라. 그러면 그가 한 가지 물건을 내줄 텐데, 그 이후로
는 네 몸인 것처럼, 네 목숨인 것처럼 잘 간직해야 하느니라.
이게 끝이다."

다시 입을 굳게 다물어 버린다. 말하는 동안에도 눈은 한
번도 뜨지 않았다. 마음이 흔들릴까 봐서이고, 떠나는 그의
모습을 차마 바라볼 수 없어서인 것이다.

운몽은 사부가 이별하는 순간에도 엉뚱한 소리로 저를 놀
린다고 생각했다. 안타깝고 슬픈 마음 중에 한 가닥 얄밉다는
생각도 자리한다.

"제자는 사부님의 명을 받고 이제 산을 떠납니다. 부디 보중하십시오. 제때에 꼭꼭 식사를 챙겨 드시고, 잠도 푹 주무십시오. 혹시라도 제자에 대한 걱정이나 그리움 때문에 입맛이 없다거나 밤잠을 설친다거나 하지 말라는 말씀입니다."

그 말에 영영 열리지 않을 것 같던 광명존자의 입술이 다시 슬그머니 열렸다.

"그럴 일 없다."

운몽이 빙긋 웃었다.

"그럼 다녀오겠습니다."

이웃 마을에 심부름이라도 가는 아이처럼 천연덕스럽게 말하고 일어선다.

그래야 사부가 조금이나마 마음을 놓으실 것이고, 저 또한 이 슬픔과 안타까움을 견딜 수 있을 것 같았던 것이다.

운몽은 태연한 척, 아무것도 아닌 것처럼 담담하게 받아들여야 한다고 생각했다. 그렇지 않으면 열 걸음도 가지 못하고 다시 달려와 사부의 무릎을 안고 매달릴지 모르기 때문이다.

그렇게 운몽이 반정도관을 나가지만 광명존자는 끝내 눈을 떠서 바라보지 않았다.

눈을 꼭 감고 있는 늙은 사부의 가슴속에 콸콸 흐르는 눈물의 강물소리를 운몽은 마음으로 절실히 듣고 느낄 수 있었다. 그래서 이십 년 동안 수도 없이 넘나들었던 반정도관의 문턱을 차마 넘지 못하고 망설인다.

뒤돌아보고 싶었다. 하지만 그러지 못했다. 떠나는 제 모습을 보고 싶지 않아 굳게 눈을 감고 있는 사부를 보면 마음이 흔들릴 것이고, 만약 사부가 눈을 떠서 저를 보고 있다면 그 눈길과 마주친 순간 다시 달려들어 갈 것이기 때문이다.

잠시 망설이던 운몽이 입술을 악물고 기어이 반정도관의 문턱을 넘어섰다.

과연 오 년 안에 혈영자라는 사람을 찾아내 그를 죽이고 돌아올 수 있을지, 하는 걱정보다 과연 그동안 사부님이 홀로 어찌 살아가실까, 하는 걱정이 눈물이 되어 그의 눈앞을 뿌옇게 가렸다.

『풍운검협전』 2권에서…

BOOK Publishing CHUNGEORAM

fly me to the moon

플라이 미 투 더 믄

새로운 느낌의 로맨스가 다가온다!

판타지의 대가 이수영 작가의 신작!
드디어 판매 카운트다운!

플라이 미 투 더 문 | 이수영 지음

**판타지의 대가, 이수영. 그녀가 선보이는 첫 번째 사랑이야기.
사랑, 질투, 음모, 욕망……
상상한 것 이상의 절애(切愛), 그 잔혹한 사랑이 시작된다.**

온전히, 그의 손에 떨어진 꽃. 잡았다.
짐승의 왕은 즐거웠다.

인간, 그리고 인간이 아닌 자.
절대로 이어질 수 없는 두 운명이 만났다!
사랑 혹은 숙명.
너일 수밖에 없는 愛.

1998년 〈귀환병 이야기〉
2000년 〈암흑 제국의 패리어드〉
2002년 〈쿠베린〉
2005년 〈사나운 새벽〉

그리고 2007년,
『FLY ME TO THE MOON』

유행이 아닌 자유추구 –
WWW. chungeoram.com

BOOK Publishing CHUNGEORAM

BOOK Publishing CHUNGEORAM

눈길발길 쏙쏙 끄는 **비법이 가득!**
왕성한 가게 만드는

잘나가는 가게 노하우 151 가지

고다 유조 지음
김진연 옮김
가격 9,800원

물건이 팔리지 않는 시대!
왕성한 가게 만드는 비법이 가득!

가게 안에 웅덩이를 만들어라
조명만 조금 바꿔도 매출이 팍 늘어난다
보기 쉽고, 집기 쉬운 가게 배치는 '경기장 형'이 최고 등등
가게에 실제로 적용했을 때 매출이 오른 노하우만 알차게 수록
외관, 입구, 배치, 내장, 조명, 디스플레이에서 사원교육까지

도움이 되는 '발견'이 가득가득.
당신 가게를 회생시키기 위한 소중한 책!

유행이 아닌 자유추구 -
www.chungeoram.com

BOOK Publishing CHUNGEORAM

입소문을 통해 아는 분은 다 알고 계십니다!
올 한해 공인중개사 최고의 화제작!

1~2권 합본 | 이용훈 지음
3~4권 합본 | 이용훈 지음
5~6권 합본 | 이용훈 지음
용어해설 | 이용훈 지음

수험생 기본 필독서
만화 공인중개사

제목 : 만화공인중개사 쓰신 분에게 감사드립니다.

학원을 두 달 다녔어요. 근데 과연 그 숫자 외우기 그런 게 몇 문제나 나올까 생각을 했어요.
아니라는 생각이 드네요. 학원강의를 뒤로하고 서점을 갔어요. 내 머리에 가장 이해될 수 있는
책이 없나 하구요. 거기서 만화를 발견했어요. 무조건 세 번 봤어요. 3개월 걸렸어요. 문제집을 보라고
했는데 그건 시행을 못했어요. 근데 합격을 했네요.
어떻게 감사의 말을 해야 될지…….
도서관에서 만화책 들고 다니니까 사람들이 비웃더라구요. 만화책으로 공인중개사를 공부한다고
미친 사람처럼 보더라구요. 근데 그거 다 감수하고 했던 내가 자랑스럽습니다.
어떻게 감사의 말을 해야 할지… 정말 감사합니다.
부디 행복하세요. 제 나이 41살에 좋은 스승을 만난 것 같습니다.
엎드려 감사드립니다.

—본사 홈페이지에 독자분이 올린 메일 中에서 발췌—

2008년 봄 그들이 온다!!

권왕무적의 초우, 궁귀검신의 조돈형, 삼류무사의 김석진, 태극검해의
한성수, 프라우슈 폰 진의 김광수, 흑사자의 김운영, 송백의 백준 등

총 20여 명에 이르는 호화군단의 인더북 이북 연재 확정!!
그 외에도 많은 정상급 작가들의 이북 연재 런칭 예정!!

**포도밭 그 사나이, 새빨간 여우 등의 로맨스 정상급 작가
김랑의 작품을 이북 연재로 만나다!!**

오직 인더북에서만 독점 연재!!

아쉬움을 남기고 1부에서 막을 내린 **권왕무적 시리즈의 2부** 등 인기 작가들의 수준 높은
미공개 작품들이 시중에 책으로 출간되지 않고, 오직 인더북에서만 연재됩니다.

COMING SOON! INTHEBOOK.NET

1. 인더북의 이북 유료연재는 2008년 1월 말 ~ 2월 중순경 오픈
2. 인더북에 연재되는 작품들은 시중에 출판되지 않은 작품들로 엄선

**이북 유료연재의 새로운 도전! 그리고 새로운 시작! 인더북!!
곧 새로운 모습의 이북 연재 사이트로 여러분께 다가가겠습니다.**